세자매 이야기

천
체

세자매 이야기

천체

서랍의날씨

일러두기 ────────────────────────────

이 소설은 아난시 인터내셔널에서 발간하고
메릴린 부스가 번역한 영어판을 번역했음을 알려드립니다.

나의 어머니에게

조카 알하르티와 부커상
수상작 《천체》에 쏟아진 찬사들

"이성과 감성을 동시에 사로잡는 역작이자 오랫동안 여운을 남기는 작품. 여러 인물의 목소리와 시간대가 뒤섞인 이야기가 특유의 속도에 맞춰 아름답게 펼쳐진다. 작가는 섬세한 예술적 기교를 활용해서 독자들을 풍부한 상상력으로 빚어낸 한 마을 공동체로 이끈다. 그리고 그 공동체의 문을 활짝 열어젖혀 독자들이 시간과 도덕과 우리가 공유한 역사의 충격적인 면모들을 직시하게 만든다. 이런 서술 스타일 자체가 하나의 비유로 인종, 노예, 성에 대한 상투적인 생각에 강렬하게 저항하고 있다. 번역은 정확하고 시적이며, 시어와 일상적인 언어 둘 다 사용해서 리듬감 있게 엮어냈다. 천체는 우리를 속박하는 힘과 우리를 자유롭게 풀어주는 힘 둘 다 일깨워 주고 있다."

- 베터니 휴즈, 2019 부커상 인터내셔널 부문

"서방에 상대적으로 잘 알려지지 않은 문화와 짧고도 매혹적인 만남."

- 《가디언》

"변화의 가장자리로 끌려 들어가는 인생들의 이야기를 아름답게 그려냈다. 작가의 글은 시종일관 함축적이어서 독자들의 호기심을 자극하고, 일종의 시적 절제 속에서 독자들은 세 자매의 가정생활과 고난에 빠져든다. 천체는 아랍어와 아랍 문화에 대해 반복적으로 출현하는 고정관념을 능숙하게 무너뜨렸고, 무엇보다 세계 문학에 새롭고 독창적이며 중요한 목소리가 등장했다는 사실이 중요하다."

- 《아이리시 타임스》

"지극히 빼어난 작품으로, 전 세계의 주목을 받을 가치가 있다… 주변인들의 목소리를 통해 오만의 역사를 드러냄으로써, 천체는 우리가 별생각 없이 받아들이는 가치와 사회 활동의 불평등한 조건들을 만들어낸 세력들의 실체를 백일하에 드러냈다. 천체는 최고의 소설이 하는 일을 해냈다. 자아에 틀어박힌 우리를 끌어내서 우리가 사는 세계를 좀 더 잘 이해하게 만든 것이다."

- 《프리즈》

"여러 세대에 걸친 사회적 변화를 전면적으로 다룬 이야기… 이 소설의 가장 큰 장점은 이 변화가 오래된 방식에서 새 방식으로 점진적으로 이뤄지는 것이 아니라 좀 더 복잡하고 미세한 일련의 변화들이 일어나는 방식을 유감없이 묘사했다는 점이다. 겹겹의 이야기를 쌓아 올린 이 야심만만한 작품은 인간의 분투와 모순으로 가득 차 있다."

- 《커커스 리뷰》, 별점 리뷰

"야심차고, 치열한… 작가 알하르티는 짝사랑, 살인, 자살, 불륜이 예외가　아니라 일상처럼 보이는 복잡다단한 가족 드라마의 한복판에 독자를 던져넣어 놀라운 성과를 이뤄냈다. 천체는 그 이야기의 복잡성 때문에 더더욱 만족스러운 작품이다."

- 《퍼블리셔스 위클리》, 별점 리뷰

옮긴이의 말

《천체》는 오만 소설가이자 학자인 조카 알하르티의 두 번째 소설로 큰 호평과 찬사를 받은 작품이다. 그의 첫 소설은《달의 숙녀들》이라는 제목으로 번역됐다. 천체는 한 오만 가족의 삼대에 걸친 이야기를 따라가는 구성으로, 급격한 사회 변화와 20세기, 그중에서도 특히 1960년대 이후로 산유국이 되면서 부유해진 오만인들의 가치관이 변화되는 과정을 면밀하게 추적한 이야기다. 아랍 세계에서 소설의 하부 장르 중 하나인 역사 소설이 급격히 늘어난 가운데 등장한 이 작품은 독자들을 환기하는 역사를 배경으로 삼아 이야기를 서술한다. 비평가 무니르 우타야바흐* 는 이 작품을 이렇게 평했다.

"사회적 관계와 관행과 관례들로 이뤄진 기존의 완전한 세계가 서서히 무너지면서 소설 속 등장인물들은 위기에 처하고, 전통적인 세계와 현대적인 세계의 경계 역시 흐려진다. 숨이 막힐 듯 답답하고, 경직돼 있으면서 금방이라도 부서질 듯 연약한 세계가 한쪽에 있지만, 이해하기 힘들고, 모호하며, 긴장과 불안으로 가득 차 있고, 앞으로 일어날 일들에 대한 경계와 두려움으로 가득 차 있는 또 다른 세계가 있는… 이는 한 시대에서 다음 시대로 넘어가는 불안정한 경계이자, 주인들과 노예들의 세계 대 인간과 초자연적인 정령의 세계, 현실을 사는 것과 악몽을 살아가는 것, 진정한 사랑과 상상한 사랑, 한 인간에 대한 사회의 관념과 자의식에 대한 사회의 관념이 곳곳에서 충돌하는 소설이다."

천체의 중심에는 오만의 한 상류층 가족이 있다. 이들은 전통적인 방식을 유지하면서 사회적 변화는 잠정적으로 그리고 아주 미세하게 수정한 사회적 행동만을 받아들일 것을 요구받는다. 하지만 사회적 변화가 자신에게 미치는 영향을 통제하려고 애를 쓰는 이 가족은 이제는 사회적으로 용납할 수 없는 관계 즉 주인과 노예의 관계로 이뤄진, 말로 표현하지 못한 역사를 숨기지 못한다. 강력한 가부장제 체제는 그동안 여성과 노예 남성에게 무자비한 힘을 휘둘렀고, 그로 인해 세대가 바뀔 때마다 각기 다른 개인이 태어나고 자라면서 고통받거나 그런 현실에 맞선다. 이 소설에서 우리는 베두인 여성과 사랑에 빠지는 한 유부남 가장이 혼인 관계를 파탄내는 모습을 목격한다. 전통적인 가부장제의 고루한 가치들을 고수하는 그의 아내는 손녀가 자신보다 낮은 신분의 남자와 도저히 용납할 수 없는 관계를 맺는 식으로 전통적인 가치에 도전하자 그 관계 자체를 부인하는 식으로 자신의 권위를 세우려 노력한다. 할머니 역시 어렸을 때 엄격한 가부장제로 인해 삼촌 집에서 고통을 겪었으면서도 그렇다.

이 소설에 나오는 세 딸은 급격한 사회경제적 과도기에 사회가 제시하는 이상적인 여성성에 다양한 방식으로 대응한다. 큰딸인 마야는 부모에게 대들고 싶지 않아서 부유한 상인의 아들이 한 청혼을 묵묵히 받아들인다. 둘째 딸인 아스마는 배움을 추구하고, 화가지만 친척이라서 그런대로 괜찮은 사람과 결혼한다. 막내인 칼라는 어렸을 때 너는 나의 신부가 될 거라고 계속 말한 사촌을 기다리겠다고 고집을 피운다. 막상 그는 캐나다로 이주했기 때문에 끝없는 희망 고문에 시달리면서도. 이 소설에 등장하는 젊은 세대는 세계적인 추세에 따라 고향마을에서 수도인 무스카트로 이사가고, 그들의 삶은 격변의 연속이다.

이 소설의 구조는 복잡하면서도 매력적이다. 각각의 장들은 이 소설에 등장하는 인물 중 하나인 압달라, 즉 마야의 남편이 해설자처럼 이야기하는 방식으로 전개된다. 압달라의 아버지는 평범한 상인이 아니었다. 그의 부는 법으로 금지된 후에도 계속된 노예무역에서 나온 것이다. 압달라의 인생은 원인을 알 수 없는 친모의 죽음으로 항상 그늘져 있다. 아버지의 노예인 자리파가 그를 키웠기 때문에 자리파는 엄마 같은 사람이다. 압달라는 아내인 마야에게서 정서적 만족을 추구하지만, 아내를 향한 그의 애정은 보답받지 못한다. 이렇게 끈끈하게 얽혀있는 가족들의 관계를 세심하게 추적해서, 작가 알하르티는 독자들이 눈을 떼지 못하는 흥미로운 이야기를 들려주는 동시에 오만이라는 국가가 성숙해지는 과정을 그린 하나의 우화이자 새로운 기회와 압력에 직면한 인물들의 각기 다른 변화를 보여준다. 이 소설은 아랍 비평가들로부터 각 등장인물의 섬세하고 촘촘한 묘사, 역사적 깊이와 예리한 묘사, 독창적인 서술 구조로 찬사를 받았다.

메릴린 부스

옥스퍼드 대학, 모들린 대학의 동방 연구소

* 무니르 우타야바흐는 《내레이션과 비평적 관행: 아랍과 세계 문학에서의 읽기》라는 책에서 스토리텔링의 매력, 기억의 고통을 다뤘다. (카이로: 알 하야 알 아마리 퀴스르 알 타카파, 2015)

가계도

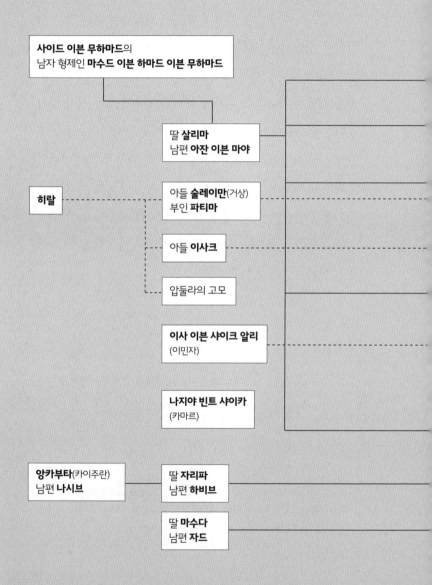

사이드 이븐 무하마드의
남자 형제인 **마수드 이븐 하마드 이븐 무하마드**

딸 **살리마**
남편 **아잔 이븐 마야**

히랄

아들 **술레이만**(거상)
부인 **파티마**

아들 **이사크**

압둘라의 고모

이사 이븐 샤이크 알리
(이민자)

나지야 빈트 샤이카
(카마르)

앙카부타(카이주란)
남편 **나시브**

딸 **자리파**
남편 **하비브**

딸 **마수다**
남편 **자드**

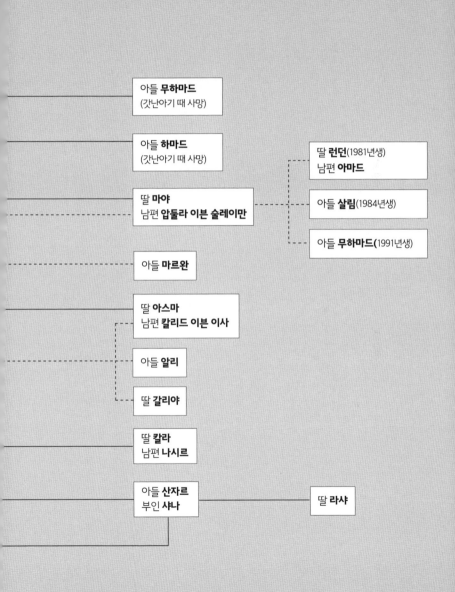

아들 **무하마드**
(갓난아기 때 사망)

아들 **하마드**
(갓난아기 때 사망)

딸 **마야**
남편 **압둘라 이븐 술레이만**

딸 **런던**(1981년생)
남편 **아마드**

아들 **살림**(1984년생)

아들 **무하마드**(1991년생)

아들 **마르완**

딸 **아스마**
남편 **칼리드 이븐 이사**

아들 **알리**

딸 **갈리야**

딸 **칼라**
남편 **나시르**

아들 **산자르**
부인 **샤나**

딸 **라샤**

목
차

마야

마야는 언제나 자신의 재봉틀에 열중해 있느라 바깥세상을 잊어버린 것 같았다. 그러다 그녀는 사랑에 빠졌다. 그것은 고요한 열정이었지만, 매일 밤 그녀의 가녀린 몸이 덜덜 떨리다 급기야 눈물과 한숨이 흘러나왔다. 그럴 때면 마야는 그를 보고 싶은 그 지독한 갈망을 이겨내지 못하고 죽을 것 같다고 진심으로 믿었다.

마야는 새벽 기도를 준비하며 엎드려서 조용히 맹세했다. 위대한 신에게 빌었다.

'신이시여, 전 아무것도 바라지 않나이다. 그저 그이를 보게만 해주소서. 신이시여, 진심으로 맹세하노니, 그이가 제가 있는 쪽으로 고개를 돌리는 것조차 바라지 않습니다… 그저 그이를 보게만 해주세요. 그게 제가 바라는 전부입니다.'

마야의 어머니는 특별히 사랑이란 문제를 생각해 본 적이 없었다. 핏기 없는 얼굴의 마야, 너무나 조용하고 얌전한 마야가 이토록 평범한 세상에서 자신이 만지는 실과 천 조각 나부랭이 말고 다른 걸 생각하거나, 덜덜 돌아가는 재봉틀 소리 말고 다른 소리를 들으리라고는 꿈도 꾸지 못했기 때문이다. 마야의 자세는 종일, 때로는 한밤중까지도 바뀌지 않는 것처럼 보였다. 그녀는 양쪽에 나비가 그려진 검은 재봉틀 앞에서 좁고 딱딱한 나무 의자에 앉아 조용히 재봉틀을 돌렸다. 가위를 찾아 주변을 더듬거리거나, 작은 나무 상자에 넣어둔 플라스틱 반짇고리 안에 있는 또 다른 실꾸리를 꺼낼 때 말고는 고개도 거의 들지 않았다. 하지만 마야는 세상에서 흘러들어오는 소리란 소리는 다 듣고 있었다. 육체는 미동이 없을지라도, 삶이 얼마나 밝고 다채로운 색으로 빛날 수 있는지 의식하고 있었다. 마야의 어머니는 마야의 입맛이 아주 짧은 점을 고마워하고 있었다(가끔 자신의 그런 생각에 아주 살짝 죄책감을 느끼긴 했지만). 마야의 어머니는 간절하게 빌었다. 그런 바람을 말로 표현한 적은 없었지만, 재봉사로서 마야의 재능을 존중할 뿐 아니라 마야의 금욕적인 생활방식의 진가를 알아보는 누군가가 조만간 찾아오기를. 적절한 예법을 갖춰 마야에게 청혼한 후 제대로 된 결혼식을 치르고 그녀를 높이 평가하는 마음을 품은 채 그녀를 데려갈 누군가가 찾아오기를 마음속으로 그렸다.

그런데 누군가가 나타났다.

마야는 평소처럼 좁은 의자에 앉아, 집의 안마당으로 통하는 거실 끄트머리에서 재봉틀을 돌리고 있었다. 그때 어머니가 활짝 웃으며 다가왔다. 그리고 딸의 어깨를 부드럽게 잡았다.

"마야, 아가! 거상 술레이만의 아들이 너에게 청혼했다."

마야의 몸에 경련이 일었다. 어깨에 대고 있는 어머니의 손이 참을 수 없을 정도로 무겁게 느껴졌고 입속이 순식간에 말라버린 것 같았다. 마야는 자신이 바느질하는 실이 마치 교수형 집행인이 목에 건 올가미처럼 자기 목을 서서히 조여오는 상상을 멈출 수 없었다.

어머니가 미소를 지었다.

"넌 이젠 나이가 꽉 차서 이런 내숭은 못 떨 줄 알았는데! 수줍어할 필요 없다, 마야."

그걸로 끝이었다. 그 문제는 그것으로 끝이 났고 아무도 그 이야기는 다시 입에 올리지 않았다. 마야의 어머니는 결혼식에 입을 옷들을 짓고, 적절한 조합의 향을 만들고, 커다란 시트 쿠션들의 천갈이를 하고, 가족들에게 그 소식을 알리느라 바빴다. 마야의 여동생들은 자신의 의견을 밝히지 않았고, 아버지는 딸의 혼사 문제를 어머니에게 다 맡겼다. 어쨌든 이들은 딸이고, 혼사는 여자 소관이니까.

마야는 아무도 모르게 기도를 멈췄다. 대신 신에게 속삭였다.

'신이시여, 전 당신의 이름으로 성스러운 맹세를 했습니다. 마야의 목소리는 순종과 애원 사이에서 흔들렸다.'

'전 아무것도 바라지 않는다고 했잖아요… 아무것도… 그저 그이를 보고 싶다는 말만 했어요. 전 신에게 약속했습니다. 어떤 잘못도 저지르지 않겠다고, 제 마음 깊이 느끼고 있는 감정에 대해선 한마디도 하지 않겠다고요. 그렇게 당신에게 맹세했습니다. 그런데 왜 이 청년, 거상 술레이만의 아들을 우리 집에 보내셨습니까? 제가 느끼는 그 사랑 때문에 저를 벌주시는 겁니까? 하지만 전 그이에게 제 사랑을 드러내지 않았습니다. 동생들에게도 한마디도 하지 않았어요. 그런데 왜, 왜 술레이만의 아들을 우리 집에 보내신 겁니까?'

"마야 언니, 정말 우리를 두고 떠날 거야?"

칼라가 놀리듯 물었다. 마야는 대답하지 않았다.

"정말 시집갈 준비가 된 거 확실해? 그냥 베두인 여자가 딸에게 주는 충고만 명심해. 창고에 처박혀 있는 그 낡은 책에서 우리가 찾아낸 신부에게 주는 충고 말이야, 언니도 알잖아. 고서들을 꽂아둔 그 벽장 선반에 있는 책.《알 무스타트라프》말이야."

아스마는 킬킬 웃으며 물었다.

"그건 그 책에 나오지 않았어."

마야가 말했다. 그러자 아스마는 짜증이 났다.

"어쨌든, 언니가 책에 대해 뭘 알아?"

아스마가 퉁명스럽게 쏘아붙였다.

"그 책에도 그런 내용이 있어. 두 번째 선반에 있는, 붉은 가
죽으로 장정한 책《우아하고 생생한 예술 작품의 소설 부문》
에 있다고. 언니도 그 책 알잖아. 베두인 여자가 신부에게 씻을
때는 물을 충분히 쓰고, 눈꺼풀에 콜(아랍 여성이 눈꺼풀을 검게
칠할 때 쓰는 가루-옮긴이)을 아주 많이 칠하고, 항상 주위에 있
는 먹거리에 신경 쓰라고 말하잖아."

"맞아. 남편이 웃을 땐 언제나 웃고, 남편의 뺨에 눈물이 흐
를 땐 내 뺨에도 눈물이 흘러야 한다. 남편을 행복하게 하는
것이 뭐든 거기에 만족해야 하고-"

그렇게 대꾸하는 마야의 얼굴은 평소처럼 엄숙하고, 목소리
는 나지막했다.

"마야 언니 어디 아파? 그 유목민 여자는 그런 말은 하지 않
았잖아. 그저 남편이 행복해하는 한 신부도 행복을 느껴야 하
고, 남편이 슬퍼하면 신부도 슬퍼해야 한다는 말만 했지."

칼라가 끼어들었다. 마야가 알리 빈 칼라프를 봤을 때, 그는
런던에서 몇 년간 했던 공부를 마치고 빈손으로 막 돌아온 참
이었다. 그에게 학위가 없다는 사실은 마야에겐 전혀 문제가
되지 않았다. 그를 보는 순간 마야는 마치 전기에 감전된 것
같았다. 그는 키가 너무나 커서 빠르게 흘러가는 구름이 그의
머리를 스치고 지나가는 것 같았고, 너무 말라서 마야가 처음
한 생각은 구름을 휙 낚아채 가는 바람이 불면 자기 몸으로 그

를 받쳐줘야 할 것 같다는 것이었다. 그는 고귀함 그 자체라고 마야는 생각했다. 그는 너무나… 너무나 성스러워 보였다. 그는 긴 하루를 보낸 후 온몸에서 땀내를 풍기며 털썩 쓰러져 잠이 드는, 그런 평범한 인간은 도저히 되지 못할 것 같았다. 예를 들어 쉽게 다른 사람을 귀찮게 하거나 분노에 찬 말을 던질 수 없는 사람 같았다.

'신이시여, 맹세합니다. 그를 마지막으로 단 한 번만 스쳐 지나가듯 슬쩍 보고 싶습니다. 이것은 저의 엄숙한 맹세입니다.'

그리고 대추를 수확할 때 그를 정말 한 번 봤다. 그는 야자나무에 기대어 서 있었다. 너무 더워서 고개를 앞으로 숙여 머리에 쓰고 있던 쿠마흐를 떨어뜨리는 바람에, 그 섬세하게 자수가 놓인 모자는 이제 그의 발치에 놓여 있었다. 그를 보자 눈물이 났다. 참고 참았던 울음은 시멘트를 바른 운하 꼭대기에 다다랐을 때 터지고 말았다. 마야의 눈물은 야자나무 사이로 길을 내며 땅 위로 흐르는 수로처럼 펑펑 쏟아졌다.

마야는 자신이 사랑하는 이에게 모든 생각을 집중했다. 자신 안에 있는 모든 원자를 끌어모아 그에게 보냈다. 그리고 숨을 죽였다. 얼마나 열심히 집중한 나머지 심장도 뛰는 걸 멈출 지경이었다. 마야는 모든 의지를 동원해, 자신의 전 존재가 그를 향하게 한 채, 그가 있는 쪽을 바라보며, 그가 어디로 가건 따르겠다고 결심했다. 그녀는 자신의 영혼을 하늘로 보낸 채 세상과 자신을 완벽하게 분리했다. 그녀는 경련을 일으키는 몸으로 쓰러지지 않으려고 안간힘을 쓰면서 자신의 전 존재를, 자신이 끌어낼 수 있는 모든 기운을 그에게 보냈다. 그러고 나서 그에게서 신호가 오기를, 어떤 반응이 오기를, 그녀가 보낸 메시지가 그에게 전달됐다는 걸 알려주는 신호가 오기를 기다렸다.

그 어떤 신호도 오지 않았다. 그 어떤 반응도 오지 않았다.

'신이시여, 맹세합니다. 전 그저 그를 가까이서 보고 싶은 것뿐이에요. 적어도 그가 실제로 존재한다는 걸 볼 수 있을 정도로, 그의 이마에 맺힌 땀방울을 볼 수 있을 정도의 거리에서 그를 보고 싶습니다. 마지막으로 단 한 번만. 나무 둥치를 손으로 짚은 채, 대추 씨를 뱉느라 입을 오물거리고 있는 그의 모습을. 신이시여, 맹세합니다. 제 마음속에 있는 이 바다에 대해 그 누구에게도 말하지 않겠습니다. 그 바닷속에 있는 가는 모래더미가 솟구쳐 저를 질식시킬 때도. 신이시여, 전 그의 어떤 관심도 바라지 않겠다고 맹세합니다. 어쨌든 제가 누굽니까? 바느질 말고는 아는 게 하나도 없는 여자일 뿐입니다. 전 아스마처럼 책에 대해 잘 알지도 못하고 칼라처럼 예쁘지도 않습니다. 신이시여, 맹세합니다. 전 한 달 내내 기다리겠습니다. 전 참을 수 있습니다. 전 끈기 있게 기다릴 겁니다. 하지만 제발 그이를 제게 보여주시겠어요? 맹세합니다. 제가 해야 할 의무는 하나도 빠뜨리지 않겠습니다. 의무적으로 해야 하는 기도뿐만 아니라, 가끔 하는 추가 기도까지 드리겠습니다. 당신을 분노하게 하는 어떤 꿈도 꾸지 않겠습니다. 신이시여, 맹세합니다. 난 그의 손이나 그의 머리카락 한 올이라도 건드리지 않겠습니다. 그런 건 생각도 하지 않을 것이며, 그가 그 야자나무 밑에 서 있을 때 그의 이마에 흐르는 땀을 닦는 생각조차하지 않겠습니다.'

마야는 울고 또 울었다. 그러다 술레이만의 아들이 갑자기 그녀의 집에 나타났을 때 모든 기도를 포기했다.

결혼식이 끝난 후 그녀는 다시 기도를 시작했다. 그것은 다 그녀가 한 맹세 때문에 일어난 일이라고 자신에게 말했다. 그것은 그녀가 받은 벌이었다. 알라는 그녀가 맹세한 모든 말이 진실이 아니란 걸 알고 있었다. 알라는 그녀가 저지른 죄에 벌을 준 것이다.

몇 달 후, 그녀가 임신했을 때, 그녀가 바란 것이라곤 어머니가 그랬던 것처럼 쉬운 출산이었다. 그녀는 어머니가 들려준 마야 자신의 출산에 관한 이야기를 기억했다.

"그때 나는 마당에서 닭 한 마리를 쫓아가고 있었단다. 삼촌이 예고도 없이 점심때가 다 돼서 집에 오셨거든. 그런데 갑자기 몸이 터질 것 같았어. 너무 아파서 마당에서 바로 고꾸라져서 꿈쩍도 할 수 없었지. 네 아버지가 산파를 데리러 가셨다. 때가 됐네, 산파인 사베카는 날 보자마자 그렇게 말하더구나. 그리고 내가 집 안으로 들어갈 수 있게 도와줬다. 그때 난 혼자서 아무것도 할 수 없었거든. 그리고 문을 닫더니 나보고 서 있으라고 하더구나. 나 혼자 서 있으라고. 그러고 나서 두 팔을 활짝 벌린 채 높이 들어 벽에 고정된 봉을 잡게 했다. 나는 최선을 다해 잡고 버텼지만, 다리에 힘이 풀리기 시작했어. 그러자 사베카가 소리를 질렀지. 신이 이 여자를 용서해 주시길! 창피하지도 않아! 마수드 장로의 딸이 똑바로 서 있지도 못해서 누워서 아이를 낳는다고? 창피한 줄 알아, 이것아!

그래서 나는 그 봉에 죽어라 매달려 네가 내 다리 밑으로 쑥 빠져나와 내 사루엘 바지 속으로 떨어질 때까지 똑바로 서 있었다. 그 헐렁한 바지 속에는 네가 들어갈 수 있을 만큼 넉넉한 공간이 있었지. 하지만 넌 죽을 뻔했어! 사베카가 봉을 죽어라 잡은 내 손을 비틀어서 떼어내고, 널 내 바지 속에서 끄집어내지 않았다면 말이다! 넌 탯줄을 목에 감은 채 그대로 죽었을 거다. 아, 알라여. 그때는 의사가 내 몸을 제대로 살펴보지도 않았단다. 그 누구도 내 몸을 보지 못했어, 나조차도! 요즘 젊은 것들은 죄다 마스카드에 있는 병원에 가지. 거기서 그 인도 여자들과 기독교도인의 딸들이 너희 몸을 구석구석 다 들여다본다며. 마야, 난 너와 네 남동생들과 여동생들을 모두 암말처럼 똑바로 서서 낳았다. 신이 사베카 그 여자에게 친절해지시길. 내가 두 손으로 그 봉을 죽어라 붙잡고 버티고 있는 동안, 그 여자는 내게 미친 듯이 소리를 질렀어. 네 입에서 꺅 소리라도 새어 나왔다간 창피한 줄 알아! 여자라면 다 낳는 아이를, 네가 뭐라고 소리를 질러서 망신을 자초하려는 거야! 그것도 장로의 딸인 네가 그런 망신을! 그래서 난 입도 벙긋하지 않았고, 불평하지도 않았다. 어쨌든 내가 할 수 있었던 말이라 곤 그저 신이시여, 신이시여, 신이시여! 뿐이었다. 그런데 요즘 젊은 여자들은 똑바로 누워서 아이를 낳고, 남자들이 병원 반대쪽에서 그들이 지르는 비명을 들을 수 있다니 어이가 없더구나. 요즘 사람들은 정말 세상 창피한 줄 모른다니까."

배가 어마어마하게 나와서 잠도 잘 수 없게 됐을 때, 마야는 거상 술레이만의 아들이자 남편에게 말했다.

"있죠. 난 산파들이 나를 둘러싼 이런 곳에서 아이를 낳지 않겠어요. 날 마스카드로 데려가 줘요."

그가 그녀의 말을 끊었다.

"내가 수천 번 말했잖아. 그 도시의 이름은 무스카트지, 마스카드가 아니라고."

그녀는 남편의 말을 듣지 못한 것처럼 말을 이어갔다.

"난 사다 병원에서 이 아이를 낳고 싶어요."

"기독교인들이 내 아이를 받게 하겠단 말이야?"

마야는 대답하지 않았다. 임신한 지 9개월이 됐을 때 남편이 그녀를 무스카트 구시가지인 와디 아데이에 있는 삼촌 집으로 데려갔다. 선교사들이 지복 병원, 즉 사다 병원이라고 부르는 곳에서 마야는 비쩍 마른 아이를 낳았다. 딸이었다.

마야는 눈을 떠서 어머니의 품에 안겨 있는 딸을 봤다. 그녀는 잠이 들었고 다시 눈을 떴을 때, 딸이 그녀의 젖을 빨고 있

었다. 거상 술레이만의 아들이 그 신생아를 보러 왔을 때, 마야
는 그에게 딸의 이름을 런던이라고 지었다고 했다.

아내는 당연히 기진맥진했다고 그는 생각했다. 그래서 자기
가 지금 하는 말이 뭔지도 모른다고 생각했다. 다음 날 마야,
갓난아기와 장모가 퇴원해서 그의 삼촌 집으로 갔다. 아기의
이름이 런던이라고 아내가 그의 친척들에게 말했다. 숙모가
신선한 치킨 수프를 끓이고, 산모에게 특별히 좋다고 알려진
아주 얇고 바삭한 빵을 굽고, 원기를 회복할 수 있게 꿀을 넣
은 호로파(황갈색 씨앗을 양념으로 쓰는 식물-옮긴이) 음료를 만
들어줬다. 숙모는 마야가 손을 씻고 침대에 앉을 수 있게 도와
줬다.

"마야, 아가…"

"네?"

숙모가 마야를 부드럽게 토닥거렸다.

"너 아직도 아기에게 그런 이상한 이름을 지어줄 생각이니?
세상에 누가 자기 딸에게 런던이란 이름을 지어준다니? 아가,
그건 장소 이름이잖아, 여기서 아주 멀고도 먼 기독교인들의
땅에 있는 곳이잖아. 우린 모두 너무, 너무 놀랐다! 하지만 그
건 신경 쓰지 말거라. 네가 지금은 지치고 기운이 하나도 없
는 걸 아니까. 이제 막 몸을 풀었으니 당연히 제정신이 아니겠
지. 그러니 몸과 정신을 추스를 시간도 필요하고. 딸아이에게
지어줄 좋은 이름을 다시 생각해 봐라. 네 어머니 이름을 따서

지으렴. 살리마라고 부르는 거야."

그때 마야의 어머니가 방에 같이 있다가 그 말에 불쾌해했다.

"이보세요, 사돈. 왜 내 손녀에게 내 이름을 지어주려고 하는 거죠? 내가 이렇게 두 눈을 시퍼렇게 뜨고 살아 있고, 이제 신의 축복으로 손녀도 봤는데 말이죠. 당신은 내가 죽을 때를 기다리고 있다고 생각하나요? 그래서 이 아이가 내 이름을 물려받길 원하는 건가요? 신이 내린 보상으로 말입니까. 맙소사!"

숙모는 서둘러 자신의 실수를 바로잡으려고 애썼다.

"절대 그런 생각은 하지 않았어요!"

숙모는 횡설수설했다.

"건강하게 살아 계시는 부모님의 이름을 따서 아이 이름을 지어주는 사람도 많아요. 그 어떤 악마도 사돈을 건드리지 못할 겁니다, 살리마! 그럼, 어디 보자⋯ 아이 이름을 마리암이나 자이납이나 사피야라고 하면 어떨까. 런던 말고 다른 이름으로 지어보자고."

마야는 숙모 앞에 대고 아이를 반항적으로 높이 들어 올려 보였다.

"런던이란 이름이 뭐가 어때서요? 잘란 타운에도 이름이 런던이란 여자가 있다고요."

숙모의 인내심이 바닥을 드러내고 있었다.

"그게 그 여자의 본명이 아니란 건 너도 잘 알잖니! 그건 그저 별명일 뿐이야. 그 여자의 피부가 워낙 하얘서 런던이라는 별명으로 부르는 사람들도 있어. 하지만 이 아이는, 그러니까, 실은…."

마야는 아이를 자기 무릎에 내려놨다. 런던은 시댁 식구들처럼 피부가 하얗진 않겠지만, 그래도 이 집안의 딸이다. 그리고 아이의 이름은 런던이다.

살리마가 이 상황을 단칼에 정리했다. 이제 딸과 손녀가 알아와피에 있는 친정으로 돌아갈 때가 됐다. 어쨌든 산모는 친정 부모의 품에서 회복해야 한다. 산모들은 모두 아이를 낳고 난 후 40일간 몸조리하는 게 얼마나 중요한지 알고 있다. 마야는 친정엄마의 세심한 보살핌을 받으며 친정에서 산후조리를 할 것이다.

"이보게, 내 말을 잘 듣게. 여기 있는 자네 안사람에 대한 말이니 명심해서 들어, 압달라. 저 아이는 첫 아이로 딸을 낳았어. 첫딸은 복덩이야. 첫딸은 엄마를 도와주고 동생들을 기르는 것도 도와줄 거야. 산모에겐 생닭 마흔 마리와 산에서 채취한 아주 깨끗하고 품질이 좋은 꿀 큰 거로 한 통 필요하다네. 그리고 소젖을 짜자마자 저어서 만든 시골 버터 삼나도 한 통 있어야 해. 런던이 태어난 지 첫 이레가 되면 내가 아이의 머리카락을 밀 거야. 자네는 제물을 바쳐야 해. 아이의 머리카락 무게만큼 은을 바쳐야 하지. 그 정도면 양 한 마리는 살 수 있

을 거야. 그 양을 도살해서 그 고기를 가난한 사람들에게 나눠
줘야 해."

살리마가 사위에게 말했다. 살리마는 런던이라는 이름 한
자 한 자를 아주 천천히 그리고 또렷하게 발음했다. 압달라
의 표정이 변했지만 어쨌든 고개를 끄덕였다. 그는 자신의 새
로운 가족과 장모를 데리고 그들의 고향인 알 아와피로 돌아
갔다.

압달라

비행기가 공중으로 돌진해서, 묵직한 구름속으로 들어갔다. 나는 프랑크푸르트에 도착하려면 몇 시간이 걸릴 거라는 사실을 알고 있으면서도 눈을 붙일 수 없었다. 여자들이 막 무스카트에 있는 지복 병원에서 아이를 낳기 시작했을 때, 그 검은 싱어 재봉틀-그 매끈한 검은 색 재봉틀 옆에 찍힌 나비 때문에 사람들은 모두 그걸 파라샤라고 불렀다-은 아직 오만에 들어오지 않았다. 그런데 마야는 어떻게 이미 그 재봉틀로 옷을 만들고 있었을까? 생각해 보니, 그때는 전기가 들어오는 지역도 얼마 없었는데. 어쩌면 지복 병원만 있었던 게 아닐 것이다. 런던이 태어났을 때 이미 운영 중인 다른 병원들도 있었다. 그랬다. 물론 다른 병원들도 있었다. 마트라에는 자비 병원이 있었다. 적어도 그 병원이 하나 있었고, 루이에 나다 병원도 있었다. 그런데 마야는 왜 그 선교사들이 운영하는 병원에서 아이를 낳겠다고 고집을 부렸을까? 기억이 나질 않는다…. 그때 그런 일들이 일어난 이유가 잘 생각나지 않는다. 장모가 그때 내게 말했다. 런던을 위해 소 한 마리를 도살해서 그 고기를 나눠주라고. 아내를 위해 살아 있는 닭 스무 마리를 가져오라고. 아내는 몸조리해야 했다. 장모가 정확히 스무 마리를 가져오라고 했던 건 기억난다. 장모는 스물이란 말을 강조했다. 하지만 나는 닭 서른 마리와 암양도 한 마리 가져다줬고…. 그때 숙모도 있었다. 와디 아데이에 있는 그 집 마당에 서서 고래고래 소리를 지르며 나를 야단쳤다.

"런던이라고? 넌 그러기로 했고? 넌 네 딸 이름을 짓는데 아무 발언권도 없는 거냐?"

그 낡은 집…. 그들이 그 집을 허물어 버렸는지 아니면 팔아 버렸는지 모르겠다. 삼촌이 돌아가신 후 숙모는 한두 번밖에 못 봤으니까. 런던이 술탄 카부스 의대를 졸업했을 때 말했다.

"아빠, 나 BMW 가지고 싶어요."

우리가 새집으로 이사했을 때, 마야는 그 파라샤 재봉틀을 창고에 넣어 버렸다. 마야는 왜 바느질을 그만뒀을까? 언제 그만뒀을까? 분명 무하마드가 생겼을 때겠지. 그렇다, 무하마드는 내가 아버지 사업을 물려받고 우리가 무스카트로 이사 간 해에 태어났다. 마야는 이사하게 돼서 아주 많이 행복해했다. 남은 평생 장모의 통제를 받으며 살고 싶지 않다고 그녀가 말했다. 그리고 무하마드를 임신했을 때 바느질을 그만뒀다.

마야가 무스카트에 있는 새집으로 이사 간 걸 축하하기 위해 어마어마한 잔치를 열었던 게 기억난다. 마야는 친구들을 다 초대했고, 준비한 음식을 다 올려놓기 위해 식탁에 아주 긴 식탁보를 깔아야 했다. 살림은 그때 초등학교에 다니고 있었고, 무하마드는 완벽하게 평범한 젖먹이처럼 보였다. 그날 밤 마야는 행복했고 반짝반짝 빛이 났다. 파티가 끝난 후에 마야는 짙은 파란색 잠옷을 입었다.

"날 사랑해, 마야?"

다른 사람들이 모두 잠든 후에 내가 그녀에게 물었다. 그녀는 깜짝 놀랐다. 난 알 수 있었다. 마야는 아무 말도 하지 않다가 웃음을 터트렸다. 그녀는 아주 크게 웃었는데, 그 웃음소리가 왠지 모르게 신경에 거슬렸다.

"그런 드라마 대사 같은 말은 어디서 들었어? 아니면 위성 방송에서 본 건가? 이집트 영화가 당신 머릿속에 가득 찬 거지?"

그녀가 물었다.

무하마드가 내 무릎 위에서 일어서려고 하다가 내 수염을 세게 잡아당겼다. 마야가 찰싹 때리자, 아이는 울음을 터트렸다. 나는 아버지가 돌아가실 때까지 감히 수염을 깎지 못했다. 학교에서 여자들을 위해 글을 읽고 쓰는 수업을 열었을 때, 마야는 바로 6학년으로 들어갔다. 마야는 이미 읽고 쓸 줄 알뿐만 아니라 간단한 산수도 할 수 있어서였다. 난 그녀에게 말했다. "마야, 무하마드는 아직 너무 어려. 아이가 조금 더 크면 그때 학교에 가." 그러자 마야가 대답했다.

"난 영어를 배우고 싶어."

그때는 우리가 집에 위성 안테나를 설치하기 전이었다. 그리고 분명 내가 그녀에게 나를 사랑하느냐고 물었을 때(마야가 그 짙은 파란색 잠옷을 입고 있던 밤), 그 위성은 아직 우리 집에 등장하지도 않았고, 나는 TV 드라마를 본 적도 없고, 이집트 영화도 본 적도 없었는데….

그러다 나다 병원에 있는 아버지의 병세가 급격히 나빠졌다. 내가 아버지의 손을 잡으려고 내민 손을 아버지가 탁 쳐내 버렸다. 아버지의 장례식에서 걸어가고 있는데 갑자기 무릎이 나도 모르게 푹 꺾여버렸다. 무하마드는 그때 고작 한 살이었다.

마야에게 날 사랑하느냐고 물었을 때 그녀는 웃었다. 큰 소리로 웃었다. 그 소리가 어찌나 큰지 새집의 벽이란 벽이 다 흔들릴 정도였다. 마야의 웃음… 아이들은 그 웃음소리를 피해 달아났다.

마야는 TV 연속극을 한 번도 본 적이 없었다. 살림은 한동안 멕시코 연속극을 좋아했지만, 결국엔 싫증을 내고 대신 비디오 게임에 빠졌다. 우리 가족이 두바이에 갈 때마다 살림은 게임을 두세 개씩 샀다.

마야의 어머니가 내게 말하곤 했다.

"마야는 내가 애지중지하는 딸이야. 압달라, 내 사위, 마야는 이제 자네 책임이야, 자네가 돌봐줘야 해. 하지만 마야를 뺏어가진 마, 내게서 마야를 뺏어가서 마스카드로 데려가진 마. 마야보다 더 재봉틀을 잘 다루는 사람은 없어. 마야는 먹는 것도 별로 좋아하지 않고, 말수도 별로 없지. 자네도 알잖나, 압달라."

그 전에, 그보다 훨씬 전에, 내가 아버지에게 말했다.

"제발, 아버지! 난 이집트나 이라크에 가고 싶어요. 그곳 대학에서 공부하고 싶어요."

아버지는 내 멱살을 잡고 고래고래 소리를 질렀다.

"내 수염을 걸고 맹세하는데, 넌 절대 오만을 떠날 수 없어. 넌 그렇게까지 바닥으로 추락하고 싶으냐? 수염을 밀어버린 몰골로 이집트나 이라크에서 돌아오겠다고? 담배를 피우고 술을 마시고 나도 알 수 없는 짓을 하겠다고? 넌 그런 놈이 되고 싶은 거냐?"

그래서 고등학교를 졸업한 후 바로 아버지의 사업체에 가서 일했다.

아버지가 돌아가시고 나서야 나는 가족과 함께 무스카트로 이사할 수 있었다. 꼬마 런던은 아주 귀여웠고, 그때쯤엔 포동포동하게 살이 올라 있었다. 마을에 살 때 마야는 매일 오후에 런던을 운하에서 씻겼다. 물이 흘러 내려오는 운하를 따라 빠르게 걸어가면 마야는 항상 웃음을 터뜨렸다. 나는 마야에게 하인즈에서 나온 유아식과 밀루파 유아용 시리얼과 분유를 사 줬다. 알 아와피에서 그런 걸 먹는 아이는 마야 하나밖에 없 었다. 내가 그걸 사원 식당에서 사 오면 마야는 그걸 사람들에 게 자랑했다. 하지만 아버지는 여전히 내게 소리를 지르며, 나 를 애라고 불렀다. 난 세 아이의 아버지였고, 결코 애가 아니었 는데. 병원에 있는 아버지를 보러 가면 아버지는 다시 내게 소 리를 질러대면서, 소매가 길고 발목까지 오는 옷과 조끼를 벗 어버렸다. 병실에 하나밖에 없는 창문을 가린 묵직한 커튼 사 이로 들어오는 희미한 햇빛에 아버지의 가슴에 드문드문 난 흰색 털이 순간 반짝 빛났다. 나는 창가로 가서 커튼을 열려고 했지만, 아버지가 내게 손가락을 흔들어 보였다.

"애야! 하지 마!"

그래서 그대로 놔뒀다. 아버지는 계속해서 소리를 질러 댔다. 죽기 전 2년이란 시간 동안 아버지의 마음을 장악한 광 기에 사로잡혀 소리를 질러댔다.

"애야! 애야! 산자르를 묶어라. 그 자식을 마당 동쪽에 있는 기둥에 묶어. 집 앞에 있는 마당에 말이다. 저 노예 새끼에게 물을 주거나 햇빛을 피하게 해주는 인간은 내게 혼쭐이 날 것 이야."

나는 아버지 옆에 무릎을 꿇었다.

"아버지, 정부가 노예들을 아주 오래전에 해방했어요. 그리 고 산자르는 쿠웨이트로 갔고요."

매년 여름 런던은 이렇게 말했다.

"아빠, 쿠웨이트에 놀러 가요."

하지만 마야는 항상 반대했다.

"그러니까 지금, 이 더위를 피해서 더 더운 곳으로 가잔 말이에요?"

오만 사람이 산자르의 딸과 결혼했고, 그 딸이 남편과 같이 무스카트로 돌아와 살았다. 나다 병원에서 본 그녀는 그곳에서 간호사로 일하고 있었다. 그녀는 날 알아봤다. 내 아버지를 봤을 때(그때 아버지의 병세는 심각했다) 그녀의 입술이 일그러졌다.

아버지가 힘없는 목소리로 날 불렀다. 열이 올라 새까매진 입술이 바르르 떨리고 있었다.

"그 노예를 묶어라. 산자르가 다시는 양파 자루 하나 훔치지 못하게 꽉 묶어 놔."

내가 아무 대꾸도 하지 않고 있으면 아버지는 격노해서 내게 지팡이를 휘둘렀다.

"애야, 내 말이 안 들려? 내 말 잘 들으라고. 가서 놈에게 벌을 줘. 그래야 다시는 놈이 도둑질을 안 한다니까."

런던은 물속에서 놀고 있었다. 아이는 그 물놀이를 좋아했다. 런던이 여섯 살 때 그 진흙이 흐르는 물속에서 놀게 했다고 마야가 두 시간 동안이나 나를 사정없이 닦아세웠다. 그러다 아이가 소아마비에 걸린다고, 마야가 경고했다.

"그러다 다리가 마비될 거야."

나는 그 후 며칠 동안 잠도 못 자고 아이의 아주 작은 발에서 눈을 뗄 수 없었다. 하지만 런던은 아무렇지도 않았다. 런던은 계속 새끼 가젤처럼 운하를 따라 뛰어다녔다.

까맣게 변한 입술, 벗겨져 가는 머리, 침을 사방으로 튀기며 아버지는 소리를 질렀다.

"애야, 그 도둑질하는 노예 산자르를 동쪽 기둥에 묶었어?"

나는 아버지의 손을 잡고 그 손에 키스했지만, 아버지는 나를 밀어내 버렸다.

"아버지, 정부가 노예들을 다 해방했다고요. 그리고 산자르는… 정부 말을 들어야 해요, 아버지."

아버지는 마침내 내 말을 들은 것처럼 조용히 으르렁거렸다.

"그게 정부랑 무슨 상관이야? 산자르는 내 거다. 정부 것이 아니란 말이다. 정부가 내 노예들을 풀어줄 순 없어. 내가 그의 어미 자리파를 20 탈레르(옛 오스트리아의 은화로 중동 무역에 사용됐음-옮긴이)에 샀단 말이다! 내가 자리파를 먹여 살렸다. 쌀 한 자루를 순은 동전 100개를 주고 사야 했던 시절에 말이다. 그래, 맞아. 100개나 줘야 했지. 그런 거금을 들였다고. 아, 자리파는 아주 예뻤지. 부드럽고 순한 자리파. 하지만 그것도 커가면서 허영덩어리에 어찌나 건방져지던지! 내가 자리파를 하비브에게 시집보냈더니 그런 도둑놈을 낳았어. 정부가 이 모든 일과 무슨 상관이 있냔 말이다. 내 노예는 내 거야. 놈이 어떻게 내 허락도 없이 여행할 수 있는데? 응, 어떻게 할 수 있냐고, 얘야."

아버지가 다시 몸을 떨기 시작하자 땀이 목에서 가슴으로 흘러내렸다. 나는 병실 문 옆에 있는 못에 항상 걸려 있는 파란 수건으로 그 땀을 닦았다. 아버지가 돌아가신 후 그 수건은 사라졌다. 아버지의 병실에 가서, 목 놓아 울다가, 바닥에 누워 땀범벅이 된 채 몸부림을 치며 통곡하다가 그 수건을 찾아봤지만 없었다. 그 파라샤 재봉틀도 사라져 버렸다. 창고에는 가본 적 없지만, 마야가 거기 어딘가에 그걸 숨겨놓은 건 알고 있다.

마야는 고기 사모사(고기와 채소를 넣어 튀긴 만두-옮긴이)를 기가 막히게 만든다. 난 마야가 만든 사모사만 먹는다. 새집으로 이사했을 때 마야는 다른 요리들과 함께 사모사로 가득 채운 거대한 접시를 내놓았다.

"마야, 요리할 땐 하녀의 도움을 받아."

내가 말했다. 그때 마야는 아무 말도 하지 않았다. 몇 달 후에 마야는 아무 예고도 없이 하녀를 그녀의 고향 마을로 돌려보내겠다고 고집을 피웠다. 하지만 그날 밤 방에선 향수의 향기가 떠돌았고, 짙은 파란색 잠옷을 통해 그녀의 몸을 반쯤 볼 수 있었다. 난 그녀에게 물었다.

"날 사랑해, 마야?"

그러자 그녀는 입을 다물었다가 웃음을 터트렸다.

웃다니! 그녀는 웃고 또 웃었다.

나는 반에서 키가 가장 큰 소년이었다. 자리파는 내 로브의 밑단을 최대한 힘껏 끌어내리곤 했다. 계속 잡아당겨서 내리면 한동안 그렇게 버틸 수 있을 거로 생각한 모양이었다. 자라파가 그렇게 밑단을 끌어내릴 때마다 로브 앞쪽의 네크라인이 목에 걸려서 숨이 막혀 죽을 것 같았다.

"넌 돈이 얼마나 있니?"

선생님이 내게 물었다. 나는 생일부터 받은 용돈을 꼼꼼하게 모아왔다. 내가 산 것이라곤 달콤한 맛이 나는 말린 코코넛 바 하나였다.

"0.5 리얄이요."

그러자 선생님이 웃음을 터트렸다. 가끔 웃음이 아주 역겨워 보일 때가 있다. 사람들이 웃을 때 원숭이처럼 보일 때가 있다. 뱃살이 흔들리고, 목살도 덜덜 떨리고, 그중에서도 최악은 누런 이빨이 드러나면서 썩은 이까지 다 보인다는 점이다.

"넌 몇 살이니? 열 살이나 열두 살이요? 넌 네 나이도 몰라? 넌 1학년치곤 아주 큰데!"

그 교사, 우스타즈 맘두가 다시 웃었다. 하지만 내가 달리 뭘 어쩔 수 있었겠는가? 내가 반쯤 어른이 됐을 때도 학교는 아직 열지도 않았는데 나보고 어쩌라고. 학생들이 모두 시끄럽게 떠들고 있었다. 그들이 입은 로브는 나처럼 목이 조일 정도로 작지 않고 헐렁했다. 선생님, 아이들이 징징거렸다.

"압달라가 우리 앞에 앉지 않았으면 좋겠어요. 키가 너무 크잖아요! 압달라, 넌 너무 크다고!!"

우스타즈 맘두는 내 손을 잡고 평소처럼 아주 강한 이집트 억양으로 속삭이듯 물었다.

"내게 줄 달콤한 젤리 같은 건 없니?"

나는 고개를 흔들었다.

"내일은 너희 집에서 만드는 그 달콤한 젤리를 좀 가져와라, 내일 말이야."

그가 말했다. 집에 가자, 자리파가 내게 소리를 질렀다.

"달콤한 젤리라고? 그 말만 했단 말이야? 선생이란 작자가 펜이나 공책을 가져오란 게 아니라 달콤한 젤리를 가져오라고 했다고?"

그때 하비브는 이미 자리파를 떠나 버렸고, 산자르는 항상 집을 피해 도망을 다니고 있었다. 자리파는 요리와 날 돌보는 데 모든 시간을 쏟고 있었다.

마야. 그녀는 항상 바빴다. 처음에는 바느질하고 아이들을 돌보느라 바빴고, 그다음엔 학교 다니고 친구들과 시간을 보내느라 바빴다. 그다음엔 자느라 바빴다. 어렸을 때 자리파의 가슴에 머리를 대고 잘 때마다 그녀에게서 풍기는 수프 냄새를 맡곤 했다. 우스타즈 맘두가 말했다.

"압달라는 자기 이름을 쓸 줄 아니까 3학년으로 올라갈 거야."

 그렇게 나는 3학년으로 올라가서 다른 네 아이와 같이 수업을 받게 됐다. 그들 모두 칠판에 자기 이름을 훌륭하게 쓸 수 있었다. 혹은 교사에게 거무스름하고 달콤한 오만 젤리를 사다 줘서 그랬을지도. 이집트인인 우스타즈 맘두는 오만의 별미라면 사족을 못 썼다.

 구름이 걷혔다. 작은 비행기 창문으로 본 하늘이 갑자기 맑게 개었다. 거상 술레이만의 아들 압달라는 깜박 잠이 들었다. 그는 반쯤 잠꼬대를 하다가 서서히 잠이 깼다. 날 우물에 거꾸로 매달지 말아요, 하지 말아요. 제발, 하지 마! 하지 말아요!

런던

해가 떠올랐을 때 살리마는 갑자기 따뜻하고 만족스러운 느
낌이 들었다. 마치 태양이 그녀의 가슴에 곧바로 햇살을 비추
는 그런 느낌이었다. 그녀는 할머니가 됐다. 그렇다, 이 이상한
이름의 불그스름한 핏덩어리 아기는 그녀의 미모를 조금도 물
려받지 않았다. 하지만 어쨌든 이 핏덩어리가 그녀의 손녀고,
그게 어떤 식으로든 그녀를 뿌듯하게 만들었다. 살리마는 마
당을 빗자루로 쓸고 먼지가 내려앉은 마당에 물을 뿌려 청소
했다. 그리고 창고에서 돌돌 말아놓은 붉은 페르시아 카펫을
끌고 나와서 들고 탁탁 먼지를 턴 후, 응접실 바닥에 깔았다.
가운데 방에는 두껍게 회반죽을 바른 벽을 강조하는 지붕창의
창턱에 올려놓은 우아한 자기 그릇들을 내려놨다. 그녀는 그
그릇 하나하나를 광이 나게 반짝반짝 닦은 후 다시 창턱에 올
려놨다. 그리고 바닥에 마야와 갓난아기가 누워 있을 수 있게

새 침구를 깔았다. 그녀는 솜씨가 어설픈 칼라를 불러서 빵을 굽는 걸 도와달라고 하지 않았다. 혼자 빵을 굽는 편이 나았고, 산모가 회복하는 데 필요한 빵은 아주 특별하니까. 살리마는 상등품의 고급 버터와 산에서 채취한 꿀을 섞어 빵 위에 바르고, 모든 준비를 끝낸 후, 마야가 접시에 올려놓은 빵 한 조각까지 다 먹고 호로파를 넣어 끓인 우유를 한 방울도 남기지 않고 다 마시게 했다. 그리고 손님들을 맞기 위해 향신료인 카르다몸을 넣은 커피를 끓이고, 신선한 과일과 대추를 올린 큰 접시를 준비했다. 그녀는 금박을 입힌 쟁반에 향로와 함께 장미 향수 두 병과 작은 컵에 든 사프란(크로커스꽃으로 만드는 샛노란 가루로 음식에 색을 낼 때 씀-옮긴이)을 준비해서 커피와 접시들과 쟁반을, 이웃들을 맞을 준비가 된 방에 갖다 놨다. 살리마는 이웃에 사는 여자들이 곧 올 것을 알고 있었다. 그녀는 자신만의 특별한 방식으로 섞은 약초들을 우려낸 물에 목욕했다. 그녀는 평생 단 한 번도 비누를 몸에 대지 않았다. 그리고 가장 좋은 옷을 입고 아무 말 없는 딸 옆에 무릎을 꿇고 앉았다.

갑자기 걸걸하고 요란한 목소리가 마당을 가득 채웠다.

"비스밀라이… 마샬라하… 알라후마 살리 알라 나나비… 알라후마 살리 알라 라하비브… 비스밀라이… 자비롭고 온정 많으신 신의 이름으로. 시기하는 자의 눈이 멀게 하소서! 이것이 신의 뜻이니, 그것이 옳다! 첫째가 딸이니, 그 딸은 남동생들을 키우기 위해 왔음이라. 신의 뜻에 따라 그 딸에 이어 열 명의 남동생이 태어날 것이다. 비스밀라이… 알라후마 살리 알라 나나비. 신성한 예언자에게 드리는 기도이니!"

이 목소리를 듣자 살리마는 경고의 의미로 딸을 살짝 때렸다.

"절대로 일어날 생각 하지 마, 누가 와도 일어나지 마, 애야! 저 여자가 왔다고 일어날 것 없어. 저 여자는 그저 그 노인네의 애인일 뿐이잖아, 그게 다야."

자리파는 그 긴 방을 으스대며 걸어왔고, 그녀의 입술에선 의도적이고 체계적으로 신의 이름이 끝도 없이 흘러나왔다. 그녀는 방바닥에 깔린 페르시아 카펫이 얼마나 묵직하고 부드러운지 보려고 발가락으로 카펫을 힘 있게 찔러보면서 걸었다. 그녀는 과일과 대추야자 접시를 덮어놓은 얇고 투명한 천을 옆으로 밀어내고, 재빨리 평가했다. 그리고 컵에 아주 작은 은제 스푼을 넣고 뒤적여서 그 안에 정말 두껍고 단단한 사프란 가닥들이 들어 있음을 확인했다. 그리고 나서야 방 가운데를 향해 계속 걸어갔다.

"반가워요, 자리파."

살리마는 중얼거렸지만 목소리에 서린 조소는 굳이 감추려 하지 않았다.

"이런, 이런, 당신은 너무 일찍 왔네요! 조금만 더 기다렸더라면, 열흘 정도 있다가 왔다면 좋았을 텐데. 날 용서해 줘요,

다리가 너무 아파서 당신을 맞으러 일어나지도 못하겠네요."

자리파는 거대한 몸을 움직여서 바닥에 깔린 마야의 매트리스 발치에 앉았다. 그리고 천천히 숨을 들이마셨다.

"신경 쓰지 마세요, 마님. 일어날 생각도 하지 마시고요! 어쨌든 언제는 절 위해 일어나서 맞아주신 적이 있나요?"

그녀는 오른쪽 집게손가락에 끼고 있는 거대한 은반지를 돌리면서 매트리스 쪽으로 몸을 살짝 기울였다.

"몸은 좀 어떠니, 마야? 다행히 무사하구나. 이렇게 건강한 몸으로 아이를 낳다니 복 받은 거야. 좀 더 일찍 못 와봐서 미안하구나. 내 아들인 산자르 있지. 그 아이도 최근에 딸을 낳았거든."

"축하해요, 겹경사가 생겼군요! 우린 그 소식은 듣지 못했어요."

살리마가 말했다.

자리파가 누워 있는 마야를 향해 몸을 더 깊숙이 기울였다.

"바로 어제 낳았거든요. 그 독사 같은 샤난이 딸을 낳았답니다. 산자르에게 또 딸이 생겼어요. 그래서 우리도 아주 바빴답니다."

자리파를 마주 보고 있던 살리마는 그 말에 자기 딸을 향해 몸을 더 가까이 기울였다.

"그럼, 오늘은? 새벽부터 당신은 어디 있었어요? 어디 있느라 당신 주인의 딸을 보러 올 수도 없었단 말이죠? 하지만 물론 우리는 속담을 떠올려야겠죠. 사랑하는 사람을 위해서라면 발이 절로 빨라지지만, 애정이 없으면 발을 질질 끌면서 고통을 느낀다던가."

살리마가 말했다.

자리파는 앉은 자리에서 몸을 쭉 펴면서 눈을 가늘게 떴다.

"아니, 그건 이 상황에 맞는 속담이 아니죠, 마님! 잘 들어보세요. 알다시피 우리 집의 나이 든 주인님은 제가 만든 빵만 드시잖아요. 그리고 그 속담은 원래 이런 말이었죠. 너를 사랑해 주는 사람은 너도 사랑하고, 널 밀어내는 사람은 너도 밀어내고, 너를 멀리하는 사람은 너도 멀리하기 마련이다. 뭐, 와서 보니 마님을 보러 온 손님은 하나도 없고, 지금 커피를 따라야 할 사람도 하나 없네요. 그 갓난아기 좀 이리 줘보렴, 마야. 아기를 위해 기도를 올려야겠다. 아기를 위해 신에게 작은 간청을 드려야겠어."

아기가 젖을 먹고 싶어 한다고 살리마가 끼어들었다. 자리파는 미소를 지으며 마치 무희처럼 어깨를 씰룩였다.

"마야는 생선을 먹으면 좋아요, 마님도 알죠. 그러면 젖이 잘 나올 거예요."

"그건 아니죠, 이제 막 출산한 아이에겐 좋지 않아요, 자리파."

살리마가 쏘아붙였다. 자리파는 큰 소리로 웃더니 노래하듯 말했다.

"속담에 이런 말이 있지요. 아픈 자들에게 그들이 원하는 걸 줘라. 하지만 신만이 그들의 건강을 회복시킬 수 있나니. 왜 마야에게 소금에 절인 생선은 안 된다는 거죠? 우리 압달라가 이미 마야에게 암탉을 마흔 마리나 갖다줬잖아요? 그 정도면 마야는 이미 기력을 회복했을 텐데요! 마음씨 착한 우리 산자르는 그 독사 같은 마누라, 지 처에게 생닭 한 마리와 꿀과 버터를 갖다줬답니다. 하지만 내 며느리는 여전히 내가 해주는 음식은 싫다더군요. 속담에 이런 말이 있죠. 배부르게 먹여줬더니 은인을 힘껏 걷어찬다고요. 그년은 제 몸뚱이 하나 가릴 변변한 입성 하나 없던 시절, 내 아들과 결혼하기 전의 가난하던 시절을 잊었나 봐요. 아이고, 불쌍한 내 새끼 산자르. 그 독사 같은 년을 만나서 내 아들 신세가 꼬였단 말이죠!"

"일어나라, 마야. 일어나 앉아서 아이에게 젖을 줘."

살리마가 손님인 자리파에 대한 혐오감을 노골적으로 비치면서 중얼거렸다. 마야는 애를 써서 간신히 일어나 앉았다.

"내 아들이랑 같이 사는 그 독사 같은 년은 누워서 젖을 준다니까요. 마치 암캐처럼 말이죠. 시어머니를 보고도 일어나 앉지도 않는다니까."

자리파는 다시 노래하듯 큰 소리로 말했다. 그리고 며느리가 손녀딸의 이름을 라샤라고 지었다고 말했다.

"내 가련한 아들은 한마디도 하지 않더군요. 젠장, 그 자식이 뭐라고 하겠어요? 입만 벙긋해도 그년이 내 아들의 살을 깨물고 독을 먹일 텐데. 내 손녀에게 하비바나 마리암이나 파티마 같은 이름을 지어주는 대신 그런 요상한 이름을 지었다니까요. 머르뱃, 라바브, 나바브, 샤캅, 다이아아압, 같은 이름이라니. 차라리 악마의 눈을 도려내는 여자라고 짓지 그랬을까? 세상이 원 어떻게 되려고 이러는지! 마야, 넌 아기 이름을 뭐라고 지었니?"

마야는 자신의 품에 안겨 있는 갓난 딸의 눈을 들여다보며 말했다.

"런던."

갑자기 방에 침묵이 흘렀다. 자리파는 고개를 푹 숙였다가 거대한 몸을 들어 올려 바닥에서 일어났다.

"그만 일어나야겠다. 네가 먹을 점심을 만들어야겠어."

그녀가 중얼거렸다. 그리고 천천히 일어서서 부엌으로 걸어 갔다.

살리마는 천천히 한숨을 쉬었다. 그녀는 기름기가 번들거리는 이 방의 벽이 산모가 지내기엔 너무 어둡고 칙칙한 게 아닌지 걱정스러웠다. 그래도 딸이 이 방에서 산후조리를 하는 편이 더 낫다고 생각했다. 이 방은 따뜻하고, 손님들은 봉창에 있는 공간마다 비싼 접시들이 포개져 있는 모습을 보게 될 테니까. 그녀가 결혼식 때 가져온 오래되고 우아하게 세공된 나무 궤짝, 놋쇠 부품이 달린 그 가구가 방에 우아한 분위기를 더해주고 있었다. 최근에 그 놋쇠로 된 부분에 광을 내고 새로 금박 페인트를 칠해서 더 분위기 있어 보였다. 이 방에는 여러 개의 쿠션과 자수를 놓고 인도산 비단이 들어간 카펫도 여러 개 있었다. 살리마는 장식하고 꾸미는 데 아주 공을 많이 들이는 사람이었다. 자기 몸만 빼고.

무에진(하루에 다섯 번 이슬람 사원에서 예배 시간을 알리는 사람-옮긴이)의 아내가 노래하듯 크게 울려 퍼지는 목소리로 들어가도 되느냐고 물었을 때 살리마는 서둘러 긴 방의 한쪽 끝에 있는 문으로 걸어갔다. 그 순간 자리파가 부엌에서 나왔다. 부엌은 집 앞에 있는 뜰의 동쪽 한구석에 있었다.

"세상에, 저것 좀 보라지! 마님 다리가 아까보다 훨씬 좋아졌네, 인제 보니 일어날 수 있었잖아!"

자리파는 큰 소리로 중얼거렸다.

살리마와 무에진의 아내가 언뜻 보기에도 아주 따뜻하게 인사를 나누고 있을 때 자리파의 크고 쉰 목소리가 뜰을 지나 그곳까지 들렸다.

"속담에 이런 말이 있지. 아침이나 밤이나 사랑하는 사람은 항상 환영이지만, 아닌 사람은 아니구나. 그 사람이 아무리 영리하고 자부심이 강하다 해도 그렇지!"

자리파는 자기 허벅지를 손바닥으로 철썩 내리치고 다시 부엌으로 사라졌다.

몇 년 전 무에진의 아내는 내륙 깊은 곳에 있는 사밀이라는 마을에서 이곳으로 이사왔다. 사람들이 그녀를 그저 무에진의 아내라고 부르기 시작한 후 그녀의 본명은 잊혔다. 그녀와 살리마는 이야기를 나누고 시작했는데, 그 두서없는 이야기가 이리저리 흘러가면서 옆길로 빠지는 동안 두 사람은 점점 더 수다에 몰두했다. 마야는 젖을 먹고 있는 아이를 빤히 보고 있었다. 그녀의 시선은 고요했고 담담했다.

아스마가 들어와 그들 옆에 앉았다.

"있죠, 엄마! 마야 언니를 위해서 이걸 만들어야 해요. 이 책 《나그네를 위한 과실》의 작가가 하라고 한 것처럼 말이죠. 여기 보면."

웃으면서 살리마가 아스마의 말을 잘랐다.

"네가 보는 그 의학서적들이나 잘난 의사들이 내 딸에게 뭘 해주라고 하는 설교는 필요 없다. 내가 다섯 아이를 건강하게 키워내는 동안 아무도 내게 뭘 가르칠 필요는 없었어. 너 그렇게 자나 깨나 책을 읽어대다간 눈이 툭 튀어나올 거다. 자, 커피 마실 시간이다."

"이것 좀 봐, 마야 언니. 현대 의학에 보면 대추야자 열매는 막 출산한 산모에게 아주 좋은 음식이래. 그리고 이 말은 코란 (이슬람교의 경전-옮긴이)에도 나왔어. 어쨌든 마리암이 야자나무를 흔들었을 때 대추야자가 그녀의 몸 위로 떨어져 내렸잖아. 마리암이 분만하고 있을 때 이렇게 말했다고 코란에 나와. '야자나무 몸통을, 당신을 향해 흔들면, 잘 익은 신선한 대추야자 열매들이 떨어질 겁니다.'라고."

아스마가 말했다.

아스마는 무에진의 아내이 감탄할 수 있도록 루트반이란 단어를 예스럽게 발음하면서 격식에 맞춰 문장을 끝냈다. 하지만 어머니가 그녀의 팔을 홱 잡아당겨서 언니에게서 떨어지게 했다.

"네 언니 좀 그냥 내버려 둬! 네 언니는 자기가 원할 때 혼자서 밥을 먹을 거다."

"왜요?"

아스마가 물었다. 무에진의 아내는 이미 준비된 답을 조용히 읊조렸다.

"산모는 몸속이 깨끗하지 않아. 그러니까 우리는 산모와 같이 음식을 먹어선 안 돼. 불결한 여자와 한 접시에 있는 음식을 먹는 건 옳지 않아."

아스마는 짜증이 났다. 이런 전통에 관한 언급이 하디스(마호메트의 언행록—옮긴이)에 나와 있을 거라고 아스마는 확신했다. 그녀는 분명 신의 뜻을 전하는 마호메트가 살아 있을 때 어떻게든 이런 말을 했을 거라고 확신했다. 그녀의 몸 상태가 어떻든 다른 사람들과 같이 음료를 마시거나 음식을 먹을 수 있다는 말을. 하지만 무에진의 아내가 있는 자리에서는 아무 말도 할 수 없었다. 그랬다간 아스마가 이슬람교를 비판하는 말을 한다고 저 여자가 생각할 테니까.

자리파가 그들에게 커피를 따라주러 왔다. 자리파는 노예의 후손으로서는 유일하게 자유로운 여성들과 같은 접시에 나온 음식을 먹어왔다. 사실 그녀가 멋대로 이 특권을 행사해서 다른 여자들에게 자신과 같이 음식을 먹으라고 강요해온 셈이었다. 하지만 아무도 그런 조치에 반대하지 않았고, 그 문제로 그녀와 논쟁을 벌이지도 않았다. 이제 그녀는 이 특별한 경사를 축하하기 위해 만든 달달하고 기름기가 도는 별미를 입에 넣기 시작하면서, 손가락에 남은 기름기를 아주 만족스러운 표정으로 빨아먹었다.

"자리파, 그런 음식은 좀 자제해요, 당뇨가 있는 걸 잊지 말아야죠. 당신 몸은- 맙소사!- 정확히 말해서 뼈만 남았다고 할 순 없잖아요."

무에진의 아내가 말했다.

자리파는 킬킬 웃었다.

"내가 왜 단 것 때문에 아플지 두려워해야 하죠? 때가 되면 사람은 다 죽게 마련이잖아요, 부인. 그것 때문에 괜히 마음 졸이며 괴로워할 필요 없어요. 그리고 내 몸은 맙소사! 딱 좋아요. 내 몸을 부러워하는 사람들은 다 눈이 멀어버리라지! 난 의사들이 하는 말은 듣지 않아요. 흥, 당뇨건 아니건 의사들 말은 신경도 안 써요. 어쨌든 속담에 이런 말이 있잖아요. 젊은이의 살이라고? 노인들은 그 살에 환장한다고!"

자리파는 자신의 잔에 다시 커피를 따라서 홀짝거리며 마셨다. 잔을 잡은 손가락이 포동포동했다.

무에진의 아내는 희미한 미소를 지었다.

"신의 용서를 빌어요, 자리파! 젊은이의 살에 노인들이 환장한다고요? 도대체 얼마나 더 나이가 들어야 하죠, 자리파? 항상 이렇게 가망 없는 걸 바라는 우리를 신이 용서해 주시기를! 당신은 이제 적어도 쉰은 됐잖아요."

자리파는 어깨를 으쓱했다.

"그래서, 쉰이 어째서요? 난 쉰이 젊음의 절정에 있는 나이라고 생각해요. 그리고 내 아들이 이제 막 아이를 낳았어요. 난 다른 사람들처럼 마흔도 되기 전에 할머니가 된 게 아니라고요."

살리마는 자리파가 그녀를 겨냥해서 던진 말을 듣지도 않았고, 그 말의 요지를 이해하지도 못한 것처럼 행동했다. 그녀는 오렌지를 먹느라 바빴다. 그녀는 40대 초반에 할머니가 된 게 신경 쓰이지 않았고, 자리파의 그런 말에 아무 관심도 없다는 점을 분명하게 보여줬다. 하지만 무에진의 아내가 자리파의 말을 끈질기게 물고 늘어졌다.

"그건 사실이에요, 자리파. 당신이 노인은 아니지만, 어쨌든 그 방면으로 대단히 서두르고 있는 건 사실이잖아요. 아들을 너무 일찍 장가보냈으니까."

자리파는 허리를 세우고 앉아서 달달한 간식을 먹으며 무에진의 아내를 사납게 노려봤다.

"자비를 베풀어야 했으니까요! 난 사냔이 그렇게 독사 같은 년인지 몰랐어요. 걔 아버지가 막 돌아가셨고, 고인에게 우리 모두 자비를 베풀어야 하잖아요. 사냔의 불쌍하고 가련한 엄마 마수다는 미쳐버렸고…. 사냔은 우리 친척이라고 난 되뇌었죠. 피를 나눈 그 아이를 내치면 신이 우리를 벌하실 거예요. 그러니 당신에게 물어볼게요. 그때 산자르를 장가보내는 게 나았나요? 아니면 자기들이 원하는 게 뭔지 정확히 알고 있는 남자들에게 산자르의 처분을 맡겨야 했나요?"

살리마는 자리파를 노려봤고, 무에진의 아내는 고개를 절레절레 흔들었다.

"그런 사소한 이야기에 신의 용서를 구하다니."

그녀는 재빨리 소리쳤다.

밖에서 들어와도 되냐는 여자들의 목소리가 들렸다. 살리마는 아스마에게 눈치를 줬다. 아스마는 느릿느릿 일어났다. 아스마는 자신이 결혼도 하지 않은 처녀기 때문에 유부녀들과 같이 앉아서 그들이 하는 이야기를 들을 권리가 없다는 점을 이해할 수 없었다. 특히 그녀가 듣지 못하게 하려고 이들이 이토록 애쓰는 '삶의 경험'을 그녀는 책에서 아주 쉽게 얻을 수 있는데 말이다.

'아, 책이 있었지!'

책에서 맛볼 수 있는 어마어마한 쾌락을 생각하자 아스마의 발걸음에 속도가 붙었다. 책을 읽는 기쁨에 몰두하는 순간은 굉장히 즐거우니까.

압달라

여행을 많이 했지만, 난 여전히 비행기 창가 쪽에 앉는 걸 좋아한다. 나는 하나의 도시에 이어 또 다른 도시가 점점 작아지다가 사라지는 모습을 내려다보는 것이 좋다.

"아빠, 아빠는 여행을 너무 많이 해요."

런던이 전에 이렇게 말한 적이 있다. 나는 딸에게 집을 떠나 새롭고 낯선 곳에 있으면 자신에 대해 더 잘 알게 된다는 말은 하지 않았다. 그리고 바로 사랑이 그러하다. 런던은 낯선 곳이나 집에서 멀리 떠나 있는 것에 대해선 잘 모르지만, 사랑에 대해선 확실하게 알고 있다. 엄마의 매질을 고집스럽게 참아내던 런던의 모습에 난 매료된 동시에 너무 고통스러웠다. 결국, 나는 그 채찍을 부숴버리고, 런던을 그와 결혼시켰다.

"엄마가 정말 사랑에 대해 뭘 알아요? 엄마가 세상에 태어나 처음으로 눈을 뜬 날부터 아빠를 보기 전까지 아무도 안 봤잖아요? 사람들이 엄마를 아빠에게 시집보냈을 때 엄마는 몇 살이었어요?"

런던은 엄마에게 다그쳐 물었다.

런던은 내가 그때 집에 없는 줄 알았지만, 난 그때 있었고 딸이 하는 말을 다 들었다. 마야는 웃었지만, 그녀의 웃음소리에는 뭔가 격렬한 감정이 서려 있었다. 그 소리를 듣고 나는 겁이 났다. 그게 다였다. 마야는 사실 런던에게 아무 말도 하지 않았다. 날 사랑한다는 말, 나를 한 번이라도 사랑했다는 말은 하지 않았다. 마야는 아무 말도 하지 않았다.

이제 아버지가 죽어가고 있고 나는 숨이 막혀 죽을 것 같다. 아버지의 몸속으로 들어간 튜브들이 내 생명을 빨아내고 있는 것 같다. 나는 나조차 이해할 수 없는 말들을 중얼거렸고, 새벽이 올 때까지 아버지 침대 옆에 앉아서 운 사람도 바로 나였다. 내가 죽어가는 아버지의 침대 옆에 앉아 있을 때 무하마드는 한 살밖에 안 됐고, 나는 그 아이도 생각하고 있었다. 할아버지가 돌아가셨다는 사실을 알았을 때 런던이 비명을 지르자, 마야가 런던을 꾸짖었다.

"네가 그렇게 소리를 지르면 돌아가신 할아버지가 아파."

마야는 런던에게 그렇게 말했다. 마야가 내게 이 말을 한 지도 오래됐다, 사실 몇 년 전에 했다.

"당신은 아버지에 대한 존경이 지나치지 않아?"

나는 그런 말을 하는 아내를 나무랐다.

우스타즈 맘두가 말했다.

"나는 국가에 충성하고 아랍 민족주의에 봉사하기 위해 왔
단다."

런던이 말했다.

"나는 BMW를 갖고 싶어요. 그건 의사이자 거상 술레이만
가문의 딸인 내 지위에 아주 잘 어울려요."

런던은 왜 할아버지의 핏줄이라는 점을 꼭 언급해야만 했
을까?

살림이 말했다.

"나는 새 플레이스테이션이 갖고 싶어."

자리파가 말했다.

"우리가 정말 후회할 일이 생기기 전에 이 아이를 결혼시키
는 게 낫겠어요."

숙모가 말했다.

"무스카트로 가고 아무 걱정하지 마. 내가 큰 집 일을 다 처
리할게."

내 사업파트너인 아부 살리가 말했다.

"이 거래는 완전 탄탄해."

빌 선생님이 말했다.

"당신은 왜 어렸을 때 영어를 배우지 않았나요? 이제 영어
가 얼마나 중요한지 깨달았습니까? 영어는 세계에서 가장 중

요한 언어입니다."

세계에서 가장 중요한 영어. 세계에서. 세계. 세계는 아주 크다. 아주 작다. 내 파트너인 아부 살리가 말했다.

"이제 오래된 사업 방식은 한물갔어. 요즘은 광고가 생명이야. 광고가 사람들의 마음을 움직이고 돈주머니를 열게 한다고."

주머니, 주머니.

아버지, 내가 말했다.

"나 1리얄(사우디아라비아와 카타르의 통화 단위 – 옮긴이)을 갖고 싶어요."

그러자 아버지는 웃었다.

"너같이 꾀죄죄한 꼬맹이가 1리얄이나 갖고 싶다고? 내가 어렸을 때는 언젠가 1페니가 내 손에 들어오기를 간절히 빌었다. 고작 1페니 말이다!"

나는 야자나무 몸통에 그녀의 이름을 썼다. 농장 대문에 뜨거운 금속을 가지고 그녀의 이름을 새겼다. 마야. 그 작은 세계. 그 커다란 세계. 아뇨, 감사하지만 괜찮습니다. 주스는 마시고 싶지 않아요. 난 짜이가 좋아요. 네, 차요. 차 좀 더 주시겠어요? 왜 머릿속이 쿵쿵 울리는 거지? 주식 시장이 붕괴했고 마야는 소리를 지르며 불평을 늘어놓았다.

"그럼, 결국 새집을 지을 수 없다는 거야, 당신? 우리의 3층집을?" 그녀는 울부짖었다.

"내가 달리 뭘 할 수 있었겠어? 그게 무너졌다니까. 주식 시장이 무너졌다고."

마야가 쓰러지고 하비브는 도망갔다. 자리파가 아버지가 악을 쓰고 있다고 했다. 그게 다였다, 소리만 지른다고. 악을 쓰면서 미쳐가고 있다고. 그는 도망쳤고. 내 아버지는 미쳤다. 아버지는 노인이 되는 문턱에 서 있었다. 아버지는 협박하고, 약속하고, 그러다 결국 그 화제로 돌아오지 않았다. 자리파는 오래된 습관으로 돌아와, 원 없이 나를 보살폈다.

아버지가 자리파를 하비브에게 시집보내기로 한 날, 자리파는 후추를 담은 원뿔 모양의 종이봉투 가장자리를 내 입속으로 기울이고 한꺼번에 쏟아부었다. 그리고 내 귀를 움켜쥐고 있는 힘껏 잡아당기면서 말했다.

"내가 이런 짓을 했다고 누구에게든 입만 벙긋해도 네 아버지가 널 꽁꽁 묶어서 야자나무에 거꾸로 매달 거야."

어쨌든 난 그런 말을 할 사람도 없었다. 후추가 내 목구멍을 태우면서 몸속으로 들어갔다. 나는 물을 아주 많이, 많이 마셨고, 밤이 됐을 때 자리파는 보이지 않았다. 내 몸이 쏙 들어가게 안아주는 자리파의 풍성한 품을 찾을 수 없었다.

내 파트너인 아부 살리가 말했다.

"우린 이 거래를 받아들일 거야."

내 사촌이 말했다.

"이 건물을 사. 부동산은 이 나라에서 가장 안전한 자산이야.

이 나라. 이 나라에 있는 모든 것이 경악할 만한 속도로 변하고 있다고."

런던이 말했다.

"난 이 알쿠와이르가 마음에 안 들어요, 아빠. 여긴 걸을만한 곳이 없어요."

"그 정도는 아니다, 런던."

"아빠, 여기 거리들은 모두 차로 다니게 설계돼 있지, 사람이 걸어 다니게 된 곳이 아니라고요."

나중에 런던은 자기가 한 말을 다 잊어버렸다. 친구들과 함께 자기 차를 타고 쇼핑몰들을 탐험하는 데 빠져들기 시작한 이후로.

"난 수도가 좋아요! 여기가 두바이는 아니지만, 여기선 우리가 원하는 걸 다 찾을 수 있어요."

살림이 말했다. 나는 그가 원하는 게 정확히 뭔지 묻지 않았다.

무하마드는 별말이 없었다. 그때만 그런 게 아니라, 평생 그렇다. 무하마드나 살림이나 런던만큼 날 행복하게 만들진 못했다. 런던이 태어났을 때 나는 세상에 다 담을 수 없을 정도로 큰 행복을 느꼈다. 런던은 예쁘고 귀여웠고, 마야와 아주 많이 닮았다. 당시 자리파는 살리마의 집에는 절대 가지 않겠다고 맹세했다. 그 집에서 가서 자신의 의무, 즉 그 집에 찾아온 여자들에게 커피를 따르는 일은 하지 않겠다고. 나는 자리파에게 말했다.

"하지만 이 갓난아기는 내 딸이자 내 자식이고, 마야는 내 아내예요. 왜 살리마를 신경 써요? 살리마과 이 일과 무슨 관계가 있다고?"

자리파는 살리마를 참고 볼 수 없어서 절대 살리마의 집엔 가지 않겠다고 했다.

마야가 무하마드를 임신했을 때 말했다.

"난 친정에 산후조리를 하러 가지 않겠어. 그냥 우리 집에 있을래. 날 도와줄 하녀를 둘게."

졸업식에서 나는 중등학교 졸업장을 받았다. 나는 그것을 꼭 붙들고 있었다. 그날 밤 그걸 아버지에게 보여줬을 때 나는 숨을 헐떡거리고 있었다. 아버지가 웃었다.

"넌 왜 사람들 앞에 서 있는 개처럼 헐떡거리고 있는 거냐? 그런 종이 한 장으로는 아무것도 얻어낼 수 없어. 널 도와줄 건 바로 이거야."

아버지는 입고 있는 옷의 호주머니를 두드리며 말했다. 그리고 웃었다.

아버지는 웃었다. 웃었다!

나는 물어볼 만 한 사람을 찾아낼 수 없었다. 아무도 엄마가 어떻게 돌아가셨는지 내게 말해주려 하지 않았다. 나이가 좀 더 들었을 때 고모에게 물었다.

"너희 엄마는 바질 덤불 때문에 돌아가셨다."

고모가 말했다.

회의할 때마다 사람들은 종종 테이블에 꽃을 올려놨지만, 바질은 절대….

"어떻게 그런 일이 있을 수 있어요, 고모? 어떻게 바질 덤불 때문에 사람이 죽을 수 있냐고요?"

고모는 내 질문에 손사래를 쳤다.

자리파는 고모를 경멸했다. 아버지가 돌아가시고 내가 무스카트로 이사 갔을 때 자리파는 쿠웨이트에 있는 아들 산자르와 같이 살러 갔다.

"우리 엄마는 어떻게 바질 때문에 돌아가실 수 있었어, 자리파?"

"난 몰라."

"하지만, 자리파는 모든 걸 알고 있잖아."

자리파는 콧방귀를 뀌면서 날 자신의 품으로 휙 잡아당겼다. 자리파에게 붙들려 그녀의 가슴에 얼굴을 댄 나는 평소처럼 닭고기 수프 냄새와 섞인 땀 냄새를 맡을 수 있었다.

"난 자리파야. 난 그게 전부라고. 그리고 난 모든 걸 알지 못해. 난 요리하는 법을 알고, 먹는 법을 알고, 춤을 추는 법도 알고, 그리고."

자리파는 그렇게 말했다. 그리고 내가 윗입술 위쪽에 곱슬곱슬한 털이 나기 시작하면서 남자들과 여자들에게서 보고 관심을 두게 된 음란한 몸짓을 했다.

그랬다, 나는 아버지의 소총을 훔쳤다. 나는 자리파의 아들 산자르와 우리 친구 마훈과 같이 까치를 사냥하러 갔다. 산자르가 경고했다.

"네가 그 소총을 손에 넣지 못하면 넌 사내도 아니야."

마훈이 덧붙였다.

"네가 안 오면 우리는 까치 대신 널 통구이로 만들어 버리겠어."

사막에 도착하자 그들이 날 공격해서 제압했다. 그들은 내게 이렇게 말하라고 시켰다.

"난 노예다, 난 산자르와 마훈의 노예 압달라다".

하지만 난 그렇게 말하지 않았다. 대신 이렇게 말했다.

"자리파에게 다 말할 거야."

그래서 그들은 날 내버려 뒀다. 하지만 잡은 까치들은 둘이 다 먹어 치웠다. 나는 크면 까치 백 마리를 혼자서 다 먹겠다고 맹세했다. 하지만 내가 어른이 될 무렵 까치 사냥은 불법이 됐다.

마야는 결코 바질을 심지 않았다. 마야는 토종 들장미, 달콤한 향기가 나는 재스민과 또 아주 강렬한 향기가 나는 다른 재스민과 데이지와 초록색 채소들과 레몬 나무와 마르멜루(모과 비슷한 열매가 열리는 나무 – 옮긴이) 관목을 키우길 좋아했다. 우리 집 뜰은 거대했는데, 마야는 그 땅의 대부분을 정원으로 가꾸었다. 한 번은 내가 그녀에게 물었다.

"왜 바느질은 하지 않아, 마야?"

"이 바보 같은 양반아, 당신은 아무것도 모르는군. 사방에 재봉사가 널렸는데 내가 왜 바느질을 계속 해야 해? 그리고 솔직히 말해서 난 바느질이 지겨워."

자리파가 말했다. 하지만 그녀는 그와 같은 방식으로 공부도 싫증냈다. 마야는 영어를 배우겠다는 희망을 잃고 야간 학교에 나가는 것도 그만뒀다. 내가 마야에게 무하마드를 장애인들을 위한 특수 교육 시설인 희망 학교에 보내자고 제안했을 때 마야는 울고 또 울었다. 그러고 나서 말했다.

"내 아들은 다른 남자아이들과 똑같아. 내 아들은 형과 사촌들처럼 일반 학교에 갈 거야."

무하마드는 다른 아이들과 달랐지만, 마야는 그 사실을 외면하고 싶어 했다. 마야는 뜰에 절대 그 어떤 바질도 심지 않았다. 어느 날 밤, 하늘이 맑고 고요한 밤에 마야에게 바질을 좀 심어보면 어떻겠느냐고 물었다.

"바질 향기는 독사들을 부른단 말이야!"

마야가 말했다.

까치 사냥을 하고 온 날 밤 자리파가 내 상처를 치료했다. 나는 꽤 심하게 다쳤는데 자리파는 거기다 소금과 강황을 발랐다. 그런 내내 나는 이런저런 말을 지껄이면서 묻고 또 물었다.

"엄마가 어떻게 돌아가셨어, 자리파? 우리 엄마가 어떻게 죽

66

었냐고?"

자리파는 그날 밤 한마디도 하지 않았다. 그러나 이제, 마침내 자리파가 말했다.

"압달라, 아가! 너도 그 속담 알잖니. 모르는 게 약이라는 말."

칼라가 운전을 시작했을 때 마야는 갑자기 자기도 운전을 배우겠다고 고집을 피웠다. 하지만 시험에 떨어졌다. 경찰이 자기에게 편견을 갖고 있다고 마야가 진지하게 말했다. 경찰이 칼라와 공모해서 자기를 떨어뜨렸다고. 마야는 그걸 확신하고 있었다. 칼라는 예쁘고 스타일이 좋다. 우아하고 맵시가 있다. 나는 마야를 위해 운전기사를 고용했지만, 몇 달 후에 마야가 해고했다.

"마야! 대체 무슨 짓을 한 거야!"

내가 말했다. 하지만 마야는 이렇게만 말했다.

"당신은 사내가 되어서 날 그렇게 아이처럼 꾸짖어야겠어?"

도대체 아내가 무슨 말을 하는지 이해가 되지 않았다. 칼라가 이혼한 후 무스카트의 가장 세련된 지역에 미용실을 차렸을 때 마야는 다시 면허를 따려고 시도했다.

나는 사촌이 하는 말을 듣지 않았다. 건물을 사지 않았다. 주식을 샀는데 주식 시장이 무너졌다. 그때 수상한 일들이 많이 일어났지만, 신문들은 하나같이 입을 다물었다. 그들은 심지어 남쪽에서 하난과 그녀의 동료 교사들이 당한 강간에 관한 기사도 싣지 않았다.

하난은 남쪽 깊숙이, 국경 근처에 있는 사랄라 마을의 한 초등학교에서 교사로 근무하고 있었다. 한밤중에 런던이 우리에게 전화했다. 십 대 소년 무리가 교사 기숙사를 습격했다고 런던이 말했다. 그들이 교사들을 강간했다. 하난도 강간당했지만, 사람들은 입을 다물었다. 도대체 이렇게 요란한 침묵은 누가 돈을 주고 산 것일까? 런던은 돌아버리기 일보 직전이었다. 런던은 하난이 입원한 병원에 같이 있었다. 런던과 친한 친구인 하난은 신경쇠약에 걸렸다.

나는 병원에서 아버지 옆에 머물렀다. 나는 거듭, 거듭 아버지의 바짝 마른 입술을 물로 축이고, 눈을 감겨 드렸다. 그러고 나서 울었다. 다만 장례를 치른 후 사람들 앞에서는 눈물을 한 방울도 흘리지 않았다. 다림질을 빳빳하게 한 흰옷을 입고, 예법에 따라 칼을 차고 여러 가지 색이 들어간 터번을 쓰고 우리 집에서 아침부터 해가 질 때까지 꼬박 사흘 동안 지내면서 애도의 뜻을 표하러 온 모든 남자와 악수했다. 그런 내내 우리의 수명은 신의 손에 달려 있고, 저들의 삶은 우리 손에 달려 있다는 구절을 읊었다. 조문객들은 고기와 쌀밥을 먹고 갔다. 저녁에 나는 아버지의 방에 틀어박혔다. 내 안에서 뭔가가 타들어 가고 있었지만, 그게 뭔지 그때도 몰랐고, 지금도 모른다. 뭔가가 날 집어삼키고 있었다. 병원에서 아버지가 혼수상태일 때, 나는 이마에 내려온 터번을 뒤로 밀어내고 아직도 눈에 선연히 보이는 깊은 흉터를 아버지의 눈 가까이 댔다. 그리고 옷자락을 뒤로 밀어젖혀 아직도 어깨에 남아 있는 예리한 칼날의 흉터와 야자나무 섬유로 만든 밧줄에 묶인 흉터를 보였다.

"까치 사냥이 있었던 날을 기억하세요?"

나는 아버지에게 속삭였다. 아버지는 움직이지 않았다. 밧줄로 날 묶어서 우물에 거꾸로 매달아 몇 시간처럼 느껴지는 긴 시간 동안 대롱대롱 매달린 내 머리와 몸이 우물의 돌벽 가장자리에 부딪게 했던 아버지의 손은 움직이지 않았다. 나는 다시 아버지의 귀에 대고 속삭였다.

"맞아요, 산자르는 아버지가 말씀하신 것처럼 나보다 조금 더 어리죠. 하지만 산자르는 그때 나에게 그 소총을 훔치라고 부추겼어요. 나는 그걸 원래 있던 자리에 갖다 놓으려고 했어요. 그랬는데 마훈이 내가 한 짓을 일러바쳤죠."

아버지는 움직이지 않았다. 나는 언성을 높였다.

"산자르는 도망쳤지만, 아버지는 마훈을 때리지 않았죠. 그리고 나는 무서워서 죽을 것 같았어요. 아무것도 보이지 않는 깜깜한 우물 벽에 야자나무 밧줄에 묶여 거꾸로 매달린 채 대체 언제 풀려날지 몰라 너무나 무서웠다고요."

내게 그 모든 짓을 했던 아버지의 손은 더는 움직이지 않았다. 그 손은 거기 그 자리에서 여러 개의 튜브와 연결된 채 꼼짝도 하지 않았다. 나는 그 손을 잡아 나의 울퉁불퉁한 흉터 자국들을 쓰다듬었다. 그 손을 내 살에 대고 꾹 누른 채 가망 없고 절망적인 울음을 터트렸다.

아스마

아스마는 자매들이 같이 쓰는 큰 방으로 갔다. 집에서 외진 구석에 있는 그 방은 마치 마당 한쪽 구석에 찰싹 달라붙은 혹처럼 보였다. 마야와 여동생들이 나이가 차자, 그들의 어머니는 딸들을 걱정하기 시작했다. 그녀는 딸들을 본채에서 멀리 떨어진 곳에서 지내게 하면 마음이 한결 편할 것 같았다. 본채 응접실에 들어올지 모르는 남자 친척들과 딸들이 우연히 마주치길 바라지 않았다. 어쨌든 문중의 남자들은 가족의 의무를 다하기 위해 언제 어느 때 찾아올지 몰랐다. 그녀는 남편에게 마당 끝자락에 딸들을 위해 이 방을 지어달라고 부탁했다.

늘 그렇듯 칼라는 거울 앞에서 얼굴을 찡그리고 있었는데, 손에 작고 낯선 물건을 쥐고 있었다.

"그게 뭐야, 칼라?"

아스마는 동생 옆에 쭈그리고 앉았다. 칼라는 속삭이는 목소리로 대답했다.

"립스틱이야!"

아스마는 헉 소리를 내며, 그걸 동생 손에서 뺏어서 찬찬히 살펴봤다. 속에는 밝은 붉은 색 립스틱이 들어 있었고, 케이스는 황금으로 만든 새 모양의 근사한 디자인이었다.

"이건 어디서 났어?"

아스마가 동생에게 물었다. 칼라가 그걸 언니에게서 휙 잡아챘다.

"마야 언니가 아이를 낳으러 무스카트 병원에 들어가기 전에 사다 달라고 부탁했어."

아스마는 그 화려한 황금 새를 내려다보다가 중얼거렸다.

"하지만 엄마가…."

칼라는 언니의 눈을 똑바로 바라봤다.

"엄마는 아무것도 모를 거야, 언니가 입을 다물고 있는 한…."

아스마는 고개를 끄덕여서 동생을 안심시키고 책들이 줄줄이 꽂혀 있는 선반으로 돌아섰다. 그 책들은 창고에서 축축하게 썩어가는 것들을 구해온 것이었다. 아스마는 손으로 그 책들을 죽 쓸어보다가 파란색으로 제본한 책의 제목을 큰 소리로 읽었다.

"무스나드 알 이맘 알 라비 빈 하비브.《알 라비 빈 하비브 이맘이 엮은 널리 지지받는 시적인 전통들》."

모서리가 접혀 있고, 서서히 뜯어지고 있는 표제가 붙은 페이지를 넘겨 아스마는 다음 페이지 밑에 한쪽으로 기울어진 채 갈겨쓴 문장을 읽었다.

"신의 자비를 간구하는 이 책의 주인은 마수드 빈 하미드 빈 무하마드로서, 이 책은 내 벗이자 형제인 알리 빈 살림 빈 무하마드가 선물로 준 것이다. 짧은 필멸의 생을 사는 인간인 내가 이 페이지에 이렇게 몇 줄 적어둔다."

아스마는 손 글씨를 좋아하지 않았다. 그걸 보면 몇 년 전 알 아와피에서 학교가 열렸던 날이 떠오른다. 학교는 열렸지만 10살이 넘는 소녀들은 입학이 허락되지 않았다. 그들은 성인 기초 독해 반에만 들어갈 수 있었고, 그 수업도 시간이 좀 흐른 후에야 시작됐다. 아스마는 자기 이름을 쓸 수 있음을 증명한 아이들이 곧바로 3학년으로 올라갈 수 있다는 말을 들었다. 그들의 실제 나이가 몇 살이건 상관없이 말이다. 어떻게 그런 일이 일어날 수 있었는지 알 수 없었다. 어쨌든 학교가 열린 첫날에는 학교에 가지 못했으니까. 입학을 시도하기엔 그녀는 이미 나이가 너무 많았다. 그다음에 그녀는 성인 독해 수업에 들어갔는데 사실 그 수업을 받기엔 어린 나이였다. 아스마가 간신히 중학교에 들어갔을 때 모든 수업이 취소됐다. 학교에 학생이 충분하지 않다는 이유에서였다. 교사는 칠판에 삐뚤삐뚤한 악필로 이렇게 썼다. 수업은 학생 수 부족으로 취소됐습니다. 아스마는 학교에서 걸어 나왔다. 그 후로 삐뚤빼뚤한 글씨를 보면 속이 안 좋았다.

"아름다운 언니의 눈을 보호하는 대신 그렇게 책을 읽다간 눈이 멀어버릴 거야."

칼라가 말했다. 아스마는 조용히 반박했다.

"조용해, 이 바보야! 넌 2년 전 학교를 떠난 후로 책 표지도 들춰보지 않았잖아. 코란도 거의 안 봤고! 라마단에 엄마가 채찍을 휘두르지 않았다면 그것조차 안 봤겠지."

칼라는 언니를 비웃는 것처럼 어깨를 으쓱하고 돌아서서 다시 거울을 들여다봤다. 아스마는 몇 페이지를 휙휙 넘기다가 어떤 구절을 보고 씩 웃었다. 그리고 큰 소리로 그걸 읽었다.

"아부 후라이라, 신이 그에게 축복을 내려주시길, 그가 말했다. 신의 사자 (신의 기도와 자비가 그에게 내려지길)가 기도하고 있다가 아내에게 말했다. 아이샤, 내 옷을 줘요. 아내가 말했다. 하지만 저는 지금 생리 중이에요. 그가 말했다. 그건 당신의 잘못이 아니니 상관없어요.

"분명 이런 구절이 있을 줄 알았다니까."

아스마는 으르렁거리듯 말했다. 하지만 그 무에진의 아내는 ....

아스마는 예언자의 말을 다 외울 때까지 읽고 또 읽었다. 엄마와 마야 언니에게 이 구절을 하나도 빼놓지 않고 다 말해주고 싶었다. 이 말이 무에진의 아내를 얼마나 혼란스럽게 만들지 상상하며 피식 웃었다. 그리고 상상했다. 분만하고, 생리하고, 여자의 몸이 어떤 상태이건 누구도 더럽히지 않는다는 사실을 알고 다 같이 식사하는 광경을. 아스마는 그 책을 원래 있던 자리, 다른 책들 사이에 꽂아놓았다. 평범한 종이 표지가 달린《방랑자를 위한 열매》, 붉은 벨벳으로 제본한《무스타트 라프》, 카이로에 있는 마흐무디야 프레스에서 출간한 유명한 고대 아랍 시인인 안타라의 시집. 그 책은 가죽으로 제본했고, 안에는 전통적인 석판 인쇄를 했고, 가장자리에 손으로 쓴 비평이 남아 있었다. 거기에는 또한《예언자들의 이야기들》이란 제목으로 콜카타에서 출간한 작고 낡은 책도 한 권 있었고, 아주 큰 책도 한 권 있었다. 페이지들이 노랗게 절은 그 책의 제목은 고결한 이맘인 쉬합 알 딘 아마드가 쓴《독특한 목걸이》2부였다. 그는 당대 현인이자 또한 이빈 '아부 라비흐이고 신을 섬기는 이의 아들로 안달루시아 출신이며, 말리키 이슬람 율법 학교를 졸업했다. 신이 그에게 아낌없이 은혜를 베풀어서 신의 광대한 초록색 천국에서 살아갈 수 있게 하셨다. 아멘.'이라고 쓰여 있었다. 표지 가장자리에는 말리키 율법 학교 출신이자 카이르완의 알 후사리로 알려진 아부 이사크 이브라힘 빈 알 리가 쓴 글이며, 신이 그에게 축복을 주시길 빈다는 글이 새겨져 있었다.

가끔 아스마의 아버지는 그녀에게 이 두꺼운 책을 읽어달라고 부탁했다. 그녀는 작은 글씨들이 빽빽하게 차 있는 이 책을 읽기 쉽지 않다는 것을 알았다. 노력은 했지만, 아버지 앞에서 큰 소리로 읽기에 쑥스러운 단어들이 들어간 표현이 나오면 얼른 그걸 빼고 읽어야 할 상황에 부닥칠 때도 있었다.

그녀의 책장엔 또한 타와다드 자리야의 이야기를 담은 작은 책도 있었다. 그 책은 몇 페이지가 찢겨 있었다. 몇 년 후에 아스마는 이 이야기에 대해 두 가지를 기억했다. 찢겨나간 페이지들로 인한 이야기의 부재와 그 노예 소녀인 타와다드의 목을 은으로 만든 물병의 가늘고 긴 손잡이 부분에 비유한 것이었다.

거기에는 책의 등이 파란색인 《카릴라와 딤나》라는 제목의 책이 있다. 원래는 인도 철학자인 비드파이가 산스크리트어로 썼다고 전해지는 이 우화들은 페르시아어로 번역됐고 그후 학자인 압달라 이빈 알 무카파가 아랍어로 번역했다. 손바닥만 한 크기로, 작은 노트처럼 생긴 이 책은 1927년 베이루트에서 사디르 프레스가 출판했다. 이 책에서 아스마가 특히 칼라에게 큰 소리로 읽어주고 싶은 구절이 있었다. 무수히 많은 명사 끄트머리에 있는 여성 소유 대명사인 아아스와 하아스가 반복되면서 만들어진 서정적 아름다움 때문에 그런 마음이 들었다. 사람들이 말했다. 그들은 몇 년이 지난 후에 코끼리들이 살던 땅이 말라버렸다고 주장했다. 물이 줄어들고, 우물들이 말라버리고, 초목이 죽어버리고, 나무들이 시들어 버리고, 코끼리들이 목이 타게 됐다고…

책꽂이에는 문화유산 관광부에서 나눠준 책들도 있었다. 아스마는 〈순수성의 문제들〉이라는 제목의 글을 읽기 시작했지만, 너무 지루해서 읽다 말았다. 그것은 기이한 글이기도 했다. 거기 나온 구체적인 지시 사항들이 아스마는 이해가 되지 않았다. 아무리 읽어도 도무지 말이 안 되는 것 같았다. 예를 들어, 오줌을 눌 때는 단단한 표면이 아니라 부드러운 표면에 대고 눠야 한다고 적혀 있었다. 그래야 오줌 방울이 거기에 부딪혔다가 튕겨 나가서 다른 사람의 몸을 더럽히지 않고 무사히 밑으로 떨어져서 흘러 나갈 수 있다고. 하지만 아스마가 그때까지 본 모든 화장실의 표면은 다 단단했다. 그녀를 혼란스럽게 만든 또 다른 구절은 항상 물로 몸을 씻기 전에 먼저 돌로 몸을 닦아야 한다는 지시 사항이었다. 이건 요즘 사람들이 항상 사막에 사는 건 아니라는 점은 신경도 안 쓴 거잖아! 이 책에는 그런 구절이 아주 많았다. 오랜 시간이 흘렀는데도 개정판을 내지 않았기 때문에 시대에 맞지 않는 내용이 많았지만, 아스마가 읽어보려고 시도했던 책 중 일부는 상당히 최근에 율법 학자들이 써서 출간된 일도 있었다. 아스마는 마야가 결혼하기 전에 무스카트에 있는 가족 서점에서 사 온 작고 얇은 영어책들은 흘긋 보기만 했다. 아무도 그 책들을 읽을 수 없었지만, 마야는 그 책들을 사야겠다고 고집을 부렸고 대충 훑어보기까지 했다.

항상 그랬듯이, 책장에서 돌아서기 전에 아스마는 제목을 모르는 어떤 책에 남아 있는 몇 장 안 되는 페이지를 휙휙 넘겨봤다. 그녀는 그 책을 창고에 있는, 금방이라도 부서질 것 같이 상태가 점점 악화하는 책들과 따로 분리해서 보관하고 있다. 이 페이지에 나와 있는 글은 이미 외워서 다 알고 있지만 무슨 뜻인지는 이해할 수 없었다.

자신이 철학자라고 믿길 바라는 이들 중 일부는 주장한다. 신, 전능하신 신이 하나의 공처럼 생긴 형상 속에 사는 인간 하나하나를 다 만들었다고. 그러고 나서 그는 그 모든 구체를 둘로 쪼개고, 한 인간의 몸을 그 절반의 구에 담았다. 각각의 몸은 그 찢겨나간 영혼의 반쪽을 담고 있는 몸을 언젠가 만나게 될 것이라고. 그 결합으로 인해 두 개의 몸 사이에 열정이 일어난다. 각 인간이 지닌 본질의 섬세함에 따라 두 사람이 결합하는 효과는 다양하게 나타날 것이다.

**카마르,
달**

　살리마의 남편은 유목민의 정착지에서 열린 밤의 연회에서 돌아오다가 말도 안 될 정도로 어마어마한 황홀경에 압도됐다. 아잔의 발에 밟히는 모래는 아주 부드러웠다. 그는 사막의 모래에서 느껴지는 고요한 서늘함을 만끽하기 위해 샌들을 벗었다. 보름달이 다정한 동행이 되어 모래 언덕들을 가로지르며 익숙한 그림자들을 드리우고 있었다. 멀리서 알 아와피의 불빛들이 나타났다. 멀리 있는 조용한 불빛들, 마치 그 마을은 그가 모르는 낯선 세상에 있는 것 같았다. 그는 그 밤의 절반을 베두인 친구들과 함께 이야기를 만들고 대화를 나눴다. 그리고 평소처럼 노래 부르고 웃고, 플루트와 리벳(중세의 3현 악기-옮긴이)으로 연주하는 곡이 흘러나왔다.

　아잔은 걸어서 알 아와피로 돌아가기로 마음먹고, 친구들이 사륜구동 지프로 데려다주겠다는 제안을 마다했다. 베두인

족의 집들은 알 아와피에서 그리 멀지 않은 거대한 모래 언덕의 가장자리에 흩어져 있었지만, 이 두 개의 정착지가 겹친 적은 단 한 번도 없었다. 알 아와피는 농업이라는 뿌리에서 나온 안정성을 철저하게 고수했다. 베두인족은 한 지역에 자리를 잡고 낙타털로 만든 텐트들을 시멘트 블록으로 형성된 주택가로 바꿔서 영원히 이동하지 않을 것처럼 보이긴 했어도, 어느 한 곳에 뿌리를 내리고 산다는 생각을 조롱하고 심지어 경멸했다. 그들은 다른 무엇보다 낙타와 양치기에 의지하며 살았다. 그들은 헐렁한 전통 의상과 어디에도 메이지 않는 자유로운 본성을 고수하며, '정착민들의 삶'이라고 부르는 것과 철저하게 분리된 선을 지켰다.

이렇게 밤을 보내는 것만이 아잔을 우울에서 빠져나오게 할 수 있었다. 베두인 친구들과 어울릴 때는 묵직한 우울의 구름이 그의 심장에 내려앉지 않았고, 이야기와 웃음은 이 허망하고 덧없는 세상, 이 슬픔의 구덩이에서 일어나는 평범하고 시시한 게임에 지나지 않는다는 우울의 소리를 듣지 않을 수 있었다. 친구들과 같이 있으면서 그들의 노랫소리를 듣고 있을 때면, 두 아들의 죽음이 그의 목구멍에 딱딱한 응어리처럼 걸려 있지 않았고 삶의 무게에 짓눌린 나머지 연기처럼 사라져서 가식으로 가득 찬 이 세상을 떠나고 싶다는 마음도 들지 않았다. 친구들과 같이 있을 때면 이 세상의 쾌락을 맛보며 어느 정도 기쁨을 느낄 수 있다고 생각해도 마음속에서 죄책감이 일어나지 않았다. 그들과 있을 때면 항상 마음 한구석에 키메라(사자의 머리에 염소 몸통에 뱀 꼬리를 단 그리스 신화 속 괴물-옮긴이)처럼 도사리고 있는 걱정을 피해야 할 생각 없이 즐길 수 있었다. 그는 항상 가장 악랄한 덫을 경계하는 것처럼 걱정이 끼칠 위험을 조심해야 했다.

그는 모래 위를 걸어가면서 머릿속으로 그날 밤 그들이 불렀던 노래 가사를 반복하면서 그 선율과 리듬에 맞춰 걸으려고 애썼다. 갓난쟁이 손녀의 얼굴이 떠올랐다. 그는 아직 40대 중반밖에 안 됐는데 할아버지가 됐다! 갑자기 손녀가 보고 싶어진 그는 당장 집에 가야겠다는 충동을 느꼈다. 어서 거실로 들어가 자는 그 작은 얼굴을 봐야지. 그가 싱긋 미소를 지으며 콧노래를 부르려는 찰나 모래 언덕들 사이에서 갑자기 나타난 한 사람의 그림자를 보고 깜짝 놀랐다. 맙소사, 신이시여! 그는 중얼거리고 나서 재빨리 두 걸음 뒤로 물러났다. 하지만 그 그림자는 조금도 주저하지 않고 그를 향해 천천히 다가왔다.

"거기 누구요?"

아잔이 소리쳤다.

"저예요."

그는 여자 목소리를 듣고 놀랐다. 잠시 침묵이 흐른 후에 키가 훤칠하게 큰 여인이 그의 옆에 섰다. 그리고 부르카(코란의 가르침에 따라 여성의 온몸을 가리는 베일-옮긴이)를 잡아당겨 벗었다. 자신이 어쩐지 좀 더 침착해지는 게 느껴졌다.

"당신은 누구고 원하는 게 뭐요?"

여자는 아무것도 숨기지 않는 눈빛으로 그의 시선을 받았다. 순수하고 절대적인 아름다움과 큰 눈에서 계속 흘러나오는 어슴푸레한 빛에 아잔은 불안해졌다. 그녀의 달콤하면서 짜릿한 향기와 이렇게 그의 옆에 바짝 붙어 서 있는 방식 때문에 아잔은 더 혼란스러워졌다. 하지만 그렇지 않아도 혼란스러워하는 그를 더 정신없게 만든 건 그녀의 말이었다.

"난 나지야라고 해요. 난 카마르, 달이에요. 내가 원하는 건 당신이에요."

그 후로 오랜 세월 동안 이 말은 아잔의 머릿속에서 끝없이 울려 퍼졌다.

'난 나지야라고 해요. 난 카마르, 달이에요. 내가 원하는 건 당신이에요.'

아잔이 지금까지 살아오면서 아는 여자들은 많지 않았다. 그리고 이렇게 과감하고 용감한 여자는 한 번도 만나본 적 없었다. 이런 여자에게는 이보다 더 대단한 이름을 가질 자격이 있다고 그는 생각했다. 그녀는 그가 지금까지, 그리고 앞으로도 보게 될 그 어떤 여인보다 훨씬 더 아름다웠다. 달빛 속에 서 있는 그녀는 마치 천사가 이렇게 생겼을 것 같다는 생각이 들 만큼 아름다웠다. 신이 그가 신뢰하는 종복들에게 기별을

전하기 위해 보내는 그 여자 천사들 말이다. 이제 그녀는 그를 향해 몸을 천천히 흔들면서 다가왔는데, 그 조용한 동작에서 그녀의 의지가 느껴졌다. 그는 아무 생각도 하지 못한 채 샌들을 집어서 겨드랑이 사이에 낀 채 알 아와피 쪽으로 죽어라 도망치기 시작했다.

나지야는 집으로 돌아가지 않고 친구 집으로 갔다. 그녀는 집 밖에 있는 나무 문 앞에 서서 소리를 질렀다.

"카지나! 카지이이이나아!"

친구가 부르카를 얼굴에 쓰면서 나왔다.

"무슨 일이야, 카마르?"

"어서 가자. 오늘 밤은 우리 집에서 자자."

나지야가 말했다.

나지야의 집이 보이기까지 그들은 오랫동안 걸었다.

"내 남동생은 동쪽 모래 두둑에서 야영하고 있으니까, 우리는 집 안에서 잘 수 있어."

카지나는 집 안에 들어가 나지야와 같이 앉아서 얼굴을 마주 볼 때까지 아무 말도 하지 않았다.

"무슨 일 있었어?"

"그가 도망쳤어."

나지야가 조용히 대답했다.

카지나는 너무 웃어서 그대로 바닥에 쓰러졌다.

"맙소사! 그 남자는 사내도 아니네! 도망쳤다고? 하하하! 카마르 너에게서 도망쳤단 말이야?"

나지야는 웃지 않았다. 그녀는 친구가 웃으며 소리를 지르는 걸 멈출 때까지 기다렸다.

"난 그를 원해. 그를 가질 거야."

카지나는 옷자락으로 흘러나온 눈물을 문질러 닦고 장작개비 하나를 불에 던졌다.

"카마르, 그 남자는 별로 쓸모가 없을 것 같은데."

나지야는 온몸을 쭉 폈다.

"하지만 난 그를 원해. 그리고 그는 나에게 올 거야. 달이 뭔가를 원하면, 달은 그걸 가지게 되는 법이야."

카지나는 고개를 저었다.

"친구야, 그 남자는 마수드 장로의 딸과 결혼했어. 그리고 그는 자기 씨족의 장로야. 그가 아내를 떠나서 너와 결혼할 거로 생각해?"

나지야는 그 유명하고 낭랑한 웃음을 터트렸다. 그러자 진주 같은 치아가 드러났다.

'나지야는 정말 달이란 별명이 어울려. 나지야는 보름달 같아. 사람들이 그녀의 본명을 잊어버린 것도 당연해.'

카지나는 마음속으로 생각했다.

나지야는 천천히 그리고 우아하게 두 팔을 머리 뒤로 뻗어 깍지를 끼었다.

"내가 그와 결혼하고 싶다고 누가 그래? 카마르는 세상 그 누구도 자기에게 명령하게 놔두지 않아. 난 남자들을 섬기고 그들의 말에 순종하려고 태어난 게 아니야. 내 재산을 훔치고 내 남동생과 여자친구들을 못 만나게 할 그런 남자들과는 결혼하지 않을 거라고! 언젠가, 아니 당신은 밖에 나갈 수 없어. 그리고 또 언젠가는 또 이렇게 말할 남자들. 아니, 옷을 입을 생각도 하지 마, 밖에 나갈 생각도 하지 말라고 하는 남자들! 처음엔 이리 와! 이렇게 말했다가 다음엔 꺼져버려! 라고 말하는 남자들. 아니, 아니야, 카지나. 아잔은 내 것이 되겠지만 난 그의 것이 되지 않을 거야. 내가 그를 원할 때 그는 내게 올 것이고, 내가 가라고 하면 그는 갈 거야. 그날 밤 내가 그를 본 후부터, 다른 사람들과 앉아서 이야기하고 웃는 그를 본 순간부터, 나는 그 남자가 카마르의 것이 될 거라는 걸 알았어. 그런 그가 도망쳐? 달아나? 그 남자는 마치 내가 자기를 기습한 정령이라도 되는 것처럼 날쌔게 가버리더군! 날 거부해? 카마르를? 날 거부할 수 있는 남자는 이 세상에 없어, 카지나. 아잔은 내게 돌아와 무릎을 꿇을 거야."

침묵 속에서 두 친구는 졸다 쓰러져 잠이 들 때까지 불길이 사그라지는 모습을 지켜봤다.

나지야는 방 두 개는 한쪽 벽이 지붕까지 반밖에 올라가지 않아 낮고, 마당이 내려다보이는 응접실이 있는 집에 살고 있었다. 하지만 나지야가 어렸을 때는 텐트에서 살았다. 그녀의 아버지는 돈을 쥐고 있을 수 없는 사람이었고, 어머니는 한 번도 본 적이 없고 굳이 어머니에 관해 물어보지도 않았다. 나지야가 이 세상에서 사랑하는 단 한 사람은 남동생이었다. 그녀의 몸에 있는 흉터들은 어렸을 때 다른 사내아이들에 맞서 동생을 지키려고 수도 없이 싸우다가 생긴 상처의 흔적들이었다. 나지야는 매일 초등학교에서 서둘러 집으로 돌아와 오늘은 누가 그를 다치게 했느냐고 물어봤다. 헐렁한 바지 속에, 학교에서 나눠준 노란 앞치마를 쑤셔 넣고, 그녀는 나가서 다시 싸웠다. 사내아이들이 그녀의 남동생을 더는 때리거나 지진아라고 부르지 않게 됐을 때, 나지야는 이미 중학교에 다니고 있었다. 그때 나지야는 자신이 다른 50명의 여자아이와 같이 덥고 습한 교실에 앉아 문법, 숫자, 과학에 대한 낯선 이야기를 듣기 위해 새벽부터 늦은 오후 기도 시간까지 앉아 있게 생겨 먹지 않았다는 사실을 깨달았다. 나지야는 학교에서 신어야 했던 새하얀 실내화가 끔찍이 싫었다. 신은 지 한 주도 못 가서 플라스틱 소재 밑창은 새까매졌고, 지독히 평범한 회색 교복은 학생들로 가득 찬 무더운 공간에서 항상 구겨지고 땀으로 축축했다. 그들을 가르친 이집트와 수단 여자 교사들이 쓰는 묘한 사투리는 듣기에 불편했고, 나지야는 종일 그렇게 좁고 작은 곳에 앉아 있어야 한다는 생각에 결코 적응하지 못했다. 학교를 그만두면서 나지야는 10명의 다른 베두인 소녀들과 같이 비좁은 픽업트럭을 타고 학교에 가지 않아도 됐다. 그전에는 학교에 도착하기 전까지 매일 한 시간 넘게 그

트럭에서 트럭의 움직임에 따라 소녀들의 작은 몸이 흔들렸고, 바람에 또 흔들리고 온몸과 얼굴을 따끔따끔 찔러대는 모래가루의 공격에 시달려야 했다.

그녀의 아버지는 남자들끼리 고기를 굽고 술을 마시고, 자르식(아프리카 북부와 중동 일부에 있는 종교적 믿음-옮긴이) 푸닥거리하느라 치르는 요란한 의식 말고는 아무것도 신경 쓰지 않았기 때문에 집안일은 나지야가 맡았다. 나지야가 아버지의 양들과 낙타들을 돌봤는데, 몇 년 후에 그 수가 두 배로 늘어났다. 나지야는 자신의 순종 암낙타들에게 대추야자 열매와 꿀을 먹였고, 그 낙타들을 경주에 출전시켜 그중 한 마리를 아부다비에서 온 장로에게 2만 리얄을 받고 팔았다. 나지야는 그 낙타의 여권을 만들어줘야 해서 가젤이란 이름을 지어준 후 배에 실어서 아부다비로 보냈다. 그 판매 대금을 받았을 때 그녀는 그동안 살던 텐트를 철근 콘크리트 주택으로 바꿨다. 그리고 마트라(오만 동부에 있는 도시 - 옮긴이) 시장에서 카펫과 화려한 목제 궤짝들을 사들였다. 그녀는 화장실이 다섯 개나 있는 2층짜리 새집을 지어놓고도 여전히 집 밖에 있는 사막의 덤불에서 사업을 하는 이웃들을 대놓고 비웃었다.

나지야는 동생의 만성 질환에도 굴복하지 않았다. 그녀는 동생이 빈둥거리며 살게 놔두지 않았다. 동생이 낙타와 양을 돌볼 수 있게 가르쳤다. 아버지가 돌아가시면서 그녀의 어려움은 오히려 줄어들었다. 이제 그녀는 진정으로 자신의 인생과 재산과 자유에 대한 권한을 마음대로 휘두를 수 있었다. 점점 성숙해지는 나지야에게 남자들의 관심이 쏠리기 시작하고, 그녀의 미모에 대한 소문이 사방으로 퍼져가면서 사람들은 그녀가 달처럼 빛난다고 그녀를 카마르라고 부르기 시작했다. 집으로 몰려든 구혼자들을 우습게 본 그녀는 남동생과 자신의 부를 키우는 데 전적으로 헌신했다. 자신에게 딱 맞는 남자가 나타나면 자기가 그 사람을 알아보고 받아들이겠다고 생각했다. 그녀는 직접 만든 독특한 베두인 자수 작품을 팔았고, 그녀의 집은 방문객들과 곤경에 빠져서 은신처를 찾는 이들을 끌어들이는 자석 같은 효과를 발휘했다. 여자나 남자나 나지야의 지인들은 그녀를 존경하고 경외심을 갖고 우러러봤다.

남동생이 갑자기 소아마비에 걸려서 움직일 수 없게 됐을 때, 나지야는 집의 문을 잠갔다. 그리고 몇 달 동안 그곳에서 멀리 떨어진 국립 병원에서 남동생과 같이 지내면서, 그동안 친하게 지낸 여자들에게 자신이 키우는 가축을 돌보는 걸 맡겼다. 병원에선 남동생이 입원해 있는 남자 병동에서 그녀를 매번 내쫓았다. 나지야는 밤이면 복도에서 담요를 온몸에 돌돌 말고 잤다. 의사들은 그녀에게 남동생이 선천적인 '다운증후군' 환자라고 대놓고 혹은 은근히 암시했다. 이제 그의 다리는 다시는 움직일 수 없을 것이니 무슨 희망이 있겠냐고. 그녀는 죽음을 통해 동생을 구원해 주자고 촉구하는 사람들과는 다시는 상종하지 않았다. 병원에 대한 희망을 잃자, 그녀는 남동생을 집으로 데려와서 문을 걸어 잠근 채 둘만 지냈다. 그녀는 오랫동안 손수 남동생을 치료했다. 경험이 풍부한 치료자들이 처방을 내린 건 다 써본 후에 새로운 치료법들을 시도해 보고, 다양한 약초를 섞어서 동생에게 먹였다. 그녀는 동생의 다리에 따뜻한 올리브유와 으스러뜨린 정향을 발라서 문질렀다. 자기에게 기대게 해서 일으켜 세워보려고 시도하기도 했다. 그녀는 자신의 강한 허리로 그의 체중을 떠받치면서 방에서 그를 이리저리 질질 끌고 다니며 걷게 하려고 노력했다. 그녀는 콜로신스와 다른 약초들을 섞어서 우린 쓴 차를 매일 아침 동생에게 마시게 하고 자신의 소매로 흐르는 그의 침을 닦았다. 동생의 길게 찢어진 눈에 다 부질없다는 눈빛이 떠오르면서 그녀의 눈을 피하게 놔두지 않았고 그녀의 투지를 무너뜨리게 놔두지도 않았다. 자신의 그런 필사적인 노력을 조롱하는 사람들이 하는 말에는 귀를 닫았고 일생을 동생에게 바치겠다고 맹세했다.

　나지야가 그동안 잠가 놓은 집의 문을 열고 낙타 두 마리를 도살해서 제물로 바쳤을 때, 그녀의 남동생은 두 발로 걸어 다니고 있었다.

압달라

승무원인 당신은 승객들을 친절하게 보살펴 주겠다는 분위기를 풍기지만, 하늘과 땅 사이에서 둥둥 떠다니는 당신은 정말 무슨 생각을 하고, 뭘 느낄까? 그녀를 처음 봤을 때 나도 당신과 똑같았다. 하늘과 땅 사이에서 둥둥 떠다녔다.

나는 그녀를 순례의 달(이슬람력 12월-옮긴이)에 있는 대비이람 축제 다음 날 처음 봤다. 아버지는 중요한 의식을 치르는 기간 동안 전통적으로 해 온 것처럼 그녀의 어머니인 살리마에게 경의를 표하러 갔다. 살리마가 우리와 먼 친척이었기 때문이다. 나는 아버지와 같이 가지 않았지만, 아버지가 그때 살리마의 막내딸인 칼라에 특별히 주목했다는 사실을 나중에 알게 됐다. 다음 날 아침 아버지가 내게 말했다.

"네가 아잔의 집에 다녀왔으면 좋겠다. 어제 명절 인사를 하러 거기 갔다가 지팡이를 두고 왔지, 뭐냐."

왠지 모르지만, 나는 아버지가 어딜 가든 절대 자신의 지팡이를 잊지 않는 사람이라는 사실을 알고 있었다. 그 지팡이는 만들어진 순간부터 항상 아버지의 손에서 떠나지 않았으니까. 게다가, 아버지는 부리는 하인을 시켜 뭐든 찾아올 수 있는데 굳이 날 보낼 사람이 아니라는 생각이 들었다. 하지만 항상 그렇듯이 아버지에게 그런 질문은 하지 않았다. 나는 아잔의 집에 가서 문밖에서 들어가도 되냐고 큰 소리로 허락을 구하며 그 집 식구들에게 내가 왔음을 알렸다. 나는 넓은 정원을 지나 큰 방으로 들어갔다. 하지만 마야는 그때 나의 등장을 눈치채지 못한 것처럼 보였다. 아무 소리도 듣지 못했거나, 내가 들어온 사실을 알아차리지 못한 그녀는 꿈쩍도 하지 않았다. 마야는 방 저쪽 끝에 있는 나무 의자에 앉아 재봉틀의 바늘에 실을 꿰려고 하고 있었다. 그것은 검은 파라샤 재봉틀이었는데, 그 위로 허리를 숙이고 앉아 있었다. 섬세하고 창백한 얼굴이 신비로울 정도로 세상과 동떨어진 것처럼 보이는 사람이었다. 얼핏 본 그녀의 얼굴에 서린 고통이 내 마음속에 있는 고통을 건드렸다. 그녀의 짧은 코와 광대뼈, 아니 사실 얼굴 전체가 재봉틀 바늘에 실을 꿰려고 극도로 집중한 그녀를 따라 오르락내리락했다. 그녀가 재봉틀 위로 한껏 몸을 기울인 나머지 그 기계가 그녀의 몸을 가까스로 지탱하고 있는 것처럼 보였다. 고개를 수그린 창백한 얼굴이 햇빛을 받아 희미하게 빛났는데 그 작은 얼굴에 서린 고통이 참을 수 없을 정도였다.

날 노려보던(혹은 나의 배회하는 시선을 면밀하게 살피던) 그녀의 어머니가 내게 말했다. 지팡이를 찾으면 집으로 보내주겠다고. 나는 그 상황에서 무슨 말을 해야 할지 몰라 정신을 집중하려고 무진 애를 썼지만, 적당한 말을 찾을 수 없었다.

살리마는 이 상황을 완전히 장악한 표정으로 나를 바라봤다. 그녀는 이 일대에서는 여전히 수로의 신부라는 별명으로 알려져 있었다. 그녀의 피부는 아주 희었고, 동그란 얼굴, 깨끗하고 매끄러운 피부, 매부리코와 날카로운 눈빛으로 강조된 그녀의 몸매는 풍만해 보였다. 마야가 엄마를 안 닮은 건 금방 알 수 있었다. 나는 마지막으로 그 긴 방을 흘끗 바라봤다. 마야가 이곳에 있다는 사실 하나만으로 공기 중에 얼마나 많은 고통이 찌지직거리는 소리를 내며 떠다니는지 믿을 수 없을 정도였다. 마야에게서 수많은 후광이 비치고 있었다. 거기에 내 손을 댈 수만 있다면, 그 독보적인 후광을 아주 부드럽게 만질 수 있을 것 같았다. 하지만 살리마는 마야의 엄마로서 노골적으로는 아니라도 아주 강력하게 그만 가보라고 했다. 그래서 나는 잠자코 거기서 나왔다.

나는 그때 무슨 일이 일어났는지 혹은 그다음에, 혹은 미래에 무슨 일이 일어나게 될지 이해하지도 깨닫지도 못한 채 아잔의 집을 나왔다. 이 일이 있기 몇 년 전부터 나는 여자들을 '피한다는' 암시를 사람들에게 흘리기 시작했다. 도망치는 건 절대 아니었다. 하지만 여자들과 있을 때 어떤 식으로든 그들과 대화를 나눌 생각도 없었고, 그들의 존재감도 느끼지 못했다. 하녀들이 내게 야한 농담을 하고 가끔 내 몸 여기저기를 쓰다듬어도 특별히 사랑받는다는 느낌은 받지 못했다. 그들에 대한 어떤 욕망이나 호감은 전혀 느낄 수 없었다. 내가 막 14살이 됐을 무렵 샤나가 날 쫓아 농장에 있는 레몬 나무들 뒤로 와서 아무 경고도 없이 다짜고짜 내게 몸을 던졌다. 어지럽기도 하고 살짝 속이 메스꺼워진 내가 샤나를 밀어내는 바람에 나뿐만 아니라 샤나의 몸에도 진흙이 묻었다. 샤나는 내가 대가를 치르게 될 거라고 쌍욕을 퍼부어 댔다. 그로부터 불과 며칠 후에 자리파는 오랫동안 우리 집에서 살아온 노예 가족들의 딸 한둘과 내가 섹스하게 하려고 시도했다. 이런 시도들은 갑작스럽고 무례했으며, 우리의 감정은 전혀 고려하지 않은 것이었다. 소녀들은 너무 두려워서 거절하지 못했거나 선물을 받으려고 작정하고 응했다. 이 모든 일이 날 더더욱 내향적인 인간으로 만들었다. 그래서 자리파가 환장하려 했다. 자리파는 날 보러 와서 자기 생각엔 내가 남자 어른들, 그리고 나보다 나이가 많은 소년들의 뒤틀린 욕망을 충족시킬 수 있는 쉬운 목표가 될 수 있다고 말했다. 그녀는 비장의 계책으로 날 보호하려 애를 썼지만, 그런 속임수 때문에 사춘기 소년이었던 나는 상처만 받았다.

마야를 봤을 때 나는 그 모든 단계를 넘어선 후였다. 나는 19살이었다. 그렇다고 해도 그날 밤 내게 무슨 일이 일어났는지 이해하지 못했다.

자리파는 알았다. 나는 그날의 새벽을 기억한다. 그때 느꼈던 충만감을 기억한다. 행복과 고통의 그토록 오묘한 조합이라니! 마야의 창백한 얼굴에 반한 나는 완전히 넋이 나가 일상과 완전히 분리된 채 내 짧은 인생에서 한 번도 느껴보지 못한 감정으로 가득 차 있었다. 그날 아침 나는 거듭된 증축으로 거대해진 집 안을 내가 생전 처음 서성이고 있다는 사실을 깨달았다. 그런데도 그 집이 내게는 충분히 크지 않은 것처럼 느껴졌다. 내가 뭔가 묵직하고 소중한 걸 들고 다니는 것 같았지만 동시에 막 하늘로 솟구쳐서 날아오를 수 있을 것 같은 느낌이 들기도 했다. 내 몸이 너무나 가볍게 느껴졌기 때문이다.

전날 밤(그러니까 아버지가 주무시는 걸 확인한 후에), 나는 동쪽 뜰로 슬그머니 빠져나가서 거대한 아카시아 밑에 앉았다. 그곳에서 수웨이드가 연주하는 아름다운 우드(주로 아랍 국가에서 연주되는 류트 비슷한 현악기-옮긴이)의 선율에 실컷 빠져들 수 있었다. 내가 수웨이드에게 어떻게 그렇게 연주할 수 있어요? 우드는 어떻게 시작하게 됐어요? 라고 물을 때마다 그는 더 큰소리로 웃기만 했다. 그건 아이를 갖는 것과 같아. 모두 알라신이 주신 축복이자 선물이지!

나로서는, 수웨이드의 그 말이 내 인생의 어둠을 몰아낸 빛, 그 부드러우면서도 강렬한 빛을 갖게 된 상황을 정확히 표현해 준 말처럼 느껴졌다. 사람들은 이런 감정을 사랑이라고 부르나? 선물, 마치 신이 우리에게 허락한 축복받은 삶 같은 건가? 나는 화려하게 치장된 응접실들을 나와서, 집 밖으로 나와 파란 새벽 공기를 들이마셨다. 나는 한 줄로 늘어선 레몬과 망고나무 사이에서 중간중간 고개를 내미는 들장미 덤불로 경계가 지어진 동쪽 마당을 계속 왔다 갔다 걸어 다녔다. 전날 밤 수웨이드가 그랬던 것처럼 노래를 부르고 싶은 갈망을 느꼈지만 떨리는 목소리의 리듬을 조절할 수 없어서 대신 레몬과 장미 향기 속에서 조용히 걸었다. 여기 어딘가에서 우리 엄마가 뿌리째 뽑아버린 바질 덤불이 자랐을 것이고, 그것이 엄마를 죽였다. 심지어는 지금도 그 바질의 향기가 주위에 떠도는 것 같다. 엄마는 마야를 마음에 들어 하셨을까? 심지어 그녀를 좋아하셨을까? 아니면 나중에 아버지가 말했던 것처럼 이렇게 외쳤을까?

"아, 하지만 네 마음에 든 아이는 칼라일 줄 알았는데!"

"아니요, 아버지. 칼라는 그녀의 동생이고요. 마야는 큰딸입니다."

내가 말했다.

"큰딸이라고? 그 비쩍 마르고 피부색이 까만 아이 말이냐? 너 칼라를 못 봤니? 너 눈이 어떻게 된 거 아니냐? 어떻게 그 예쁜 아이와 다른 자매들을 구분 못 해? 어쨌든 네가 말하는 그 마야라는 아이는 너보다 나이가 많아. 예전에 걔 아버지인 아잔이 축젯날 그 아이를 데리고 다닌 걸 본 적이 있다. 그 꼬맹이는 그때 이미 걸어 다니고 있었어. 넌 그때 엄마 배 속에 있었는데 말이다."

아버지가 중얼거렸다.

그 말에 대꾸하는 내 목소리는 쉬어 있었다.

"고작해야 1년하고 8개월 차이예요, 아버지!"

아버지는 지팡이를 휘둘렀다. 아잔의 집에 놔두고 온 적이 없는 바로 그 지팡이를.

며칠 후 나는 아버지에게 편지를 썼다. 전통적인 방식으로 편지를 시작했다. 신의 이름으로… 이어서 그런 편지에 쓰기 마련인 표현들이 이어졌다. 사랑하고 존경하는 고결한 아버지… 그리고 이 서명으로 편지를 마무리했다. 당신의 종이자 당신의 친절을 겸허하게 기다리는 아들, 압달라. 이제는 그때 그 편지에 뭐라고 썼는지 다 잊어버렸다. 고모가 날 위해 중재에 나선 것 같기도 하고, 자리파는 분명 그 문제로 아버지와 정면 대결했다. 자리파는 내가 여자들 앞에서 어색해하고 창피해한다고 말했고, 그녀가 보기엔 내가 전혀 그럴 필요가 없는데 그런다고 덧붙였다. 며칠 후 아버지가 나를 불렀다. 그는 나와 마야를 결혼시킬 것이며, 마야에게 지참금으로 2천 리얄을 주겠다고 했다. 그리고 동쪽 뜰에 현대식 욕실이 딸린 방 몇 개를 새로 지어주겠다고 했다. 나는 이 별관에서 아내와 같이 살게 될 것이다.

조약돌이 깔린 바닥을 걸어 다니던 그날 새벽, 나는 이 마당의 대부분이 아버지가 약속한 나와 마야의 거처를 짓기 위해 사라질 거란 점을 모르고 있었다. 나는 한 줄로 늘어선 나무들을 따라 걷다가 좁은 통로를 지나 서쪽 뜰로 들어섰다. 그곳은 부드러운 조약돌이 깔린 동쪽 뜰과 달리 모래로 덮여 있었고, 더 작아 보였다. 알 아와피에서 사방이 탁 트여 있는 마당 두 개가 집의 2면을 둘러싼 집은 우리 집 밖에 못 봤다. 그래서 마을 사람들이 우리 집을 큰 집이라고 불렀을까? 나는 궁금했다.

내가 아버지와 사는 큰 집에 가끔 고모가 찾아왔고, 증축한 여러 개의 방 중 하나에서 자리파와 산자르가 살았다. 하비브도 도망치기 전에 그 방에서 같이 살았다. 우리 집 안은 아니지만, 그리 멀리 떨어지지 않은 곳에 있는 아주 작은 오두막에서 수웨이드와 그의 남동생 자타르와 자드가 살았다. 자드가 급류에 휘말려 익사하기 전이었는데 그때 자드는 아내 마수다와 딸 샤나 그리고 하피자와 하피자의 엄마 사다와 하피자의 세 딸이 거기서 같이 살았다. 하피자가 낳은 딸들의 아버지가 누군지는 알 수 없었다. 모두 아버지의 노예들이거나 적어도 아버지가 물려받은 재산이었다.

우리 살던 큰 집은 널찍하긴 했지만, 빈 곳이 거의 없어 보이는 곳이기도 했다. 언제나 다양한 연령대와 출신의 손님들이 와서 종종 우리 집에서 살았다. 서쪽 마당 가장자리에 장작한 묶음과 언제든 쓸 수 있게 준비된 검고 거대한 가마솥이 자리 잡은 풍경은 익숙했다. 자리파와 하피자는 집 안에 있는 작은 부엌에선 거의 요리하지 않았다. 항상 많은 사람을 위해 식사를 준비해야 하는데 좁은 실내 주방에서 쓰기엔 가마솥들이 너무 컸다. 자리파는 여기서 빵도 구웠다. 마찬가지로, 대개 수웨이드와 자타르가 의식에 쓸 짐승들을 도살하는 일도 여기서 했다. 이 야외 부엌에서 미리 지펴 놓은 불에 바로 올려 익힐 수 있도록 서쪽 마당에 죽은 동물들을 거꾸로 매달아 놓고 가죽을 벗겼다. 자리파는 '진짜 불' 위에서 구운 고기와 냄비에서 삶은 고기는 그 맛을 비교할 수 없다고 했다. 자리파는 후자를 '가스 불고기'라고 불렀다.

그날 새벽 나는 여러 가지 생각과 희망과 걱정에 가득 차 있었고, 동시에 붕 떠서 축젯날처럼 들떠 있었다. 야외 부엌의(3면의 벽과 나무 막대기들로 지지하고 있는 지붕으로 이뤄진) 벽을 시커멓게 그을린 요리용 불에서 나온 검댕도 추하다고 느끼지 못했다. 모든 것이 아름다웠다. 모래, 가마솥들, 부엌에서 피어올라 마당으로 퍼져나가는 빵 굽는 냄새. 나는 열려 있는 허름한 부엌으로 들어갔다. 거기엔 거대한 솥과 냄비를 더 많이 넣기 위해 아예 문을 달지 않았다. 거기에 자리파가 있었다. 그녀는 니도 분유 깡통 두 개를 붙여 놓고 그 위에 앉아 빵 굽는 뜨거운 벽돌 위로 몸을 기울인 채 밀가루 반죽을 두드렸다가 죽 늘이더니 잠시 후 놀라운 솜씨로 민첩하게 뜨거운 벽돌 위에서 그 반죽을 들어 올렸다. 그리고 날 돌아보지도 않고 말했다.

"압달라, 애야, 좋은 아침이구나. 아니면 이제 너를 총각이라고 불러야 하나. 넌 다 큰 사내가 된 것 같으니, 말이야!"

자리파는 그때 알고 있었다. 나는 아무 말도 하지 않았는데. 나무 몸통마다 새겨져 있고 노트마다 갈겨쓴 마야의 이름을 봤을까? 하지만 자리파는 글을 읽을 수 없는데!

"어떻게 알았어요, 자리파?"

자리파는 킬킬 웃었다. 그 조용한 새벽 자리파의 웃음소리는 아주 크게 들렸다.

"얘야, 속담에 이런 말이 있어. 아무리 크게 벌려도 손바닥으로 태양을 가릴 수 없다."

그렇게 난 결혼했답니다, 나의 친절하고 상냥한 승무원님. 당신의 인위적인 미소를 보니 애처롭군요. 난 웃음만큼이나 가짜 미소를 지독하게 싫어하거든요. 마야, 그게 내 아내의 이름이에요, 승무원님. 마야는 나와 결혼하는 날 웃지 않았어요. 미소조차 짓지 않았죠.

엄마의
삶

동이 트기 직전, 마야는 매트리스 위에 앉아 아기를 안고 젖
을 먹이고 있었다. 갓난쟁이 딸은 마침내 울음을 그치고 잠이
들었다. 마야는 피곤해서 지끈거리는 머리를 벽에 기댔다. 벽
에 칠한 진하고 반짝이며 번들거리는 푸르스름한 초록색 페인
트가 강렬하게 느껴졌다. 빛을 반사하는 그 색은 보기만 해도 눈
이 아팠다. 눈을 감으면, 사다 병원의 산부인과 병동이 있는 별
관, 신생아의 배꼽에 바른 소금과 기름, 와디 아데이에서 사는
압달라의 숙모가 보였다. 매일 아침, 오후, 저녁에 찾아오는 여
자들, 신선한 닭고기 수프, 갓난아기의 얼굴에 대고 후 불어 날
리는 자리파의 침방울, 아기를 보호해달라고 신에게 계속 드
리는 반밖에 알아듣지 못하는 기도들, 자리파의 거대한 은반
지, 하얀 배내옷, 아기의 아주 작고 빨간 혀와 지금 깎았다간

아이가 커서 도둑이 될 것이기 때문에 깎는 것이 금지된 작은 손톱도 보였다.

마야는 눈을 떠서 딸을 찬찬히 살펴봤다. 아이는 다른 갓난 아기들보다 말랐고 특히 울음소리는 더 날카로웠다. 마야는 아기의 숱이 별로 없는 검은 머리를 쓰다듬었다. 좀처럼 믿기지 않는 이 느낌을 꾹꾹 눌러두기가 힘들었다. 그러니까 이게 엄마의 삶이란 거야?

매일 아스마는 마야에게 물었다.

"그래서 엄마가 된 기분이 어때? 세상에서 제일 엄청난 느낌이야?"

마야는 대답하지 않았다. 느껴지는 거라곤 그저 어마어마한 피로, 허리와 배의 통증, 어서 빨리 목욕하고 싶은 갈망뿐이었다. 가려운 두피를 끊임없이 손가락으로 긁고 싶은 욕구도 이제 참을 수 없을 정도였다. 엄마가 마침내 간단한 목욕은 해도 된다고 허락했지만, 그것도 물에 머리가 닿지 않아야 한다는 조건이 붙었다. 어쨌든 출산한 지 얼마 안 된 산모들은 항상 감기에 걸릴 위험이 있다고 살리마가 다시 일러줬다. 감기가 산모에게 치명적인 건 우리 모두 알고 있잖니… 한편 아스마는 엄마가 되는 것과 젖을 먹이면서 생기게 되는 따뜻한 친밀감이라고 그녀가 부르는 감정에 대해 성가시게 물어댔다. 하지만 마야가 보기에 아기에게 젖을 먹이는 행위는 밤새 한숨도 못 자고 아기가 젖꼭지를 물도록 계속 아이와 씨름해야 하는 걸 의미할 뿐이었다. 거기다 아이를 안고 같은 자세로 오랫동안 앉아 있으면 허리가 끊어지게 아픈 건 말할 필요도 없는 일이고. 하지만 마야는 아스마에게 이런 고충은 털어놓지 않았다. 계속 떠들어대는 여동생의 말을 듣다 보면 시간이 그럭저럭 흘러갔고, 아스마가 수다를 떠는 한, 마야는 한마디도 할 필요가 없으니까.

마야는 인간이 하는 가장 위대한 행동이자 완벽의 절정이 침묵이라고 여겼다. 입을 굳게 다물고 있을 때 다른 사람들이 하는 말을 가장 정확하게 들을 수 있을 것 같았다. 언제든 다른 사람들의 말이 지겨워질 때면 자기 주위에 만들어 놓은 침묵의 방울 속에서 자신의 소리를 들었다. 그녀가 아무 말도 하지 않으면, 그 어떤 고통도 생길 수 없다. 대체로 그녀는 할 말이 없었다. 뭔가 할 말이 생길 때도 있지만, 말하는 것 자체를 자신이 원치 않는다는 사실도 알고 있었다. 무에진의 아내는 마야의 그런 침묵을 좋게 생각했고, 심지어 그것이 마야에게 주어진 축복이라고 선언했다. 심판의 날이 오면 네가 혀로 지은 잘못이 너의 발목을 잡는 일은 없을 거라고.

이 아이가 좀 더 크고, 살림과 무하마드도 차례로 태어났을 때, 마야는 또 다른 낙을 찾아냈다. 잠이었다. 잠! 마야는 자고 또 잤고 자는 한 아무것도 그녀를 해칠 수 없었다. 그녀는 심지어 잠이 침묵보다 더 큰 기적이라는 사실을 깨달았다. 자고 있을 때는 다른 사람들이 하는 말을 들을 필요조차 없었으니까. 자고 있을 때, 그녀는 말하지 않고, 다른 사람들도 그녀에게 말하지 않으니까. 자고 있을 때 마야는 아무것도 보지 않았고, 꿈조차 꾸지 않았다. 잠의 영역에 들어가는 것은 아무 책임도 느끼지 않아도 되는 공간에 들어간다는 뜻이며 깨어 있을 때 근심하고 집착하는 대상들이 다 사라졌다. 초조해서 반복적으로 씰룩거리는 무하마드의 손, 비디오 게임에서 벌어지는 사투와 승리를 거둔 순간 살렘이 지르는 소리, 너무 커서 런던의 지극히 마른 몸매를 더 강조하는 하얀 의사 가운, 싱크대에 쌓여 있는 더러운 접시들과 식기들 위로 뚝뚝 소리를 내며 떨어지는 수도꼭지의 물방울, 인도네시아 가정부의 수상쩍은 손짓, 차에 달린 거울로 그녀를 빤히 바라보는 운전기사, 압달라와 런던의 끝나지 않는 대화들과 압달라와 살림의 말다툼. 잠이 들면 마야는 편안하고 아무것도 없이 텅 빈 곳으로 빠져든다. 그곳은 그녀를 서서히 부드럽게 더는 아무것도 존재하지 않는 곳으로 내려보낸다. 무엇보다도 자고 있을 때는 어떤 꿈도 그녀의 시야를 스쳐 가지 않는다. 악몽도, 이미지도, 목소리도, 아무것도 없다. 마야는 그 쾌적한 혼수상태, 아무것도 대면할 필요가 없는 그곳에서 보내는 순간을 만끽한다. 잠만이 그녀의 유일한 천국이었다. 그것은 그녀라는 존재를 요란하게 치고 들어오는 불안에 맞설 결정적인 무기였다.

이제, 매트리스 위에 앉아 있는 마야는 무에진의 목소리를 들었다. 새벽의 침묵 속에서 그 목소리가 그녀에게 위로를 주는 걸 깨달았다. 삶은 그녀에게 두 개의 세계로 분명하게 나뉘어 있는 것처럼 보였다. 마치 밤과 낮처럼, 우리가 사는 세계와 우리 안에 사는 세계처럼. 그녀는 꾸벅꾸벅 졸다가 아버지가 문을 여는 소리에 깼다. 모스크에서 방금 막 돌아온 아버지는 그녀 옆에 쪼그리고 앉아 그녀의 무릎에 누워 있는 아이를 안았다.

"이 아이는 너를 똑 닮았구나, 마야!"

마야는 미소를 지으며, 목욕을 끝낸 아버지의 턱에 남아 있는 물기를 보며 그녀가 40일간의 산후조리를 끝낼 때까지, 여자들이 계속 그녀를 방문했다가 돌아가는 나날이 끝날 때까지, 아버지가 대부분 시간을 집 밖에서 보내야 하는 이 상황을 생각했다. 아버지는 손녀를 보고 기쁜 것 같았다. 아버지는 전에 마야에게 아기의 조그만 몸과 숱이 적은 머리를 보니 그녀의 남동생인 하마드가 태어났을 때가 떠오른다고 했다. 날이 밝아오면서 햇빛이 슬금슬금 방안의 어둠을 몰아내기 시작하는 동안 마야와 아버지는 이제 아무 말도 하지 않은 채 갓난아기를 물끄러미 바라보고 있었다. 수탉이 꼬끼오, 울고 있었고, 창밖에 있는 나무의 잎사귀들이 바스락거리는 소리를 들을 수 있었다. 아잔은 아기를 다시 이불 위에 내려놨다.

"마야, 이 아이는 정말 하마드와 닮았구나! 하마드가 태어났을 때 아주 작았지. 내 손바닥보다 조금 더 큰 정도였어. 우린 하마드가 살아남지 못할 거라고 했지. 하지만 깡충깡충 뛰어다니면서 우리에게 그토록 큰 기쁨을 준 후에 떠나버렸지."

마야는 모든 걸 기억했다. 그 일이 일어났을 때 그녀는 열 살이었고, 하마드는 그녀보다 두 살 어렸다. 그는 말을 타고 농지로 떠났다. 그곳은 사실 건조한 야자나무들이 모여 있는 땅에 지나지 않았고, 한 나무에서 나뭇가지가 떨어졌고, 그 작은 소년의 머리카락이 산들바람에 휘날렸고, 소년의 목에는 은으로 만든 부적을 걸고 있었다. 그들은 함께 쿠란 학교에서 슬쩍 빠져나왔다. 마야는 동생을 그 말에게서 내렸지만, 결국 직접 타진 못했다. 야자나무 가지에 걸리면 입고 있는 옷이 갈기갈기 찢어질 수도 있었기 때문에. 마야는 여자라서 남동생인 하마드처럼 옷자락을 치켜올려 허리춤에 묶을 수도 없었다. 그리고 가끔 하마드가 그랬던 것처럼 말을 타고 몰래 집을 빠져나갈 수도 없었다. 그들은 거상 술레이만의 과수원에서 덜 익은 초록 망고를 훔치고 야자나무 밑에 떨어져 있는 아직 안 익은 열매들을 모으기로 했다.

그런데 하마드가 세상을 떠났다. 별안간 일어난 일이었다. 마야는 사람들이 조문하러 와서 같이 애도했던 기억이 났다. 그들의 눈물과 그 은으로 만든 부적이 기억났다. 엄마는 아들의 옷과 부적을 되찾아 오길 간절히 바랐다. 하마드가 타던 말에 대해선 아무도 신경 쓰지 않았다. 그 종마는 그 자리에 그대로 남겨졌고, 마당 벽 밑을 마야가 볼 때마다 죽어서 바짝 마른 말의 사체가 늘어져 있었다.

아버지가 방을 나갔을 때 갓난아기가 울기 시작했다. 마야는 딸을 꼭 끌어안았다. 정말 딸이 나를 닮았나?

23년 후 분노가 폭발한 마야가 딸의 뺨을 때리고 딸의 핸드폰을 던져 박살냈을 때, 둘의 닮은 점은 갈색 피부와 말랐지만, 강단 있는 체격뿐이었다. 런던은 엄마보다 키가 더 컸고, 아름다운 젊은 여성으로 자랐고, 수다쟁이란 별명이 붙어도 놀랍지 않을 만큼 말이 많았다. 이 방은 나중에 60대의 노인이 된 그녀의 아버지가 지내는 곳이 될 것이다. 그때쯤에는 기름기가 번들거리는 푸르스름한 초록색도 희미해지고, 그 위에 옅은 파란 색 페인트를 덧칠했을 것이다. 벽에는 아름다운 골동품 궤짝 대신 현대식 목제 옷장이 서 있을 것이고, 인도풍의 스팽글을 붙인 쿠션들 대신 벨벳으로 덮개를 씌운 소파가 있을 것이다. 네 개의 벽과 천장이 맞닿은 경계는 하얀 회반죽 밑에 숨겨져 있을 것이고, 이제 그녀와 별로 닮은 구석이 없는 딸 런던은 이 방이나 이 집 근처에 얼씬도 하지 않을 것이다. 절대로. 런던은 그 정도로 할머니를 두려워하고 있으니까. 하지만 그때쯤이면 할머니는 또 다른 방에 머물고 있을 것이고, 그녀가 오래전부터 가지고 있었던 골동품 궤짝들이 사라진 자리에 현대적인 새 목제 프레임 침대 위에 화려한 베게 쿠션들이 일렬로 늘어서 있을 것이고, 그에 맞춰 갖춰 놓은 현대식 가구들이 방 안에 있을 것이다. 그때쯤이면 할머니는 이 반항적인 손녀가 정말로 그 농부의 아들과 결혼한다면 손녀의 목을 칼로 베어버리겠다고 큰소리로 욕하고 있을 것이다. 어떻게 우리 가문의 소작농의 아들과 내 손녀가 결혼할 수 있단 말인가?

압달라

오늘 구름은 아주 짙어서 아무것도 보이지 않았다. 나는 그 구름을 내려다보며 내가 중력도 작용하지 않는 높은 곳에 있다고 생각하길 좋아한다. 구름에 사람의 무게를 지탱할 수 있는 실체가 없다는 사실을 처음 배웠을 때 얼마나 놀랐는지 기억난다. 우스타즈 맘두는 내가 얼마나 큰 착각을 하고 있었는지 깨달았을 때 큰 소리로 웃음을 터트렸다.

"그럼 넌 네가 누구라고 생각해? 아니면 네가 크면 어떤 사람이 될 거라고 생각했니? 하늘로 날아가 구름 위에 앉을 수 있을 정도의 거물이 될 줄 알았어? 구름은 연기와 같아, 이 바보야! 그냥 공기라고."

졸업하고 한 달 후에 런던이 내게 말했다.

"난 구름을 사랑해요, 아빠! 어렸을 때 내 몸에 날개가 달린 꿈을 꾸곤 했어요. TV 라마단 퀴즈 쇼에 나오는 그 소녀처럼

요. 그래서 내가 하늘로 날아가 구름 위에 앉을 수 있는 거죠."

나는 그게 내 꿈이기도 했다는 말은 마야에게 하지 않았다. 그럴 기회조차 없었다. 우리는 마야의 새 차 안에 앉아 있었다. 마야는 운전하면서 끝도 없이 말하고 있었다. 그러다 갑자기 물었다.

"시브에 있는 해변에 가볼까요?"

시브의 해안 도로는 이제 보수 공사가 끝나서 해안가를 따라 4킬로미터 정도 뻗어 있었다. 도로를 따라가다 보면 종종 운전자들이 차를 세울 수 있는 세련되고 긴 아스팔트 주차장이 보인다. 거기엔 보행자들을 위해 화려한 가두리 장식 무늬를 넣은 포장된 보도들과 두바이의 우뚝 솟은 부르즈 알 아랍(두바이의 아이콘과 같은 돛단배 모양의 리조트-옮긴이)을 본떠 만든 미니 가로등들도 있었다. 이 보수 공사가 시작되기 오래전 나는 아버지와 같이 시브에 오곤 했다. 아버지는 여기 있는 어부들을 정기적으로 찾아왔다. 아버지는 해변에 있는 그들의 집을 사고 싶어 그들과 합의를 보려고 노력했다. 아버지는 이 지역을 복합 상업 공간으로 바꾸고 싶어 했다. 아버지는 시브의 주민이자 앞으로 우리 고객이 될 사람들이 가기엔 삽코와 오케이 센터 쇼핑몰과 심지어 말년에 병환으로 누워 있을 때 문을 연 알 하티 쇼핑센터까지도 너무 멀다고 확신했다.

"하지만 이곳은 구매력이 약해요, 아버지. 여긴 두바이가 아니라고요." 나는 그렇게 말했다.

"넌 사업에 대해선 아무것도 몰라! 저 어부들로 사업을 시작할 거다, 그러면 너도 알게 되겠지."

아버진 항상 이렇게 대꾸했다.

주택부가 해안가의 어디든 그런 상업 시설을 짓는 건 금지한다는 사실을 통보했을 때 우리의 당일치기 여행도, 그 프로젝트 이야기도 막을 내렸다. 그때 우리는 아버지의 흰색 메르세데스를 타고 있었고, 내가 운전하고 있었다. 이제 우리는 서로에게 할 말이 없었다. 아버지가 자신의 사업에 관한 화제를 꺼내거나, 어쨌든 아버지가 세상을 떠나면 이 모든 것을 잃게 돼 얼마나 슬픈지 투덜거리고 싶어서 입을 열지 않는 한 말이다. 아버지는 '동전 한 푼의 가치도 잘 모르는' 나 같은 후손밖에 없는 한 반드시 그런 일이 일어날 거로 생각했다. 아버지가 돌아가시고 1주일 후 나는 베이루트에 있는 한 대학이 운영하는 원격 교육 프로그램에 입학 서류를 제출했다. 일 년에 두 번 비행기를 타고 그 대학에 가 시험을 봐서 경영학 학사 학위를 딸 계획이었다. 아버지가 내 졸업장을 볼 수 없다는 사실은 이제 문제가 되지 않아요. 어쨌든 아버지는 그걸 보고 싶은 마음도 없었잖아요. 하지만 아버지가 정말 원한 건 뭐였을까? 넌 나의 하나밖에 없는 아들이다, 아버지는 그렇게 말하곤 했다. 난 네가 사나이… 최고의 사나이가 되길 바란다.

결혼한 후 10년이란 세월을 무스카트와 알 아와피를 오가며 길에서 보냈다. 아버지는 우리 가족이 무스카트로 이사 가는 걸 거부했다.

"그럼, 누가 그 큰 집을 사람 사는 집으로 유지할 수 있는데? 누가 그 집을 따뜻한 가정으로 유지할 수 있냐고? 손님은 대체 누가 맞을 거냐? 누가 매일 저녁 찾아오는 남자들을 위한 사교 모임을 주관하겠니?"

아버지는 내 대답은 들으려고 하지도 않았다.

"안 돼, 안 된다, 절대 안 돼!"

우리는 무스카트에서 일을 보고-거기서 하루 이틀 보내고-다시 알 아와피로 돌아왔다. 무스카트가 아니라 거기가 우리의 고향이니까

그렇게 10년이 지난 후 내 아들 살림이 말했다.

"하지만 우리 고향은 알 아와피가 아니라 무스카트잖아요. 왜 우리가 다니는 학교의 방학과 축제를 여기 무스카트에서 보낼 수 없는 거죠?"

처음에 런던은 수도의 거리를 싫어했다. 그것은 '차'만을 위해 설계된 거리라고 말했다. 그러다 점차 적응하더니 나중엔 전망이 좋은 절벽 가의 긴 도로를 좋아하게 됐다. 하지만 투덜거리는 살림에게 런던은 이렇게 대꾸했다.

"알 아와피엔 무덤이 있지만 무스카트엔 없어. 무스카트에 사는 사람들 대부분은 무스카트에 묻히지 않아. 그들은 고향에 묻히지."

오늘 저녁에 런던은 해안선을 따라 쭉 뻗어 있는 절벽 근처

의 주차장에 차를 세웠다. 그리고 시동을 끄더니 울음을 터트렸다. 나는 런던이 아기 때 이후로, 작년에 마야가 런던을 때리고 핸드폰을 박살을 냈던 날을 빼고는 우는 모습을 본 적이 없었다.

"아가, 무슨 일이니? 뭐가 문제야? 하난 때문에 그래? 하난은 회복할 거야, 얘야. 하난은 괜찮아질 거야."

런던은 고개를 흔들었다.

"하난 때문에 그런 게 아니에요. 하난 가족이 그 강간 사건으로 법정에 서는 걸 거부하고 있는 건 아버지도 아시겠지만 말이죠. 그들은 추문이 생길까 두려워하고 있어요. 하난도 어쩔 수 없이 가족의 뜻을 받아들였고요."

런던은 가장자리에 자수를 놓은 아바야(아라비아반도 여성들이 입는 긴 드레스 형식의 옷–옮긴이)를 끌어당겨 몸을 감싸고 핸들 위로 허리를 구부렸다.

"아마드와 난 여기에 자주 왔어요. 그때마다 아마드가 이렇게 말했죠. 돌아보지 마, 차에서 나오지도 말고. 여기는 반바지를 입고 뛰어다니는 젊은 남자들이 있단 말이야. 창문 열지 말고 밖을 내다보지도 마. 그럼 내가 이렇게 대꾸했죠. 아마드, 당신은 내 사랑이야. 난 당신 말고 아무도 안 봐! 그러면 아마드는 웃곤 했죠, 아빠. 그리고 이렇게 말했어요. 당신은 왜 다른 사람을 안 봐? 눈이 멀었어?"

런던이 말했다.

분노에 압도됐을 때, 이 짙은 구름 속에서 지금 그런 것처럼, 나는 그 분노를 어떻게 해야 할지 알 수 없었다. 분노는 사라질 기미가 보이지 않았고, 나는 그것을 분출할 만한 어떤 창문도 찾을 수 없었다. 이 분노, 차에 앉아 그 이야기를 하던 런던의 얼굴을 떠올릴 때마다 항상 솟구치는 이 격분을. 이 격렬한 감정이 다른 모든 것을 찍어 누르고 숨이 막히게 한다. 내 딸이 펑펑 울고 나서 고백하고 있을 때 솟구친 분노 앞에서 그렇게 무력감을 느낀 건 내 평생 처음이었다.

"난 그에게 굴복했어요, 실패가 두려웠거든요."

런던은 껵껵 숨을 몰아쉬면서 울다가 말했다.

간호사가 아버지의 몸에서 튜브를 다 뺐을 때도 이와 똑같은 분노를 느꼈다. 간호사는 그녀만의 방식으로 나에게 아버지의 죽음을 알린 것이다. 그 분노가 날 극한으로 밀어붙여서 나는 아무 소리도 내지 않은 채 마음속으로 비명을 지르고, 한 방울의 눈물도 흘리지 않은 채 통곡했다. 하지만 그것은 아무 힘도 실리지 않은 분노다. 이 분노는 그저 내가 숨을 쉴 수 없게 만들었다.

자리파가 죽고 나서 아주 오랜 시간이 흐른 후 그 소식을 들었을 때 나는 화나지 않았다. 단지 땅이 격렬하게 흔들리는 것 같은 느낌을 받았을 뿐이다. 갑자기, 나는 오래전의 그 고독한 아이가 됐다. 산자르와 마훈이 내게 소총을 훔치라고 강요해서 그거로 잡은 까치 고기는 한 점도 먹지 못한 아이. 자리파가 그 먼 곳에서 혼자 죽게 방치했다고 아버지가 나에게 벌을 줄 것 같은 느낌이 들었다. 아버지는 나를 야자나무 껍질로 만든 밧줄에 묶어 우물에 거꾸로 매다는 벌을 줄 것이다. 자리파의 요란한 웃음소리가 내 몸을 뒤흔드는 게 느껴져 그 새벽 나의 온몸이 전율했다. 그리고 그녀의 속삭이는 목소리가 들렸다.

'네 어머니는 죽은 게 아니란다, 얘야. 아니지, 압달라. 네 어머니는 살아 계셔. 바질 덤불을 지키는 정령이 네 어머니를 데려갔지만, 네 어머니는 살아계셔.'

나는 새 차의 창문을 다 열고 부서지는 파도 소리를 들었다. 마치 그 소리가 내 딸의 울음소리를 덮어버릴 수 있을 것처럼.

"왜 내게 처음부터 말하지 않았니? 왜 1년이나 기다렸어? 무려 1년이나!"

런던은 신음했다.

"그럴 수 없었어요… 내 말은, 내가 그를 선택했잖아요. 우리 식구 모두 내 선택을 반대했기 때문에, 내가 고집을 피웠잖아요. 그 후에 내가 달리 뭘 할 수 있었겠어요? 그리고 처음에는 행복했어요. 그래서 그냥 무시하려고 했어요. 그리고 어떻게 엄마에게 내가 틀렸다고 고백할 수 있었겠어요? 아빠랑 다른 식구들에게 뭐라고 말해요?"

"그래서 놈이 널 때릴 때까지 기다린 거니? 매를 맞고서야 입을 열 수 있었단 거니?"

런던의 울음소리가 더 커졌고 마야가 울부짖던 게 기억
난다.

"그놈이 런던을 때렸다고? 그 자식이 자기를 때렸다고 런
던이 그래? 그 농부 자식이 내 딸을 때렸다고, 내 딸을? 어떤
놈이 자기 마누라를 때려? 난 그 늙은 주정뱅이 푸라야 말고
는 알 아와피에서 자기 마누라를 때리는 인간이 있단 소리는
듣지도 보지도 못했는데. 그 노인네는 술에 절어서 마누라 몸
에 토하고 나서 마누라를 패기 시작했지. 그런데 배울 만큼 배
웠다는 '박사'라는 그 인간, 자칭 박사라는 인간이 주정뱅이 푸
라야랑 똑같은 인간이라고? 그 자식이 내 딸을 때렸단 말이
야? 농부의 자식이 내 딸을 때려? 그 어떤 남자도 내 몸에 손을
댄 적이 없고 그 어떤 남자도 내 어머니나 내 여동생을 때린
적이 없는데. 이제 이 개새끼가 나타나서 내 딸을 때려? 그 모
든 부족, 씨족들, 우리 씨족들 사이에서 이게 무슨 망신이야?
우리 딸이 법적으로 혼인한 놈, 다만 신에게 감사하게도, 아직
살림을 합치지 않아서 다행이지. 그놈과 주정뱅이 푸라야가
같은 부류란 말이지? 맙소사, 그놈과 우리 딸이 안 만났더라면
얼마나 좋아! 아무튼 그 새끼가 오늘 우리 딸과 이혼하겠다니,
최대한 빨리하는 게 좋겠어."

그 자식이 내 딸과 이혼했다. 우리는 그에게 지참금을 돌려
줬고 내 딸은 그 결혼에서 탈출해서 자유를 얻었다.

나는 딸에게 말했다.

"런던, 오늘 넌 자유야. 성공한 의사고, 너에겐 자유와 멋진 인생이 기다리고 있어. 그러니 한순간도 그런 놈은 생각하지 마. 그건 그저 나쁜 경험이었고, 다 끝난 일이야. 그걸로 마무리 지어."

런던은 해변의 공기를 들이마셨고 뺨으로 눈물이 흘러내리게 놔뒀다.

"아빠 말이 맞아요, 아빠. 그냥 나쁜 경험이었어요."

십대들이 웃고 소리 지르고 콜라 캔을 따고, 바닷바람은 더 차가워졌고, 나는 칼 쿠와이르로 돌아오며 마음속으로 중얼거렸다.

'둘이 아직 결혼식을 치르지 않고, 그저 혼전 계약에만 매여 있을 때 끝나게 해주셔서 감사합니다.'

자리파

자리파는 런던을 낳고 산후조리를 하는 마야를 위해 다양한 요리를 하고, 그것을 조금씩 담은 접시들을 거대한 쟁반에 올려놨다. 정향과 이집트 버터를 넣어서 요리한 쌀밥과 닭고기 접시, 꿀을 곁들인 특별한 플랫 브래드(효모를 사용하지 않은 빵-옮긴이), 탑처럼 쌓아 올린 사과, 오렌지, 바나나와 한 국자 가득 퍼낸 달콤한 젤리 디저트. 자리파는 쟁반에 덮개를 씌운 후 머리에 이고서 살리마의 집에서 나왔다. 그녀는 수로를 지나 사이드 장로와 그의 가족들이 평생 살아온 요새 같은 주택 단지를 지나고, 학교를 지나고, 함단의 가게를 지나 농가들을 지나쳤다. 과거에 알 아와피의 집들은 여름에는 텅 비어 있었다. 사람들이 늙으나 젊으나 모두 더위를 피해 농사짓는 들판에 나와 있다가 부드러운 밤바람이 불기 시작할 때 비로소 집으로 돌아갔기 때문이다. 하지만 이 무렵(1980년대 초반)

엔 그렇게 매일 대탈출을 할 필요가 없었다. 집마다 선풍기가 있고, 어떤 집은 에어컨까지 달아서 밖으로 나갈 필요가 없어졌다. 자리파는 에어컨을 그 '끔찍하고 이단적인 최신 에어컨'이라고 불렀다.

자리파는 단 한 번도 고개를 들어 머리에 인 쟁반의 균형을 잡지 않은 채 계속 걸어가 농가들 너머에 있는 황무지에 이르렀다. 그렇게 걸어가는 그녀 앞에 사막이 열렸다. 온몸이 땀으로 축축해진 자리파는 잠시 후 목적지에 도착하자 발걸음을 멈춘 채 안도의 한숨을 쉬었다. 희고 반들반들하고 친숙한 바위 무더기 앞에 쟁반을 내려놓고 그 옆에 무릎을 꿇고 앉아, 얼굴에 쓴 베일 가장자리로 땀을 닦아냈다. 그녀의 크고 걸걸한 목소리가 바위들 위로 울려 퍼졌다.

"야 바키-우우우! 여기 당신에게 바치는 음식이 있습니다. 우리도 우리만의 음식을 먹을 수 있도록 허락해 주세요. 이 음식은 당신의 음식이니, 우리의 음식은 우리에게 남겨주세요. 바키야, 여기 마야, 살리마의 딸이 바치는 특별한 음식을 보세요. 아이를 출산하고 몸을 추스르고 있는 마야를 건드리지 마세요. 마야나 마야가 낳은 갓난 딸에게 해를 끼치지 마세요."

자리파는 일어나서 다시 알 아와피를 향해 걸어가기 시작했다. 불과 이틀 전 그녀는 똑같은 액막이 의식을 치르러 여기에 왔다. 그때는 마야처럼 몸을 풀고 산후조리를 하는 며느리와 새로 맞은 손녀를 보호하기 위해서 온 것이었다. 오랜 세월 동안 자리파는 여기에 와서 매번 같은 의식을 치렀다. 그녀가 공물을 바치는 이 의식은 매번 성공했다. 바키아 신령은 자리파의 섬김을 받는 오랜 세월 동안 단 한 번도 분노하지 않았고, 자리파의 어머니 대에도 분노한 적이 없었다. 뭐, 딱 한 번 예외가 있긴 했다. 압달라의 어미가 산후조리하고 있을 때 누군가 그녀의 넋을 빼놓은 적이 있었다. 자리파가 이 일을 하기 전에는 그녀의 어머니가 이 의무를 이행했고, 전에는 자리파의 할머니가 했다. 이들 모두 바키아, 즉 출산해서 회복 중인 산모 중에서 자기에게 특별한 음식을 바치지 않은 산모를 괴롭히는 정령인 바키아의 가장 특별한 비밀들을 알고 있었다.

"불쌍하고 가련한 압달라의 어미여, 신이 그녀에게 자비를 베풀어 주시길. 불쌍하고 순진한 여자, 그녀는 남 일에 간섭하지 않는 사람이었는데. 하지만 사람들은 그녀에게 자비를 베풀지 않았고, 그녀의 아들은… 압달라는 속담에서 말한 것처럼 대상에 들어가지도 않았고 전쟁하는 부족에 들어가지도 않았다. 그 얼마나 쓸모없는 남자란 말인가. 아무도 그의 말을 듣지 않는다. 대체 어떤 사내가 아내가 딸에게 이토록 기이한 이름을 짓게 내버려 둔단 말인가? 하지만 내가 뭐라 할 수 있겠나? 속담에 이런 말이 있다. 다른 사람의 잘못을 탓하다 그것의 배가 되는 잘못을 저지르게 된다고. 내 아들 산자르도 내 손녀에게 뭐라고 이름을 지어줬냔 말이다. 맙소사, 요즘 사내들은 집안일에 왈가왈부할 수 있는 발언권이 없다. 이제 거상 술레이만 같은 남자는 없단 말이지! 아, 신이시여! 이제 세상에 거상 술레이만은 없습니다. 사이드 장로도 없고요. 신이 당신을 보호해 주시길, 어머니! 어머니는 어디 있나요? 나에게 와주세요, 당신의 딸에게 돌아와 세상이 어떻게 변했는지 좀 보란 말입니다."

자리파가 중얼거렸다.

자리파의 엄마! 사람들은 그녀에게 카이주란이라는 별명을 지어줬다. 그녀가 대나무 줄기처럼 우아하게 키가 크고 날씬했기 때문이다. 본명은 앙카부타 즉 거미 소녀였다. 그녀의 남편은 아내가 끊임없이 애를 배는 바람에 계속 태어나는 아이들의 이름을 짓느라 골머리를 앓았다. 게다가 노예의 핏줄로 태어난 아이는 주인의 이름과 비슷하게 지어서는 안 된다. 앙카부타가 태어났을 때 그 아버지가 지어낼 수 있는 이름은 그것뿐이었고, 그래서 그걸로 결정됐다.

열다섯 살이 되기도 전에 앙카부타는 남편의 욕구를 거부하겠다는 생각을 품었을 모든 노예 여성에 대한 불길하고도 강력한 교훈이 됐다. 같은 맥락에서 자유 여성에게도 그런 메시지를 보낸 셈이지만. 사이드 장로는 앙카부타가 그의 노예이자 그가 짝지어 준 나시브와 잠자리를 갖길 거부했을 때 요새 안에 있는 고대의 감방에 가뒀다. 앙카부타는 그 감방에서 몇 달 동안 고통받았다. 하루에 한 번씩 그녀가 먹을 음식이 왔고, 밤마다 남편이 찾아왔다. 사람들은 그녀가 매일 밤 지르는 비명에 진절머리를 냈다. 마침내 그녀는 풀려났다. 어쩌면 나시브가 매일 밤 남편의 권리를 행사하기 위해 그녀의 손목과 발목을 녹이 슨 철제 침대 기둥에 묶고 그녀의 입에 자기 터번으로 쓰는 천을 틀어박는 일에 신물이 난다고 말했기 때문일지도 몰랐다.

앙카부타는 첫딸을 임신해서 감방에서 나왔다. 아이가 태어났을 때 그녀는 혼자였고, 탯줄을 묶은 후 산파가 되기로 마음먹었다. 그녀는 주로 장로 딸들의 출산을 돕는 사베카와 경쟁했다. 알 아와피 사람들은 앙카부타의 어두운 이면에, 삶을 향한 탐욕스럽고 거대한 열정이 숨어 있다는 점을 깨닫지 못했다. 입이 무겁고 자신에 대한 말은 잘 하지 않는 이 여자가 사실은 한 달에 한 번 알 아와피 외곽에 있는 요새와 농가들 너머 거대한 사막에서 악령을 쫓는 자르교(아프리카 북부와 중동의 일부 지역에 있는 종교 분파로 대개 신들린 여성이 의식을 치르는 관례가 있음-옮긴이)의 의식을 거행하는 위대한 어머니라는 사실을 눈치챈 사람은 얼마 안 됐다.

압달라

'고마워요, 환한 얼굴로 웃는 승무원님. 그 오렌지 케이크는 정말 맛있어요. 단지 나는 그것보다는, 당신이 할와(서남아시아, 북아프리카, 중앙아시아, 남아시아 등에서 먹는 달콤한 후식-옮긴이)라고 부르거나 아니면 런던이 아주 또렷한 영어로 말하는 달콤한 디저트보다는 우리 오만식 젤리 디저트를 선호했을 것 같아요.'

축제 때나 아버지의 큰 집이 손님으로 가득 찼을 때, 나는 항상 내 공책에서 종이 한 장을 뜯어내 거기에 기름기가 아름답게 번들거리는 짙은 색의 할와 큰 걸 한 조각 싸서 우스타즈 맘두에게 가져갔다. 이 특별한 간식의 맛도 보지 못한 적도 종종 있었다. 사교 모임에서는 나이가 많고 위엄 있는 남자 어른들이 항상 먼저 음식을 먹는다. 나 같은 어린아이가 식욕을 보이거나 연장자들과 음식을 놓고 경쟁하는 것은 예의에 어긋났고, 쟁반에 올라온 달콤한 간식들은 내가 미처 손을 뻗기도 전에 어른들이 잽싸게 낚아채서 먹어버렸다. 그런 일이 일어날 때면 나는 어떤 희망도 품을 수 없었다. 남은 간식은 고모가 다 치워서 창고에 넣고 잠가버릴 것이고, 나는 그걸 달라고 말할 용기가 없을 테니까.

하지만 그때 자리파가 우스타즈 맘두를 기억하고 다른 사람들이 눈치채기 전에 얼른 그의 몫으로 큰 조각을 하나 숨겨놨다. 그를 위해서가 아니라 졸업장을 위해서 그랬는지도 모르겠지만. 내 졸업장의 초록색 표지를 보기만 해도 자리파는 그게 축하할 일이라는 걸 알았다. 거기에 적힌 말이 무슨 뜻인지는 하나도 이해할 수 없었겠지만.

가끔 어마어마하게 운이 좋을 때면 거대한 할바 조각을 두 개나 손에 넣기도 했다. 나는 하나는 우스타즈 맘두를 위해 포장하고, 남은 하나는 마닌과 나눠 먹었다. 내가 아무리 종이에 꽁꽁 잘 싸놓아도 거기서 나는 그 사프란 향기를 마닌은 항상 감쪽같이 맡아냈다. 그는 항상 자신의 진흙집 앞에 있는 커다란 바위 위에 앉아 있었다. 그 바위는 내가 학교 가는 길에 있어서 도저히 피할 수 없었다. 그의 목소리를 듣지 않고는 누구도 그 앞을 지나칠 수 없었다.

"마닌은 몸이 안 좋아. 마닌에게 쌀을 조금만 줘, 한 줌만 달라고! 마닌에게 달달한 걸 좀 줘!"

그는 항상 이렇게 투덜거렸다. 해가 바뀌면서 나는 한 학년

씩 올라갔지만, 마닌은 절대 그 자리를 떠나지 않았다. 마치 그와 그가 앉아 있는 바위가 원래부터 하나였던 것처럼, 마찬가지로 그가 입고 있는 다 해진 옷도 바뀌지 않았다. 달라진 거라곤 그가 오디 코디얼(과일 주스로 만들어서 물에 타 마시는 단 음료-옮긴이)을 발견했다는 것뿐이었다. 그가 항상 노래하는 것처럼 외치는 애원에 한 줄이 더 추가됐다. 마닌의 목을 축이기 위해 빔토(영국에서 만든 청량음료-옮긴이) 좀 사줘!

마닌의 아들인 자이드는 학교 다닐 때 나와 같은 반이었지만 자이드가 아버지와 같이 있는 모습은 단 한 번도 보지 못했다. 자이드는 항상 학교에 있거나 동네에서 아이들과 놀았다. 사람들은 자이드가 아직 젖먹이였을 때 그의 엄마가 다른 남자와 달아났고, 그래서 온 동네 여자들이 힘을 합쳐 애틋한 마음으로 그가 혼자서 제 앞가림을 할 수 있을 때까지 키웠다고 말했다. 자이드는 절대 웃는 법이 없었고, 달리기하면 항상 1등으로 들어왔다. 우리의 경주는 항상 수로가 시작되는 곳에서 시작해 알 아와피의 농가들 가장자리에서 끝났는데, 그때마다 자이드가 맨 앞에서 달렸다.

마닌은 언제든 날 볼 때마다 이미 익숙해진 애원의 노래를 한층 더 크게 불렀다. 그는 손뼉을 치면서 나에게 물었다.

"자아아아아, 압달라? 네 아버지는 누구시니? 오늘 불쌍한 마닌에게 넌 어떤 먹거리를 가져왔니?"

주머니가 비어 있는 날이면 나는 그에게 이렇게 쏘아붙

였다.

"마닌, 복지부에서 아저씨에게 30리알씩 주는 거 안다고요!"

그러곤 학교를 향해 엄청나게 빨리 뛰어갔다. 하지만 간식을 가지고 가는 운 좋은 날에는 바위에 그와 같이 앉아 감미롭고 달콤한 젤리 같은 간식을 같이 먹었다. 입 속에 쑤셔 넣은 할바와 침으로 가득 찬 채 마닌은 싱긋 웃으며 내가 이미 천 번도 넘게 들은 오래된 이야기를 하고 또 했다.

"있잖아, 아아아압둘라… 넌 네 아버지처럼 신의 축복을 받았어! 후우우, 압둘라, 멋진 사나이. 그 끔찍한 비가 내리던 해. 그건 정말 재앙이었어. 비가 열흘 내내 하루도 쉬지 않고 쏟아졌어. 내 진흙집은 빗물에 섞여 흙과 하나가 되어버렸고, 심지어 잘난 사람들이 사는 집들도 물이 새서 지붕이 무너져 내렸지. 우린 굶어 죽어가고 있었어, 얘야. 비가 대추야자 열매들을 완전히 망가뜨렸어. 망한 거지. 우리의 매트리스와 가구와 옷은 비에 젖었고, 먹을 건 눈을 씻고 찾아봐도 없었어. 살 것도 없고, 팔 것도 없는 상황이었지. 그런데 압둘라, 그러고 보면 넌 살기 편한 시대, 모든 것이 풍족한 세상에 태어난 거야. 넌 진짜 굶주림은 본 적이 없잖아. 그해에 알 아와피는 물에 둥둥 떠다녔어. 도랑마다 넘치는 물과 쓰레기로 난리가 아니었지. 사이드 장로는 자기가 사는 요새의 문이란 문은 다 닫아버리고 사람들에게 말했지. 내 수중엔 남은 게 하나도 없다고. 내 대추야자 열매들은 다 비에 젖어 망가졌다고. 그리고 부족들 간의 전쟁 때문에 전 재산을 잃었다고 사람들에게 말했어.

하지만 너의 아버지는 달랐어. 신이 그에게 축복을 내리길! 너의 아버지는 자기 집 문을 열고 자기 집 마당에서 사람들이 지낼 수 있게 텐트를 쳤어. 그들은 부엌과 창고에 있는 모든 찬장 문이 열리고 그 안이 텅텅 비어 있다는 걸 볼 수 있을 때까지 그 집에서 먹고 마시며 살았지. 네 아버지와 마수드(신이 돌아가신 그에게 자비를 베푸시길) 장로가 아니었다면 우리는 다 굶어 죽었을 거야. 그 재앙이 일어난 해 말이지. 지금 우리는 다 잘살고 있잖아, 보라고! 이 얼마나 대단한 세상이냔 말이야! 그러니까 압둘라. 너 불쌍한 마닌에게 줄 빔토 좀 없니?"

우리는 쑥쑥 자라고 있었다. 자이드는 이제 숨바꼭질할 때 아무런 경고도 없이 소녀들의 땋아 내린 머리채를 잡아당기는 식으로 아이들이 남자들과 여자들 두 무리로 갈라지게 하지 않았다. 산자르는 더는 자이드에게 몸을 날려서 그를 땅바닥에 쓰러뜨리고 목을 졸라 죽일 뻔한 식으로 반응하지 않았다. 우리는 컸고 자이드는 육군에 입대했다. 몇 년 후 길가에 있던 마닌의 무너져 가는 진흙집은 사라지고 대신 침실 세 개와 응접실이 있는 철근 콘크리트 주택이 지어졌다. 사람들은 자이드가 군에서 출세가 빨랐고 고위 장교들이 그를 총애한다고 말했다. 그는 이제 빨간 캄리를 몰고 알 아와피에 가끔 왔다. 그는 다시 지은 자기 집 안을 커다란 쌀자루와 설탕 자루 그리고 국내 최고의 달달한 간식이 들어 있는 통조림들로 가득 채웠다. 그중에는 바르카(오만 북부의 해안 도시 – 옮긴이)에서 사 온 것도 여러 개 있었다. 고향에 올 때면 자이드는 항상 군복을 입고 있었고 모두 그가 과일과 빔토 병들이 들어 있는 상자들을 가지고 온다는 사실을 알고 있었다. 그는 종종 인부들을 데려와서 고향 집의 목제 문을 더 화려한 것으로 교체한다거나 집에 새로운 공간을 추가하는 공사를 벌였다. 하지만 점점 눈이 흐려지고 이젠 완전히 백발이 돼버린 마닌은 항상 앉아 있던 그 작은 바위도, 낡아서 누더기가 된 옷도 버리지 않았고, 지나가는 사람이 있을 때마다 구걸하던 습관도 버리지 않았다. 이웃 사람들은 아버지와 이제 장교가 된 아들 사이에 종종 벌어지는 격렬한 말다툼을 듣곤 했다. 그들은 마닌이 이제 더는 아무것도 볼 수 없다고 항변하는 소리를 들었다. 마닌은 아들에게 자기는 길가의 그 바위에 앉아 있는 생활에 익숙해졌고, 거기 그렇게 앉아 있는 게 좋고, 그게 자기 삶이라고, 그 앞을 지나가는 사람들과 이야기하는 게 자신의 인생이라고 말했다. 그는 답답하게 집 안에 갇혀 있고 싶어 하지 않았다. 새로 지은 집이라 해도! 마닌은 지나가는 사람들에게 소리 지르는 건 장난일 뿐이라고 말했다. 그가 바란 건 그저 사람들과 이야기를 나누면서 느끼는 쏠쏠한 재미이자 즐거움뿐이라고 말했다. 이제는 가난했던 옛날과 달리 사실 아무도 그에게 아무것도 주지 않는다고. 아무도 그의 옷을 빨아 주거나 집에 쌓여 있는 쌀을 요리하러 와주지 않는다고 마닌이 말했다. 어쨌든 그는 이웃 사람들과 같이 밥을 먹는 게 좋다고, 떼 지어서 모여 있는 뜨뜻하고 축축한 아이들과 같이 있는 게 좋고, 아이들과 같이 게임을 하는 게 좋다고 말했다. 거기 대고 아들이 지르는 소리는 단 한마디도 알아들을 수 없었다.

　나는 무하마드의 병이 치유되길 바라며 마을 사람들에게 구호품을 나눠주기 위해 알 아와피에 가서 암양 다섯 마리를 도살해 고기를 이웃에게 돌렸지만, 마닌은 하나도 받으려 하지 않았다. 그걸 받았다가 자이드가 그 사실을 알게 되면 절대 용서하지 않을 거라고 마닌이 말했다. 집안일을 돕기 위해 자이드가 데려온 인도 여자는 마닌이 옷을 벗고 씻는 걸 도와주려 했다. 그 여자는 몇 주 동안은 견뎌냈지만, 그 후엔 자기 욕구를 채우는 데 모든 시간을 썼다. 그녀의 배가 점점 불러와 아무도 무시할 수 없는 상태가 되자, 자이드가 와서 그녀를 다시 인도로 돌려보냈다. 마닌은 다시 예전의 방식, 예전의 용모로 돌아갔다. 지저분하지만 유쾌한 얼굴, 쾌활한 웃음소리, 바위 위에 앉아 있는 그 자세로. 그는 이제 알아듣기 힘들 정도로 작은 목소리로 지나가는 사람들을 불렀다. 아니면 시멘트로 지은 새집에 틀어박혀 아무 말도 하지 않았다. 특히 자이드가 왔을 때는 더 그랬다.

　마닌이 소리를 질렀다.

　"그 재앙이 일어나던 해, 얘야! 땅, 초록색 식물이 자라던 땅과 말라붙은 갈색 흙이 있는 땅 둘 다 빗물이 넘쳐흘렀어. 하지만 신의 자비로 우리는 살아남았다. 우리는 너희 아버지 집과 마수드 장로의 집에 친 여러 개의 텐트 속에 모여서 대추야자 열매와 한 접시당 열 개씩 있는 말린 생선을 나눠 먹으며 살았어. 이봐, 압둘라. 너 정말 집에 남아 있는 빔토가 하나도 없냐? 넌 네가 정부에서 연금을 받는다고 했지. 30리얄로는 담뱃값도 안 돼, 압둘라. 그러니 그 돈으로 어떻게 자이드가 필요한 공책과 펜을 살 수 있겠니? 하피자! 음, 너도 알겠지만 하피자를 한 번 보는 것만으로도 3리얄이나 든단다. 하피자는 이렇게 말하겠지. 가서 샤워해요, 마닌. 그다음에 날 보러 와요, 라고. 신이 여자들을 먹여 살려 주시길. 그들은 그것 말고는 다른 방법이 없거든. 그 끔찍한 장마가 내리던 해에, 애야, 여자들은 굶어 죽어가고 있었단다. 그래서 반 페니만 받고도 자기 몸을 파는 여자도 있었어. 하지만 개중엔 고집이 센 여자들도 있었지. 돈으론 꿈쩍도 안 했고, 칭찬을 늘어놔도 상대도 안 해줬어. 내가 내 팔뚝만큼이나 큰 빔토 한 병을 하피자에게 갖다줬는데도 하피자는 여전히 만족하지 않더구나. 그 여자는 굶주림을 겪지도 않았고, 그 끔찍한 비가 내리던 시절도 보지 못했거든. 하피자는 이렇게 말하곤 했지. 가서 씻어요. 지금 가서 씻으라고요. 내가 하나 물어보마. 자타르가 나보다 조금이라도 나은 면이 있니?"

  몇 년 후 완전히 눈이 멀고 이가 빠지기 시작한 마닌은 자르

교의 악령을 쫓는 의식에 참석해서 뜨거운 석탄 위를 걸으며 쾌감에 젖어 소리를 질렀다. 그날 밤 그는 머리에 소총을 한 발 맞은 시체로 발견됐다. 그는 자르 의식에서 아주 많이 취해서 집에 늦게 돌아왔다. 집에 돌아온 지 몇 시간 후에 자기 집 문 앞에 서서 소리를 지르고 있었다.

"불쌍한 마닌! 가련한 마닌! 그에게 빵을 한 입 줘, 그에게 담배 반쪽을 줘, 그에게 여자를 줘. 그게 심지어 지저분한 하피자라 할 지라도!"

어떤 사람들은 그가 불쌍한 살인 사건의 피해자라고, 심지어 순교자라고 하면서 기도를 올리기도 했다. 하지만 다른 사람들은 그를 부도덕한 주정뱅이라고 부르며 그 기도에 참석하지 않았다. 그들은 그의 시신을 들어 올려서 장례 예법에 따라 알 아와피 서쪽에 있는 묘지까지 운반했다. 다음 날 아침 경찰이 도착했을 때, 아무도 그 일에 대해 아는 게 없다고 주장했다. 아니, 그들은 아무 소리도 듣지 못했다. 며칠 후 사건은 종결됐다. 그리고 알 아와피 사람들은 다시는 자이드를 보지 못했다.

맘두 선생님은 우리에게 전 과목을 다 가르쳤다. 우리 반에 여학생은 하나도 없었다. 하지만 수업 사이사이에 자이드는 1학년 그룹에 몰래 가보곤 했다. 거기엔 여학생 네 명이 남학생들과 같이 수업을 받고 있었다. 그는 그 여자 넷 중 하나를 골라서, 그 아이의 머리를 잡아당긴 후에 도망치곤 했다. 마침내 칼라가 자기 아버지인 아잔에게 그 일에 대해 불평을 늘어놓았다. 그 후로 자이드는 그 장난을 그만둬야 했다.

우리가 코란에서 험담하는 사람들에 대한 장을 공부하고 있을 때, 거기 해당되는 구절들을 암송할 때마다 자이드는 날 곁눈질하곤 했다.

"험담하는 사람들을 조심하라. 그는 부를 쌓아 올리듯 다른 사람들의 단점을 쌓아 올리고, 그의 부를 헤아리면서 다른 사람들을 안 좋게 말한다. 하지만 그의 재산이 그에게 영원한 생명을 줄까?"

맘두 선생님은 길고 자세한 설명을 시작하면서 부자와 그들이 쌓아 올린 부와 금을 모으는 상인들을 욕했다. 그런 내내 자이드의 이글거리는 시선이 날 산채로 활활 불태우고 있었다. 그래서 우스타즈 맘두 선생님이 어느 날 우리에게 아버지가 무슨 일을 하느냐고 물었을 때(이미 대답을 다 알고 있었는데도) 나는 창피해서 죽을 것 같았다. 나는 아버지가 상인이란 말을 할 용기가 나지 않았다. 아이들은 아주 쉽고 자신 있게 대답했다. 우리 아버지는 농부입니다… 대장장이입니다… 농부입니다… 목수입니다… 남자 옷을 짓는 재단사입니다… 판사입니다… 무에진입니다… 농부입니다. 그런 내내 나는 식은 땀을 흘리면서 아버지가 상인이라고 대답해야 하는 순간을 두려워하고 있었다. 나는 상인이라는 말이 배가 불룩 튀어나오고 금을 모으면서 가난한 사람들을 괴롭히는 동안 쩔렁거리는 돈소리를 내면서 온몸을 좌우로 천천히 흔드는, 못 생기고 추하고 역겨운 사람을 의미한다는 불편한 느낌을 품고 있었다. 부잣집 아들(우리 아버지는 차가 딱 두 대 있는 알 아와피에서 사이드 장로 다음으로 차를 장만했다)이라는 내 비밀이 밝혀지면 심술궂은 조롱의 대상이 될 것이라고 확신하고 있었다. 그때 자이드가 소리를 질렀다.

"나의 아빠는 거상 술레이만이에요! 아주 큰 집과 농장들을 가지고 있고, 그의 땅은 마스카드 전역에 뻗어 있어요."

아무도 날 놀리지 않았지만, 나는 수치심을 느꼈다. 마치 내가 망신을 당한 것 같은 느낌이었다. 나는 우리 아버지가 대부분의 다른 아버지들처럼 농부이길 간절히 바랐다.

쉬는 시간에 매점에 가지 않는 아이는 우리 반에서 나와 자이드 밖에 없었다. 우리 둘 다 용돈이 없었기 때문이다. 내가 중학교에 들어갈 때까지 아버지의 생각은 단호했다. 내가 매일 학교에 갈 때 용돈으로 100페니를 줄 일은 절대 없을 거라고. 마침내 100페니를 받게 됐을 때 다른 아이들은 용돈으로 200이나 300페니를 받았다. 매점에 가면 나는 항상 빵이나 치즈나 선탑 주스 중 하나만 택해야 했다. 한 번에 두 개나 세 개다 살 돈은 없었다. 고등학교를 졸업할 때까지 그랬다.

마수다

　형광 가로등들이 알 아와피에 있는 모든 집으로 가는 길을
자신 있게 밝히고 있었지만, 마수다의 집으로 가는 울퉁불퉁
한 길에 선 가로등들은 머뭇머뭇 깜박거렸다. 누군가 녹슨 철
제 대문을 밀어서 열고 문지방을 넘을 때 나는 끼익 소리를 그
녀는 감으로 알아차렸다. 바닥에 흙이 깔린 좁은 마당을 따
라가면 비좁은 반원형의 공간과 문이 제대로 닫히지 않는 아
주 작은 방이 하나 나왔다. 방의 벽마다 메카의 그랜드 모스크
와 메디나의 예언자 모스크를 찍은, 가장자리가 접힌 얇은 사
진들이 붙어 있었고, 타는 듯이 붉은 색칠을 해서 목제 액자에
넣은 부라크(이슬람 전통에 나오는 천상의 말-옮긴이) 그림도 한
점 있었다. 예언자를 태운 채 하늘로 날아가는 그 천상의 말은
아주 아름답고 여성적인 얼굴로 묘사된 우아한 동물이었다.
얇은 매트리스(한 겹의 스펀지 위에 싸구려 천을 씌운 것)가 벽에

기대어 세워져 있었다. 그 옆에 다양한 크기와 색깔의 바구니들, 커다란 국자들, 흰 뚜껑이 덮여 있는 냄비들과 같은 물건이 옹기종기 모여 있었다. 열린 문 옆에는 아주 오래된 틀이 씌워진 거울이 하나 걸려 있었는데 맨 위쪽에 피라미드 형태로 '무스카트와 오만은 술탄의 영토'라고 적혀 있었다. 그 방은 가장자리가 해진 카펫 하나와 항상 돌돌 말아서 한쪽 구석에 세워놓은 매트리스를 제외하면 텅 비어 있었다. 하지만 마수다는 이 방에 오랫동안 발을 들이지 않았다. 근처에 사는 여자 중 하나가 정오에 들르거나 해 질 녘에 어린 사내아이 한둘이 찾아올 때도 있었다. 철문이 끼익 신음하면서 땅바닥을 긁으며 열릴 때면, 그 안에 갇혀 있던 냄새가 터져 나왔다. 그때마다 마수다가 소리를 질렀다.

"나 여기 있어요! 나 여기 있다고…"

그러면 누구든 그곳을 찾아온 사람은 정말 그녀가 거기 있다는 사실을 알게 된다.

마당 오른쪽 끝자락에 아주 작은 방이 하나 있다. 한때는 탈곡장으로 사용됐던 그곳에 변기가 하나 있었다. 그 변기는 사실상 흙바닥에 세로로 길게 벌어져 있는 틈과 그 옆에 놓인 금속 주전자에 지나지 않았다. 그녀의 딸이 마수다가 미쳤다고 선언한 후, 이 늙은 여자는 바닥에 깔린 조약돌들을 가리는 갈대로 만든 매트리스밖에 없는 이 작은 방에 갇혀 살았다. 마수다는 벽에 생긴 구멍을 창문으로 삼았다. 그 자리에는 세 개의 금속 꼬챙이가 창살 역할을 하는 나무로 만든 덧문이 달려 있었다. 그 방에는 마수다가 고래고래 고함을 지르면서 몸을 던져 잠겨 있는 나무 문을 부수려고 할 때 그녀의 몸을 묶어둘 기둥밖에 없었다. 철제 대문이 삐걱거리는 소리가 들릴 때마다 마수다는 창문의 창살을 필사적으로 붙잡고 소리 질렀다.

"난 여기 있어요! 난 마수다고 난 여기 있다고요!"

하루에 두 번 그녀의 딸 샤나가 거상 술레이만의 집에서 점심과 저녁을 들고 왔다. 엄마에게 음식을 주고 빈 그릇을 치워갈 때 지르는 비명에 화답해 딸이 입을 여는 법은 거의 없었다. 가끔 동네 여자가 지나가다 멈춰서 창살이 쳐진 창문 밑에서 마수다와 수다를 떠는 선행을 할 때도 있었다. 마을에서 온 어린 사내아이들은 규칙적으로 이곳 담벼락에 대고 오줌을 누거나 마수다에게 그렇게 소리 좀 지르지 말라고 협박했다.

가끔 샤나가 예고도 없이 와서 엄마를 보고, 변기 옆에 있는 물 주전자를 다시 채웠다. 그녀는 매달 정확히 2주 간격으로 엄마를 목욕시키고, 머리를 땋아주고, 방 안을 청소하고, 더러운 마당에 물을 뿌렸다.

"난 마수다야! 난 마수다고 난 여기 있다고…."

바람이 아주 세게 불어 녹슨 철제 대문이 흔들리는 날도 가끔 있었다. 그것은 샤냐, 이웃집 여자나, 사내아이들이 오는 소리가 아니었지만, 램프 하나 없는 마수다가 어떻게 알고 소리를 안 지를 수 있겠는가?

"난 여기 있어어어어어! 난 마수다야…."

압달라

살림이 걱정된다. 고등학교 성적이 신통치 않았고, 한 사립대에 들어갔지만, 그것마저도 쉽지 않았다. 살림이 하는 짓도 마음에 안 들고, 그 자식도 마음에 안 든다.

런던이 내게 부정적이라고 말했다.

"아빠는 너무 부정적이야!"

런던은 곧 정말 성숙한 성인이 될 것이다. 안 좋았던 연애를 끝낸 후 마음의 평화를 찾고 인생의 새로운 장을 시작할 것이다. 런던이 웃는 얼굴로 병원에 가는 길에 의사 가운을 입는 모습을 보니 얼마나 행복하던지. 인류에게 망각할 능력을 주신 신을 찬양하라.

어렸을 때 나는 하비브가 갑자기 버럭 지르는 소리에 익숙해져 있었다.

"망각이라고? 그 망각이란 게 어디 있는데?"

난 하비브를 좋아한 적이 없었다. 내가 자리파와 있는 모습을 볼 때마다 그는 나를 거칠게 밀쳤다. 내가 감히 아버지에게 이르지 않을 것임을 그는 알고 있었다. 그럴 때마다 자리파는 한 번도 날 보호해 주지 않았다. 하비브가 영원히 사라져 버렸을 때 나는 아주 행복했다. 그의 아들 산자르가 여섯 살밖에 안 됐을 때 사람들이 하비브가 도망쳤다고 속삭이기 시작했다. 하비브의 늙은 엄마는 소리를 지르면서 모랫바닥 위에서 미친 듯이 데굴데굴 구르며 입고 있는 옷을 갈기갈기 찢었다. 어떻게 알았는지 모르겠지만 아들이 영원히 돌아오지 않을 걸 알고 있는 것처럼 보였다. 하지만 그가 사라진 걸 발견했을 때 아무도 놀라지 않았다. 하비브는 항상 해적들과 상인들에게 납치돼 자유를 빼앗긴 고향으로 돌아갈 것이라고 사람들에게 말했다. 몇 년 후 두바이에(거기서 카페를 열지 않은 나라는 없다) 있는 발루치 카페에서 누가 그를 얼핏 봤다고 말했다. 하지만 하비브가 정말 발루치스탄(이란 남동부와 파키스탄 서남부의 산악 지대-옮긴이)의 마크란(신드 지역과 발루치스탄 남안의 반 사막지대-옮긴이)으로 돌아가서 결혼해 자식들을 낳았다고 확신한 사람들도 있었다. 그런가 하면 도망치고 나서 얼마 후 결핵으로 죽었다는 사람들도 있었다. 그때는 정권이 바뀌면서 새 병원들이 물밀듯이 들어서기 전이었다.

자리파가 하비브 때문에 눈물을 흘린 적은 단 한 번도 없었고, 그녀가 하비브 이야기를 하는 걸 한 번도 들어본 적이 없었다. 그때보다 내가 더 나이가 들었을 때 자리파에게 왜 하비브를 찾아보려고 하지 않았느냐고 물었다. 자리파는 자기가 좋아하는 속담으로 대답했다. 속담에 이런 말이 있어. 아는 게 병이고, 모르면 미치지 않을 수 있어. 하지만 아들인 산자르도 무지한 상태로 키울 순 없었다. 산자르는 성인이 돼서 아이들을 낳자 쿠웨이트로 이민을 가버렸다. 자리파는 모랫바닥에 누워 데굴데굴 구르지도, 눈물을 흘리면서 자기가 입고 있던 옷을 찢어버리지도 않았다. 자리파는 우리 아버지가 돌아가실 때까지 8년을 기다린 후, 아들을 따라 쿠웨이트로 갔다. 그리고 얼마 못 가 돌아와 땅바닥에 침을 뱉으면서 독사 같은 며느리를 욕했다. 그 후에 자리파 소식은 듣지 못했다. 나는 시장과 부동산의 급락, 무스카트에 짓는 새집 공사, 런던의 결혼과 이혼, 살림의 공부와 무하마드의 병 그리고 산다는 만만찮은 걱정거리에 시달리느라 자리파는 생각도 하지 못하고 있었다. 그러다 갑자기 자리파가 죽었다는 소식을 들었다.

  나는 아버지가 병원에서 돌아가신 후 아버지의 장례식에 갔다. 삼촌이 심장마비로 돌아가셨을 때, 자드가 물난리에 익사했을 때, 마닌이 총에 맞아 죽었을 때, 하피자가 에이즈에 걸려 죽었을 때, 마르완이 아버지의 단검으로 자살했을 때 그들의 장례식에 갔고, 내 친구의 아버지들과 어머니들이 돌아가셨을 때도 장례식에 갔지만, 자리파의 장례식엔 가지 않았다. 아무도 내게 말해주지 않았으니까. 자리파는 나 모르게 병에 걸렸다가 죽어서 땅에 묻혔지만, 나는 그 어떤 것도 알지 못했다.

꿈에 아버지가 나올 때가 있다. 아버지는 너무 화가 나서 눈이 시뻘게져 있었다. 아버지는 야자나무 껍질로 만든 밧줄로 내 얼굴을 후려치면서 자리파에 관해 물었다. 아, 하비브! 당신 어머니는 파파 할머니가 됐지만, 아직도 살아 계셔. 심지어 아직도 살아계신다고. 당신은 어디 있는 거야? 내 어린 얼굴에 대고 소리를 지르던 당신 말이야. 망각이라고? 그 망각이란 땅은 뭐라고 부르는데?

마야와
런던

손님들은 달달한 주전부리와 과일에 모든 관심을 쏟고 있었다. 자리파는 여자들에게 커피를 따라주고, 누가 뭐라고 할 때마다 거기에 대해 한 마디씩 논평했다. 웃음소리가 커지고, 여자들의 목소리가 섞이고, 남편과 아이들에 대한 불평이 반복되고, 결혼, 이혼, 최근에 있었던 출산 소식이 쏟아지고, 함단의 가게에 물밀듯 들어오는 놀랄 정도로 밝은 색깔의 직물에 대한 언급과 이제 사이드 장로와 거상 술레이만의 집뿐만 아니라 여러 집에 들여놓은 텔레비전에 대해 혹은 어느 진흙 벽돌집이 최근에 시멘트 블록으로 지은 직사각형 집으로 바뀌었는지에 관한 이야기가 끊이지 않고 나왔다. 그들에겐 웃으며 할 이야기가 있었고, 안주인인 살리마는 자기도 즐겁다는 걸 보여주기 위해 미소를 지어 보였다.

어제(결혼하고 나서 생전 처음으로) 아잔이 그녀에게 거대한

140

파란 보석이 박힌 금반지를 하나 줬다. 살리마가 황금을 경멸하고 어떤 종류의 액세서리건 멸시하는 걸 모르는 사람이 없는데. 신부로서 어쩔 수 없이 장만해야 했던 보석들을 살리마는 철제 상자에 넣어서 결혼할 때 가져온 커다란 목제 궤짝 안 깊숙이 넣어두었다. 그녀와 아잔은 선물을 주고받은 적이 한 번도 없었다. 그는 항상 그녀에게 필요한 걸 줬고 단 한 번도 생활비로 얼마나 쓰는지 물어보지 않았다. 하지만 선물은 이야기가 다르다! 살리마는 남편의 충동적인 선물에 왠지 불안해졌다.

그녀가 과일을 더 가지러 부엌에 갔을 때 무에진의 아내와 유수프 판사의 미망인이 고개를 한데 모으고 속삭였다.

"아니, 압달라란 남자는 대체 어떤 남자기에 자기 딸에게 이런 이상한 이름을 지어주게 놔두는 거죠? 보아하니 이 문제에 대해 아무 발언권도 없었던 것 같지 않아요? 마야가 남편 말을 안 듣는 거 아니에요? 그 사내에게 배짱이란 게 있다면, 아내가 자기 말을 듣게 만들 수 있다면, 절대 기독교인들이 사는 나라의 도시 이름을 따서 딸의 이름을 짓게 놔두지 않았을 텐데. 런던이라니! 대체 언제부터 사람들이 자기 딸의 이름으로 장소 이름을 쓴단 말이에요?"

마야는 침대에서 혼자 대추야자 열매를 먹는다. 모두 같이 식사해야 한다고 엄마를 설득하려던 아스마의 시도는 흐지부지됐다. 아스마가 읊은 마호메트의 언행록은 무에진의 아내에게 어떤 효과도 발휘하지 못했고, 오히려 그녀를 화나게 했다. 무에진의 아내는 아스마가 고의로 메호메트의 말씀을 고쳤고 여러 책에 나온 사악한 개정 사항으로 오염시키려 한다고 비난했다. 그 어떤 말에도 마야는 신경 쓰지 않았다. 마야는 음식에 별로 관심도 없었고, 다른 사람들과 같이 먹든 말든 상관없었다. 그보다는 어떻게 여자들이 그렇게 많은 시간을 먹고 수다 떠는 데 쓸 수 있는지 그것이 이해되지 않았다. 그녀는 침묵 속에서 딸이 아주 작은 입술을 오므렸다 폈다가 하면서 입으로 삼각형을 만들고 눈을 떴다 감는 모습을 지켜보고 있었다. 런던의 울음은 점점 줄어들었고 혼자서 손과 발로 허공을 때리며 노는 데 점점 더 오랜 시간을 보냈다. 마야는 딸이 허공을 찰싹찰싹 때리는 모습을 지켜보는 게 아주 좋았지만, 엄마는 아기를 단단히 싸놓아야 한다고 계속 고집을 피웠다. 마야는 무스카트에 출산하러 갔을 때 루이 시장에서 하얀 포대기를 직접 골랐다. 그리고 아들이든 딸이든 다 어울릴 수 있게 아주 작은 흰색 속옷과 작은 노란색 가운 두 벌을 장만했다. 그 아이 옷들 속에 칼라의 립스틱을 숨기면서 엄마가 발견하지 못하길 빌었다.

마야는 엄마가 왜 그렇게 칼라 걱정을 하는지 이해할 수 없었다. 마야는 칼라가 성품이 온순하고, 남들에게 공감도 잘하며 알 아와피에서 가장 예쁘고 다정한 아가씨라고 생각했다. 칼라가 아버지에게 반지와 금팔찌를 사달라고 조른다고 해서 뭐가 문제인가? 칼라는 그런 걸 받을 자격이 충분하고, 아버지는 그런 걸 사줄 여유가 있었다. 마야는 엄마가 칼라를 아주 사소하게 보이는 이유로 공격할 때마다 마음이 불편했다. 엄마가 보석을 좋아하지 않는다면, 그건 엄마 문제지, 왜 칼라를 그냥 내버려 두지 못하지? 런던이 막내 이모처럼 미인으로 큰다면 얼마나 좋을까!

마야는 한숨을 쉬며 서서히 자라기 시작하는 딸의 아주 작고 까만 머리를 유심히 살펴봤다. 그녀의 시선이 아기의 이마에 머물렀다. 어쩌, 보통 갓난아기들보다 이마가 조금 더 쭈글쭈글한 것 같다는 생각이 들었다. 사람들이 으레 말하는 것처럼, 한 사람의 운명이 그의 이마에 쓰여 있다는 말이 사실일지 마야는 자문했다. 그렇다면 이 작은 생명의 작디작은 이마에는 뭐가 쓰여 있을까?

마야가 갓난 딸의 이마를 보고 어떻게 알 수 있었을까? 이 아이가 20대 초반에 이르렀을 때 불면의 밤들이 밀려올 것이라는 걸. 그 모든 밤에 아마드의 얼굴이 끈질기게 떠오르다 마침내 완벽하게 희미해져 가면서 그가 정말 실제로 존재하는 사람이었는지, 그와 자신이 실제로 관계를 맺었었는지, 그들이 실제로 만난 적이 있는지, 그러다 실제로 두 사람이 정말 헤어진 적이 있는지 런던이 의문을 품게 되는 시간이 오리라는 걸 마야가 어떻게 알 수 있었겠는가. 런던은 그의 이미지를 마음속에 간직하려고 시도하는 동시에 없애려고 할 것이다.

대개 동이 트기 직전 그녀의 기억 속에서 어떤 이미지가 떠
오르는데, 항상 같은 이미지로 대학 잡지에 나온 그의 사진이
었다. 런던은 그 이미지에서 전에 그를 직접 봤을 때는 눈치채
지 못했던 뭔가를 봤다. 사진 속에서 그의 시선은 카메라를 피
하고 있었다. 마침내 런던은 그 얼굴이 믿을 수 없는 얼굴이라
는 사실을 알았다.

마야는 딸의 이마를 쓰다듬으면서 아이의 뻣뻣한 머리카락
을 만져봤다. 아침 일찍 압달라가 딸을 보러 오면서 여러 개
의 작은 유리병에 이유식이 들어 있는 상자를 가져왔다. 남편
의 그런 행동이 쓸데없고 살짝 꼴사납다는 생각까지 들었지
만, 아무 말도 하지 않았다. 우선, 아기는 적어도 석 달 동안은
음식을 먹을 수 없다. 그리고 마야가 딸이 먹을 음식 하나 만
들지 못해서 그를 시켜 하인즈와 밀루파에서 나온 이유식을
사와야 할 것도 아니지 않는가. 이 유리병에 들어 있는 음식
이 어디서 만들어져서 이 용기에 담겼는지 알지도 못하는 판
에 말이다. 알 아와피에 있는 그 누구도 아기들에게 이런 음식
은 먹이지 않는다. 압둘라가 만약 마야가 마스카드에 있는 자
기 숙모가 하는 대로 따라 할 거로 생각했다면 그건 착각이다.
마야는 밝힌 적은 없지만, 그 누구도 따라 하지 않을 것이다.
그녀는 딸을 위해 직접 요리할 것이다. 전에는 아무도 어린 딸
에게 입힌 적 없는 그런 다채로운 색의 드레스를 직접 만들어
입힐 것이다. 이 아이는 머리를 빗고 신발을 신고 한가운데 길

고 대담한 줄무늬들이 들어가 있는 드레스를 입지 않고는 집 밖에 나가지 않을 것이다. 마야는 자신이 바느질에 얼마나 재능이 있는지 증명할 것이다. 런던의 이름이 다른 어떤 소녀의 이름과도 같지 않은 것처럼, 런던의 옷 역시 다른 어떤 소녀의 옷과도 다를 것이다.

압달라

새집으로 이사한 날 꿈에서 엄마를 봤다. 엄마는 길고 헐렁한 흰옷을 입고 물 위를 걷고 있었다. 나는 그 뒤를 따라 걸으며 엄마를 불렀다. 엄마, 엄마! 하지만 엄마는 돌아보지 않았고, 나는 잠에서 깰 때까지 엄마 얼굴을 보지 못했다. 엄마가 죽기 전에 알 아와피에 카메라가 들어왔더라면 얼마나 좋았을까. 자리파는 항상 내가 엄마를 닮았다고 말했다. 다만 고모는 계속 내가 아빠를 닮았다고 주장했다.

런던이 아마드에게 요구한 이혼을 하고 우리가 지참금을 그에게 돌려보낸 날, 다시 꿈에서 엄마를 봤다. 엄마는 내 앞에서 차분하게 걸어가고 있었다. 나는 엄마의 베일 끝자락을 꽉 잡고 말했다.

"엄마, 왜 그 바질 덤불을 뽑아버렸어요?"

하지만 엄마는 날 돌아보지 않았다. 엄마의 목소리도 들리지 않았다.

자리파가 죽었다는 사실을 알았을 때 처음에는 꿈에 아버지가 나왔고, 그다음에 그녀가 나왔다. 키가 크고 비쩍 마른 모습이었다. 자리파는 나를 꼭 끌어안았다. 내가 너무 작아서 그녀의 허리께에 간신히 닿자, 허리를 숙여서 날 안았다. 그녀의 포옹은 마야의 포옹과 같았고, 얼굴은 자리파의 얼굴이었다.

늘 그렇듯이 마야는 자고 있었다. 우리 모두 밤에 안 자고 이야기하고 있을 때, 내가 런던이나 살림과 하는 대화에서 긴장된 분위기가 흐르기 시작하면 마야는 곧바로 일어나 자러 갔다. 내가 오후 늦게 퇴근하고 집에 올 때면 마야는 대개 잠들어 있었다.

내가 어렸을 때는, 오후 늦게 깜박 잠이 들면 자리파가 씩씩거리며 화를 냈다. 그럴 때는 고래고래 소리를 질렀다.

"속담에 이런 말이 있어. 네 뜻을 분명히 밝혀야겠거든 이웃과 싸워라, 하지만 절대 어두워지기 전에 낮잠을 자면 안 된다!"

마야는 이웃과 싸울 정도로 그들과 끈끈한 관계를 맺은 적도 없고, 언제든 자신이 원할 때 잠자리에 들었다.

결혼해서 초반 몇 년 동안 마야는 항상 일찍 일어났고 오후에 낮잠을 잔 적은 거의 없었다. 하지만 무하마드가 태어난 후, 아이의 나이로 마야의 수면 시간이 늘어나는 걸 잴 수 있을 정도였다. 처음에 마야는 작고 좁은 아기 침대에서 아들과 같이,

심지어 그 후에도, 그러니까 무하마드가 나이를 먹어 그의 몸이 침대를 꽉 채울 정도로 커진 후에도, 마야는 옆에 누워 그를 재우고 난 후에야 침대에서 일어났다. 내가 밤에 집에 오면 두 사람이 한 침대에 누워 선풍기가 돌아가는 천장을 빤히 올려다보고 있는 모습을 수도 없이 봤다. 무하마드는 움직이는 선풍기에 집착하고 있었다. 선풍기가 멈추면 울음을 터트렸고 절대 그치지 않았다. 그래서 실내 온도가 몇 도건 상관없이 계속 선풍기를 틀어놔야 했다. 마야는 결국 무하마드가 잠이 들 때까지 몇 시간이나 옆에 누워 있다가 일어나서 자러 가곤 했다.

남편들

살리마는 딸들에게 그 일에 관해 이야기했다.

"아스마, 칼라, 여기 좀 와봐!"

그녀는 딸들에게 이민자 이사의 아들 둘(지금 고향에 와 있는데)이 그들에게 청혼했다고 말했다. 칼리드와 알리 형제가 두 자매와 결혼하고 싶다는 것이다. 아버지와 나는 그들의 청혼을 거절할 이유를 찾을 수 없었다고 살리마가 딸들에게 말했다.

아스마는 당황하지 않았다. 그녀는 생각해 보겠다고 침착하게 말했다. 하지만 자신이 결정을 내리기 전까지는 그 청혼에 답을 주지 말라고 당부했다.

하지만 엄마와 언니가 하는 이야기를 듣는 동안, 칼라는 입을 떡 벌린 채 놀라움을 감추지 못했다. 마침내 엄마와 언니가 조용해졌을 때, 칼라가 안 된다고 말하기 시작했다. 처음에는 작은 소리로 말했지만, 나중엔 큰 소리로 말했다.

"안 돼요, 안 돼. 안 된다고요. 안 돼요."

식구들은 칼라의 이런 모습을 처음 봤다. 칼라가 평소답지 않게 반쯤 히스테리를 부리는 모습은 한 번도 본 적이 없었다. 칼라는 마당 끝에 있는 여자들의 빙으로 달려가 문을 쾅 닫아 버렸다. 그녀는 아버지가 돌아오시기 전까지는 누구에게도 속내를 털어놓으려 하지 않았다. 아버지에게 자기가 직접 말할 것이다.

아스마는 평소처럼 부엌에서 엄마 일을 돕고, 집에서 의무적으로 하는 일을 다 하고, 매일 아침 그리고 오후 늦게 항상 찾아오는 여자들을 위해 커피를 끓이고, 언니가 낳은 갓난 조카를 무릎 위에 앉혀서 놀아주고, 마야 언니와 책을 주제로 토론하고, 라디오를 듣고, 책을 읽고, 아버지와 출산을 한 언니와 갓난 조카를 위해 옷과 기저귀를 빨았다. 하지만 한순간도 그 청혼에 대해 생각하지 않은 적이 없었다. 며칠 후 아스마는 커피를 끓이기 위해 카르다몸(서남 아시아산 생강과 식물 씨앗을 말린 향신료-옮긴이)을 빻으면서 아무렇지 않게 엄마에게 말했다.

"엄마, 좋아요, 그렇게 해요. 칼리드란 남자의 청혼을 받아들일게요."

아스마가 그렇게 말하는 동안 아잔이 서둘러 집으로 돌아오고 있었다. 그는 베두인 정착지에서 평소보다 늦게 돌아왔다. 찬바람이 그의 옷자락을 세차게 후려쳤다. 최근에 그의 삶에서 일어난 여러 사건이 그를 동시에 여러 곳으로 잡아끌어서 이제 자신이 어디 있는지도 알 수 없었다. 인생의 굽이굽이마다 암시와 교활한 제안들이 그를 맞이하는 것처럼 느껴졌다. 전날 종종 그렇듯이 아스마와 재미로 즉석에서 지은 시구를 경쟁하듯 주고받으며 시간을 보내고 있을 때 아스마가 갑자기 게임의 규칙을 어겼다. 그가 읊었다.

연인의 얼굴을 볼수록
그 아름다움은 커지고

아스마가 그에 화답해 두 개의 구절을 쏘아붙였다. 그것은 고대 시인인 알 사마우아울과 아바스조의 시인인 알 부투리가 쓴 유명한 시의 첫 구절들이었지만, 둘 다 각운이 맞지 않았다. 원래 게임의 규칙에 따르면 그러해야 하는데 말이다.

그의 명예가 행동으로 더럽혀지지 않는다면
그가 입은 모든 옷이 어여쁠 것이고

이어서 아스마가 읊었다.

나는 나를 더럽힐 것으로부터 나를 지키고

악당이 주는 시시한 공물을 피할 것이니

그러니까 사람들은 그에게서 카마르의 존재감을 감지한 걸까? 그 아름다운 달 나지야의 존재를 알아챈 걸까? 그 경이로운 카마르는 그의 육체를 가르쳐줬다. 마치 전에는 자기 몸을 어떻게 해야 할지도 몰랐던 것처럼 새롭게. 카마르는 오래된 그의 존재를 산산조각 내는 유혹을 가르쳐줬다. 그 유혹에 대해 그가 느끼는 감정을 생각해 보면, 그녀를 만나기 전의 그는 사실상 아는 게 하나도 없었다. 매일 밤 발이 푹푹 빠지는 모래 위를 가로질러 그녀의 향기를 향해 갈 때면, 그가 원하건 그렇지 않건 그의 온 존재가 너무나 경이로운 나머지 그의 삶을 통째로 바꿔버린 그녀에게로 향하고 있었다. 이런 식으로 그녀를 만나러 가는 건 그녀에 대한 갈망이 점점 더 커지게 할 뿐이었다.

처음부터 둘은 이 관계에 대해 분명한 인식을 공유하고 있었다. 자유로운 관계. 그들이 만들어 놓은 유대에서 자유로워질 것. 처음에는 정말이지 둘이 순수한 욕망의 절정에 올라 모든 가식, 은폐 혹은 속임수에서 벗어난 것처럼 보였다. 어쨌든 둘 사이는 그렇게 보였다. 둘은 어떤 약속도 하지 않고, 어떤 열망도 암시하지 않은 채, 그저 순간의 열정에 활활 불타올랐다. 과거에 얽매이지 않았고, 더 중요한 점은 미래에도 얽매이지 않았다. 그것이 그들이 원한 것이었고, 일궈낸 것이었다.

몇 주 후에 아잔은 이 자유로운 관계가 가장 난폭하고 가장 지독한 일종의 노예 상태로 변해가고 있으며, 욕망의 추동을 받아 강철처럼 단단하게 하나로 합쳐지고 있다는 사실을 깨달았다. 이 관계 때문에 그 무엇에도 정신을 집중할 수 없었다. 카마르와 결합했다 헤어짐의 끝나지 않는 순환이 이 둘을 둘러싸면서, 끝없이 반복되는 요구와 의심에 의한 악순환의 노예가 됐다. 그녀에 대한 그의 욕구는 깊고 격렬한 동시에 이해하기 어려웠고, 그녀와 같이 있을 때 이런 불안한 감정들이 더 커지는 것처럼 느껴졌다. 하지만 이제 집에 도착한 아잔은 거대한 목제 대문을 침착하게 열면서 생각했다. 원래 그런 거야. 사랑엔 자유가 없고, 선택도 없어(사랑할 수 있는 사람이 있는가, 하면 아예 없는 경우가 있을 뿐이야). 그는 여자들의 방에 등불이 켜져 있는 걸 눈치채지 못한 채 마당을 가로질러 갔다. 거실로 들어선 그는 식구들 모두 초조하게 그가 집에 돌아오길 기다리고 있는 모습을 봤다. 칼라만 빼고.

커다란 초록색 모직 숄을 온몸에 고치처럼 두른 마야가 딸에게 젖을 먹이고 있었다. 아스마도 옆에서 포대기에 푹 싸인 갓난 조카의 몸을 다독여서 편하게 젖을 먹을 수 있게 바로잡아 주면서 애써 그와 눈을 마주치지 않았다. 살리마는 허리를 숙이고 있었지만, 그런 구부정한 자세로 여전히 그를 노려보고 있었다. 그가 신발을 벗자, 발가락에서 모래가 조금씩 흘러내렸다. 살리마는 평소처럼 일어나 그에게 다가오지 않았다.

아잔은 자신의 수염을 한두 번 문지르고 나서 물었다.

"무슨 일이야?"

"당신 딸 칼라가 오늘 아침에 방문을 걸어 잠그더니 당신이 돌아올 때까지 누구와도 이야기하지 않겠다고 고집을 피우고 있어요."

살리마가 대답했다. 아잔은 다시 신발을 신고 마당으로 돌아갔다. 그는 딸들이 지내는 방의 문을 부드럽게 두드렸다.

살리마가 한숨을 쉬었다. 찬바람이 휙 불어오고 나서, 짧게 비가 쏟아졌다. 겨울이란 계절이 그녀의 유년기를 떠올리게 했다. 다만 그럴 때면 쓰라림이라는 얇은 실이 그녀의 심장을 단단히 휘감아오는 게 느껴졌다. 그녀는 부드럽고 어두운 구름속에서 둥둥 떠다니고 있었다. 아니, 그녀는 뾰족뾰족한 바위 위에 누워 있었다. 그녀의 아버지가 보였다. 꿈에선 항상 아버지가 두 개의 이미지로 보였다. 아버지가 그녀를 내려다보며 허리를 숙이고 있었다. 그녀의 남동생 무아드를 한쪽 어깨에 앉힌 상태에서 그녀를 들어 올려 남은 한쪽 어깨에 앉히려 하는 사이에 수염에서 찬물을 뚝뚝 흘리고 있는 모습이었다. 또 다른 이미지는 아버지가 나이 들어 추운 겨울에 죽는 모습이었다. 살리마는 겨울이 끔찍하게 싫었다. 겨울은 거친 모직 담요와 아버지의 시신을 덮은 시트 냄새 그리고 그가 죽어가는 방을 따뜻하게 데우던 석탄 냄새를 싣고 오는 것 같았다.

칼라의 눈은 퉁퉁 부었고, 코는 빨개져 있었다. 아버지가 자기를 배신했다고 말하면서 그녀는 흐느껴 울었다. 아버지가 아버지 동생이 임종하는 자리에서 했던 약속을 어기고, 이제 그녀를 이민자의 아들 중 하나인 알리에게 팔아넘기려 한다고 말했다. "

나는 이미 약혼했는데 어떻게 다른 사람과 약혼시킬 생각을 할 수 있어요? 아버지는 어떻게 죽은 삼촌을 배신하고 이 구혼자의 청혼을 받아들인다는 생각을 할 수 있어요?"

칼라는 말하고 또 말했다. 그녀는 말을 멈추려 하지 않았다. 그들이 마야의 의견은 물어보지도 않고 시집보냈을 때 마야가 입을 다물어버렸던 것과 달리 칼라는 끊임없이 말했다. 마야는 제대로 된 교육을 받지 못했지만, 칼라는 받았고, 만약 아버지가 이 결혼을 강행한다면 자살하겠다고 했다. 칼라는 죽은 삼촌의 아들인 사촌 오빠에게 시집가겠다고 맹세했고, 그 사촌도 역시 그녀와 결혼하겠다고 맹세했다. 그러니 지상에 있는 그 누구도 이 사실을 간과할 권리는 없다고 말했다.

아잔은 딸이 할 말을 다 할 때까지 계속 들었다. 딸의 이야기를 들으면서 이게 겨우 열여섯 살이 된 이 딸에 대해 자신이 아는 게 거의 없다는 사실을 깨닫고 마음이 너무 아팠다. 하지만 이로써 소식이 몇 년 동안이나 끊긴 사촌을 위해 자살하고 싶을 만큼 좋아하는 딸의 마음은 알게 됐다.

"칼라, 걱정하지 마라. 다 괜찮을 거야." 그는 딸에게 말했다. 그는 여자들의 방을 나와 거실로 돌아갔다. 거기서 멈추거나,

그 누구와도 말하지 않고 계속 걸어서 자기 방으로 들어갔다.
비는 그쳤고 아잔은 아침이 올 때까지 뜬 눈으로 누워 있었다.

압달라

숙모가 와디 아데이에 있는 시멘트로 지은 현대식 주택의 마당에 서 있었다. 엉덩이에 두 손을 얹은 채 숙모가 내게 새된 소리를 지르고 있었다.

"네 아버지는 널 엄격하게 키웠는데 너에겐 별 소용이 없었구나! 네 딸 이름을 짓는데 너는 안된다는 말조차 할 수 없었던 거냐, 어? 러어어언던이라니! 그 이름이 대체 그게 뭐냐? 자기 딸에게 알 아와피나 마트라나 니자와나 와디 아데이라고 이름을 지어준 사람은 한 번도 본 기억이 없다."

나는 웃음이 나오려는 걸 간신히 참았다. 그때 내 사촌 순수한 자 마르완이 마당의 입구 바로 안쪽에 있는 벤치에 앉아 우리를 보고 있으면서도 한마디도 하지 않았다. 마르완은 나와 나이가 비슷한 그의 형 카심과 달리 항상 말이 없었다. 그래서 나는 나보다 어린 마르완을 더 좋아했다. 말없이 이리저리 거

닐면서 종종 자신만의 생각에 빠진 그를 좋아했다. 나는 숙모에게 아무 말도 하지 않았다. 그녀는 강압적인 우리 아버지가 두려워서 이미 몇 년 전에 내 삼촌을 윽박질러 알 아와피를 떠나 이사갔다. 삼촌이 돌아가신 후 숙모는 아주 작은 가게들로 둘러싸여 있는 와디 아데이의 그 집을 팔았다. 숙모는 마르완의 시신을 알 아와피로 가져와 다른 사람들이 다 묻히는 서쪽 묘지에 묻지 않았다.

　난 사실 숙모를 증오하진 않았다. 내가 어렸을 때 숙모는 삼촌과 자식들과 함께 우리 집의 북쪽 별관에 살았다. 하지만 숙모는 자기 자식들 먹일 음식은 자기가 요리하겠다고 고집했다. 남편인 삼촌은 우리 집에서 밥을 먹게 놔두면서 말이다. 그런 내내 숙모와 고모가 다투고, 삼촌이 둘을 화해시키려고 하는 소리를 자주 들었다. 나는 새벽 기도를 올린 후 숙모가 지나갈 때마다 우리 집 대문 옆에 있는 벤치에 앉아 있곤 했다. 숙모는 머리에 빨래 바구니를 이고 수로로 빨래하러 가는 길이었다. 숙모가 내게 돌아서서 뭔가를 물어보는 건 아주 드물었는데, 질문은 항상 똑같았다. "어젯밤 저녁에 뭐 먹었니?" 나는 대답하지 않았다. 그건 당혹스러운 질문이었다. 음식에 대해 말하는 건 우리 집에서는 수치스러운 일로 여겨졌다. 내가 만약 자리파에게 오늘 점심으로 뭘 만들어요? 라고 물어보면 대답은 항상 이따 보면 알겠지, 였다. 우리 집에선 음식이란 그런 정도의 취급을 받았다. 음식이 나와봐야 그날 식사가 뭔지 알았고 아무 대화도 나누지 않은 채 얼른 먹어 치우고 손을 씻고 신에게 감사를 드렸지만 우리끼리는 한 마디도 하지 않았고, 음식 투정을 하는 건 절대 있을 수 없는 일이었다! 하지만 숙모는 내게 이렇게 기이한 질문을 했다. 우리 집에선(밥을 먹을 때마다 항상 노예들과 손님들로 가득 찬 집에서) 뭘 먹었는지 비밀로 남아 있을 수가 없는 곳이란 걸 알면서도 매번 물어보다니 참 이상했다. 왜 그런 걸 묻지? 양념한 양고기와 밥이 아니면 양파와 레몬과 말린 정어리를 곁들인 생선 요리일텐데. 그것만큼은 확실했다.

어느 날 나는 그 벤치에 앉아 다른 아이들이 축구하는 모습을 보고 있었다. 나도 같이 놀고 싶었지만, 아버지는 자기와 같이 나가지 않는 한 내가 집 밖에 나가는 걸 금지했다. 누군가 골을 넣을 때마다 심장이 펄쩍펄쩍 뛰면서 나도 같이 소리를 지르곤 했다. 나는 벤치에서 벌떡 일어나 고오오올! 하고 소리를 질렀다. 숙모가 밖에서 나타났다. 새로 빤 옷에서 떨어지는 물이 숙모의 머리와 몸으로 흘러내리는 모습이 기운 차 보였다. 벌떡 일어서서 소리를 지르는 나를 본 숙모가 웃음을 터트렸다.

"누가 널 거기 묶어 놓기라도 했니?"

그러고 나서 숙모가 물었다.

"어제 저녁엔 뭘 먹었니?"

나는 숙모에게 득달같이 달려가서 숙모가 들고 있던 젖은 옷들을 주먹으로 쳐버렸다. 그 옷들이 흙바닥에 떨어지는 동안 소리를 질렀다.

"독이요! 우리는 독을 먹었어요, 이제 만족해요?"

그녀의 눈에서 불꽃이 튀었지만, 마침 그때 마수다가 나와서 날 얼른 떠밀어 그 자리를 벗어났다.

마수다는 알 아와피의 농장들 밖에 있는 사막에서 아침 일찍부터 아카시아에서 마른 나뭇가지들을 잘라내 모은 땔감 여러 단을 등에 진 채 숨을 헐떡이고 있었다. 오후가 되면 그 땔감을 구워서 석탄으로 만들어 우리가 먹을 저녁을 요리하는 가마솥 밑에 넣고 불을 지필 것이다. 다음 날 아침이면 다시 사막에 나가 허리를 숙이고 다시 땔감을 모아올 것이다.

"숙모랑 말할 것 없어. 자자, 어서 들어가자."

마수다는 가쁜 숨을 몰아쉬며 내게 말했다. 그날부터 숙모는 나를 완전히 무시했고 몇 달 후 삼촌과 자식들을 데리고 수도에 있는 와디 아데이에 정착했다.

어른이 돼서 여행을 다니기 전까지는 저녁으로 뭘 먹었느냐는 질문은 듣지 못했다. 그러다 사람들이 자기가 먹은 음식에 대해 몇 시간씩 이야기한다는 사실을 알게 됐다. 사람들이 입을 벌린 채 행복하게 다양한 요리를 먹는 모습이 나온 TV 광고를 본 나는 충격을 받았다. 주위 사람들이 단순하게 물어보는 소리도 자주 들렸다.

"넌 뭐 먹었어? 아니면 저녁에 뭐 먹을 거야?"

내 아들 살림이 대학에서 돌아왔을 때 다녀왔다는 인사를
하기도 전에 이렇게 물었다.

"오늘 저녁은 뭐에요?"

엄마의 대답이 마음에 들지 않으면 그는 돌아서서 피자를
사 오거나 맥도날드로 갔다.

칼라

아버지가 방을 나가자마자 칼라는 서둘러 문으로 가서 아까 그랬던 것처럼 꽉 잠갔다. 그녀는 창문에 기대서서 천천히 큰 소리로 숨을 내쉬었다. 잠시 후 비가 세차게 쏟아지고 있다는 걸 알아차리고 칼라는 방바닥에 앉아서 메카가 있는 쪽으로 고개를 돌렸다. 엄마는 항상 비가 내릴 때 드리는 기도의 효력이 특히 더 강하다고 말했다. 두 손을 높이 든 채 칼라는 매일 기도를 끝낼 때, 비가 내릴 때, 단식하고 있을 때 하는, 같은 탄원을 반복했다.

"오, 신이시여. 나시르를 다시 저에게 데려와 주세요. 제가 슬퍼서 죽기 전에 그를 다시 데려와 주세요."

그녀는 오른 손바닥에 머리를 대고 태아 같은 자세로 몸을 웅크리고 누웠다. 그녀는 빗소리를 듣는 걸 무척 좋아했고, 빗 속에서 달리면서 그 촉촉한 빗물이 두피에 스며드는 느낌은 더 좋아했다. 하지만 지금 비를 맞으러 나가려면 사람들을 피해 숨지 않고는 감히 거실 근처에도 갈 수 없다는 사실을 알고 있었다. 방 밖으로 나갔다가는 어떤 식으로든 엄마에게 들킬 것이다. 설사 나갔다 해도, 누군가에게 들키기 전에 몸을 다 닦고 다시 방으로 들어오는 건 더 어려울 것이다. 칼라는 바닥에 등을 대고 똑바로 누워서 천장을, 하얀 선풍기를, 형광등을 보면서 나시르를 생각했다.

어렸을 때 그들은 날마다 오후에 다른 동네 아이들과 같이 놀았다. 그들은 편을 먹었다. 한편은 동쪽 지구에 사는 아이들이었고, 다른 하나는 서쪽 팀에 사는 아이들이었다. 아이들은 서로 상대편을 쫓아 알 아와피의 작은 거리들과 막다른 골목을 뛰어다녔다. 칼라는 항상 자이드를 피하려고 애를 썼다. 그가 언제나 칼라를 잡아서 땋은 머리채를 잡아당겼기 때문이다. 칼라는 나시르 옆에 바짝 붙어서 어디를 가든 따라다녔다. 둘은 그렇게 몰려다니면서 하는 잡기 놀이에서 슬쩍 빠져나오곤 했다. 나시르는 무에진의 집으로 쏜살같이 달려가 그 집 마당에 하나밖에 없는 장미 덤불에서 빨간 장미 한 송이를 꺾어왔다. 그걸 칼라의 땋은 머리에 꽂아줬지만, 항상 칼라가 하는 경고를 잊어버렸다. 먼저 가지에 붙은 가시들부터 뽑으라고! 무에진의 집에서 뽑아온 장미 때문에 칼라의 이마에 상처가 생긴 적이 한두 번이 아니었다.

칼라는 옆으로 누워, 왼손바닥에 머리를 댔다. 벽에 걸린 사진 하나가 그녀를 빤히 바라보고 있었다. 마야 언니가 결혼해서 이 방을 나가기 전에 걸어놓은 그림이었다. 넓은 초원을 그린 그림이 얇은 금박을 입힌 액자에 들어 있었다. 초록색 풀이 멀리까지 쭉 뻗어 있었고 둥둥 뜬구름들이 하늘을 뒤덮고 있었다.

"세상에 저런 곳은 없어!"

마야는 항상 영국엔 저런 곳이 있다고 반박했다.

"저렇게 거대한 초록의 공간이 있다고? 어떻게 그럴 수 있어?"

칼라가 여태까지 본 가장 큰 초원은 그들의 농장이었다. 그곳에 칼라는 나시르의 사진이 들어 있는 봉투를 숨겼다. 거기 있는 야자나무 몸통의 벌어진 틈 속에 쑤셔 넣은 것이다.

그날의 기억이 아주 생생했다. 햇빛이 사그라들기 시작하고, 노는 것도 지겨워진 아이들은 대부분 집으로 향했다. 누라는 가끔 하던 다른 게임을 하자고 제안했다. 이름과 직업을 맞추는 게임이다. 아이들은 모두 종이에 여러 개의 이름, 숫자, 직업을 적었다. 그런 후에 아이들이 하나씩 숫자를 고르면 거기에 해당하는 미래의 남편이나 아내나 직업이 나오는 게임이었다. 유수프 판사의 아들인 아드 알 라만이 숫자 20을 골랐는데, 그 숫자가 바로 칼라의 숫자였다. 나시르가 말했다.

"숫자 바꿔!"

아드 알 라만은 싫다고 했다. 나시르는 화가 나서 그와 싸워

코피가 터지게 했다. 싸우는 내내 나시르가 소리를 질렀다.

"칼라는 내 사촌이고 내 아내야, 내 거라고. 우리는 약혼했단 말이야!"

그 일이 일어났을 때 칼라는 몇 살이었나? 그때 칼라는 아홉 살이 넘지 않았을 것이다. 나시르는? 나시르는 아마 열두 살, 아니면 열세 살이었을 것이다. 칼라는 나시르가 그녀의 손을 잡고 자기 집으로 데려갔던 날을 떠올렸다. 그때 나시르의 엄마이자 그녀의 숙모가 그녀에게 버터를 바른 야자나무 열매를 권했고, 칼라가 집에 가기 전에 나시르가 그녀의 손에 봉투 하나를 슥 쥐여주었다. 그 안에 나시르가 학교 증명서에서 찢어낸 그의 사진이 들어 있었다. 그날 사방이 이미 다 깜깜해질 때 집에 왔다고 엄마에게 맞은 기억도 났다.

칼라는 다시 바닥에 등을 대고 누워서 두 손을 깍지 껴서 목 뒤에 받쳤다. 이 방에 칠한 번들거리는 파란 페인트가 마음에 들지 않았지만, 그래도 이 방에선 마음 놓고 있을 수 있다. 엄마가 세 자매를 위해 특별한 방, 다른 방과는 연결되지 않고, 무엇보다 거실과 따로 분리된 방을 만들겠다는 이야기를 시작했을 때 마야는 이미 어린 소녀가 아니었다. 엄마는 집에 항상 사람들이 모여들고, 항상 타인들로 가득 차 있다고 말했다. 여자들이 자주 왔다 갔는데, 특히 집에서 가장 큰 방인 거실에서 놀다 갔다. 딸들이 점점 크면서 활짝 피어나기 시작하자, 엄마는 호기심에 찬 손님들의 시선을 피할 수 있는 곳에 딸들을 두고 싶어 했다. 어쨌든 한창 크는 소녀들이 나이 든 여자들의 수다를 듣는 건 좋지 않다고 엄마는 생각했다. 살리마는 그런 여자들의 이야기가 어리석다고 말했다.

칼라와 언니들은 엄마의 그런 생각을 환영했다. 마당 끝에 방이 생긴다면 아스마는 실컷 책을 볼 수 있고, 칼라는 마음대로 거울을 볼 수 있으니까. 마야는 거실에서 재봉틀을 돌리고 있다가 그 방이 여자들로 가득 차면 엄마가 그만 나가라고 신호를 줬다. 그럴 때면 마야는 여자들의 방으로 가야 했다. 칼라는 한숨을 쉬었다. 그건 마야가 결혼하기 전이었다. 그 후로 마야 언니는 비쩍 마르고 작은 조카를 데려와서 여자들의 모임에 합석하기 시작했다.

이 방의 바닥은 크고 붉은 카펫에 대부분 가려져 있었다. 한쪽 벽에는 문이 세 개 달린 목제 옷장이 서 있었다. 엄마가 목수에게 가서 특별히 주문한 것으로, 옷장 크기와 장식용 조각도 직접 골랐다. 그래서 칼라는 문에 전신 거울이 달린 옷장을 가질 수 없었다. 사실 그녀에게 있는 거울이라고는 옷장과 마주 보는 벽에 걸린, 얇은 목재 틀에 들어 있는 작은 사각형의 거울 하나뿐이다. 그 거울을 보며 머리를 빗거나 마야 언니가 무스카트에서 그녀를 위해 가까스로 사 온 새 립스틱을 발라 보려면 까치발을 하고 서야 했다. 결혼식 날 나시르가 이제 길고 부드러워진 그녀의 머리카락을 보면 뭐라고 할까?

아스마의 선반에 꽂힌 책들이 흘러넘쳐 이제 마야의 선반으

로 넘어올 지경이었다. 아스마에겐 책이 너무 많았다. 칼라는
이 오래된 책들이 엄청나게 따분하다는 걸 아스마는 전혀 의
식하지 못하는 것 같아서 놀랐다. 칼라가 지겨움을 참고 읽을
수 있는 유일한 책은 할리퀸 로맨스 번역서뿐이었다. 아스마
는 그런 책들을 경멸하면서 잠깐이라도 그걸 드는 것조차 거
부했다.

　칼라의 친구인 누라가 무스카트에 사는 친척을 방문하러
갔다가 이 소설들을 발견했다. 그녀가 몇 권 사서 준 책에 칼
라는 곧 중독됐다. 이 책들은 사랑에 대한 아름다운 이야기들
이었고, 항상 숲이나 초원이나 초목이 파릇파릇한 평원에서
주인공들이 사랑에 빠졌다. 여자 주인공은 항상 우아한 미인
이고 남자 주인공은 항상 강하고 미남에 상류층 출신이었다.
침대에 누워 잠들기 전에 칼라는 항상 이런 소설에서 읽은 나
무가 무성하게 우거진 외딴섬에 나세르와 같이 있는 상상을
했다. 두 사람은 동물들과 새들과 자연의 마법 같은 소리에 둘
러싸여 있었다. 나시르의 사진은 봉투에 넣어서 개켜놓은 그
녀의 옷 속에 몇 달 동안 감춰났지만, 그러다 엄마가 우연히
발견할지도 모른다고 누라가 경고했다. 둘은 그 사진을 숨길
최선의 장소는 그녀의 농장에 있는 가장 큰 야자나무 몸통 속
이라는 데 합의를 봤다. 사진이 든 봉투를 나무 몸통 속에 밀
어 넣고, 길게 갈라진 야자나무 잎들로 거길 가려났다. 칼라는
사춘기였던 몇 년 동안 내내 그곳으로 성지 순례를 갔다. 그날,

숙모가 야자나무 열매와 버터를 가지러 부엌으로 갔을 때, 나시르가 그녀의 손을 잡고 말했다.

"아드 알 라만과는 절대 결혼하지 마! 넌 나와 약혼했잖아. 어쨌든 네 사촌은 걔가 아니라 나야."

칼라는 나시르가 한 말을 잊지 않았다. 분명 나시르도 그 말을 잊을 수 없었을 것이다. 2년이 흘렀건, 3년이 흘렀건, 5년이 흘렀건 알 게 뭐야! 그래서 지금 이런저런 상황 때문에 그가 이곳으로 못 돌아오는 게 뭐가 어떻다고? 그는 분명 공부하느라 바쁘고, 칼라의 엄마가 화를 낼까 두려워 칼라에게 편지를 보낼 수 없었을 것이다. 당연히 그러겠지. 그는 그녀를 잊지 않았다. 칼라는 그와 약혼했고, 그를 기다릴 것이다.

나시르가 중등학교 시험에 합격했을 때 축하하기 위해 이웃에게 탄산음료 캔들을 돌렸다. 그때 칼라는 아직 중학교에 다니고 있었다. 기뻐서 어쩔 줄 몰랐던 칼라는 그 음료수를 세 캔이나 마셨다. 칼라는 그에게 누라가 그녀를 위해 무스카트에서 사 온, 사람들의 시선을 끄는 은으로 만든 펜을 줬다. 칼라가 지켜보는 가운데 그는 그 펜에 키스했고, 칼라는 그 순간 너무 부끄러워서 자신이 발을 딛고 선 땅바닥이 갈라져 자신을 삼켜버렸으면 좋겠다고 생각했다. 나시르는 칼라에게 캐나다에서 주는 장학금을 받았다고 하면서, 이제부터 결혼식 준비를 시작하라고 했다. 그들은 다음 해 여름에 결혼할 것이고, 그가 캐나다로 돌아갈 때 그녀도 데리고 갈 것이라고. 칼라는 울었고, 자신이 쓴 기나긴 편지 위에 여러 개의 화살에 뚫린 붉은 하트들을 그려서 줬다. 그리고 그에게 줄 자기 사진이 없다는 걸 알아차리고(로맨스 소설 속 여주인공들은 항상 남자 주인공에게 자기 사진을 준다) 그가 몇 년 전에 했던 행동을 따라 했다. 칼라는 자신의 6학년 수료증에 나온 사진을 찢어서 그에게 줬다. 그것은 오래된 사진이었다. 그 사진에는 목에 호신용 부적을 걸고 머리를 길게 땋아 내린 채 멍한 표정을 짓고 있는 어린 소녀가 있었다.

칼라는 붉은 카펫 위에 누워 이리저리 몸을 뒤척이며 신음했다. 동네에 떠도는 소문은 끈질기게 사라지지 않았다. 사람들은 나시르가 캐나다에 간 첫해에 낙제했다고 말했다. 그는 공부와 아무 상관 없는 것에 빠져서 헤어 나오질 못했다고 했다. 그는 이제 여기 사람들, 심지어 자기 엄마와도 연락하지 않는다고 했다. 사람들은 무스카트의 교육부에서 그에게 주던 장학금을 끊어버렸다고 했다. 그가 계속해서 낙제했기 때문이다. 사람들은 나시르가 돌아오지 않을 거라고 했다. 흥, 다들 멋대로 떠들라고 하지! 나시르는 돌아올 것이다. 그녀에게, 그를 기다린 예쁜 칼라에게, 아직도 그를 기다리는 그녀에게, 항상 자신을 잘 관리하고, 다가올 그들의 결혼식을 위해 미모를 유지하고 있는 그녀에게 돌아올 것이다.

그녀의 옷장 선반에 집 모양의 갈색 플라스틱 저금통이 놓여 있다. 그것이 나시르가 그녀에게 준 선물이란 사실은 아무도 모른다. 그녀가 중학교 1학년 시험에 통과했을 때 그가 준 것이다. 그 저금통 지붕에 있는 길고 가느다란 틈에 100 비사 지폐를 한 장씩 넣을 때마다, 칼라는 그들의 결혼식 비용을 치를 때만 다시 이 돈을 꺼내겠다고 맹세했다. 그런데 이민자 이사의 아들이 감히 그녀에게 청혼해? 그녀가 이미 약혼했다는 사실을 그는 모른단 말인가? 어쩜 그렇게 무례할 정도로 대담할 수 있단 말인가? 그녀에게 이미 결혼을 맹세한 사촌이 있는데 사람들은 어떻게 그녀를 다른 남자와 약혼시키려 한단 말인가?

"신이시여! 제 가족이 저를 이민자 이사의 아들과 결혼시키겠다고 계속 우기면 제 목을 비수로 그어주소서. 마치 양을 도살하는 것처럼 제 목을 한 점 한 점 베어주소서. 전 죽고 말 것입니다, 신에게 맹세컨대 죽을 것입니다."

압달라

비행기 창문으로 밑에 시냇물처럼 흐르는 빛이 보였다. 여러 도시에서 흘러나온 그 빛들은 해안선을 따라 호를 그리며 바다로 흘러갔다. 빛의 흐름은 자드를 죽인 알 아와피에서 일어났던 거센 물결의 흐름과 달리 아주 조용히 구불구불 흘러갔다.

그 홍수는 내가 재봉틀 앞에 앉아 있는 마야를 처음 보기 1년 전에 일어났다. 꿈을 꿀 때마다 물에 퉁퉁 부은 자드의 시체가 날 따라다녔다. 집으로 돌아와서 밤에 몰래 빠져나와 수웨이드가 연주하는 오드의 울부짖는 소리를 들으려고 걷고 있을 때면, 자드의 유령이 내 앞에 불쑥 나타나 나를 막아섰다. 마야를 봤을 때, 그토록 슬프고 예쁘고 창백한 마야가 마치 아주 작은 아이를 안고 있는 것처럼 재봉틀 위로 허리를 숙이고 있는 모습을 봤을 때, 비로소 자드가 사라졌다. 더는 내 꿈에도, 아버지의 집으로 가는 어두운 길에도 나타나지 않았다.

나는 답답하고 울적한 기분에서 빠져나왔다. 수웨이드가 연주하는 오드의 멜로디와 리듬 속에서 내가 점점 작아지다가 거의 무와 같은 존재로 변하는 걸 느낄 수 있었다. 그와 마찬가지로 나는 어둡고 창백한 마야의 얼굴 속에서 나란 존재가 소멸하는 걸 느꼈다. 아마 나는 빠르게 흘러가는 작은 개울, 그 재봉틀을 휩쓸어 버리고 그 자리에 날 심을 거세게 흐르는 물과 비슷해진 걸지도 모른다고 생각했다. 나는 나라는 과거의 어설픈 존재, 나의 살이 천 위에 움직이는 마야의 가냘픈 손가락 속에서, 수웨이드가 연주하는 악기의 현들 위에서 길게 늘어지는 그의 손가락들 속에서 다시 태어나고 있다고 느낄 뻔했다.

아버지가 날 보지 않았더라면.

무슨 이유에선지 아버지는 평소처럼 저녁 기도를 드린 후 자신의 방에 머물러 있지 않았다. 매일 밤 그러듯 아버지가 잠자리에 들었을 거라고 짐작한 나는 집 밖으로 나갔고 자리파는 대문을 잠갔다. 우리 둘 다 자리파가 자러 가기 전에 다시 대문을 열어놓을 것을 알고 있었다.

하지만 집으로 돌아온 나는 잠겨 있는 대문 앞에 서게 됐다. 나는 혼란스럽고 두려운 마음으로 문 앞에 서 있었다. 내가 밖에 있다는 사실을 자리파가 잊어버렸다는 게 말이 되나? 아니면 자리파가 열어놓은 후에 다시 다른 사람이 와서 대문을 잠근 걸까?

당혹스러운 시간은 오래 가지 않았다. 문이 휙 열린 후 어둠 속에서 아버지의 얼굴이 보였다.

"파티마의 아들…그래, 파티마의 아들이군. 그러니까 넌 내 게 맞설 수 있을 정도로 네가 대단한 사람이라고 생각하는 거냐? 나를? 네가 감히 나를 거역해? 감히 파티마의 아들이!"

아버지는 내게 고래고래 소리를 질렀지만, 대부분 내가 이해할 수 없고, 심지어 잘 들리지도 않았다. 엄마의 이름만 빼고. 나는 아버지에게 머리를 한 대 맞고 의식을 잃었다. 아버지는 대문 앞에 쓰러져 피를 흘리는 나를 그대로 내버려 두고 갔다. 다시 깨어났을 때 자리파가 우는 소리를 들을 수 있었지만, 그녀의 얼굴은 보이지 않았다.

아버지가 나를 발로 찼을 때 나는 소리를 질렀다. "나는 이제 아이가 아니에요! 그리고 내 또래 남자들이 그러듯이 나도 즐기러 밤에 나갈 거라고요." 나는 격분해서 있는 힘껏 소리를 질렀다.

하지만 그때 사실 내 목소리는 너무 힘이 없어서 들리지도 않았다. 그 사실을 그때도 알고 있었고, 지금도 알고 있다. 그런데 왜 나는 25년이 지난 지금에 와서 살림에게 소리를 지르고 있을까? "

왜 아직도 잠자리에 들지 않은 거냐? 어딜 쏘다닌 거야? 네가 그렇게 다 큰 어른이라면, 내 뜻을 거스르고 밤새 밖에 있어도 되겠네?"

살림은 새벽 2시에 집에 들어왔다. 얼핏 보니 취한 얼굴이었다. 나는 그에게 할 말이 더 많았고, 그의 얼굴에 대고 소리지를 것도 많았지만, 내 목에서 나오는 목소리는 알아차리지못했다.

그건 내 목소리가 아니었다. 그것은 내 아버지의 목소리, 검은 요새와도 같은 집 대문 앞에서 내 얼굴과 머리에 멍이 들게했던 아버지의 목소리였다. 다음 날 아침 출근하려고 터번을고쳐 쓰고 있을 때 살림이 내 방에 들어왔다. 그는 여전히 취한 것처럼 보이는 얼굴로 말했다.

"아버지, 정말 죄송해요. 정말이에요."

그러고 나갔다.

격노한 내가 마야에게 퍼부었다. 그렇게 말한 게 처음도 아니었다.

"전에도 말했지만, 당신이 낳은 그 아들놈은 아무짝에도 쓸모가 없어."

그러자 마야가 살림을 위해 변명했다.

"살림은 막 시험이 끝났어요. 살림의 동급생들은 다 시내로놀러 나갔었고, 살림은 이제 애가 아니에요."

독사

자리파가 문을 쾅쾅 두드렸다.

"산자르! 아들아, 어서 나와 봐라."

산자르가 곧바로 나왔다.

"엄마! 무슨 일이에요?"

자리파는 그의 방에 들어가려 하지 않았다. 모자는 큰 집의 넓은 앞마당을 지나 길 양쪽에 늘어선 여러 집에서 흘러나오는 희미한 불빛이 비치는 작은 골목으로 나갔다.

"소문이 사실이냐, 산자르? 네가 우리 고향 마을, 우리 가족을 떠나 멀리 간다는 말이 사실이야?"

"네, 사실이에요. 어머니도 원하시면 같이 가요."

그는 말했다.

자리파가 다짜고짜 덤벼들어 두 팔로 아들의 목을 감았는데 힘이 너무 세어서 사실상 목을 조르는 것이나 다름없었다.

"넌 갓난 딸에게 라샤라고, 우리 동네에서는 아무도 딸에게 지어주지 않는 희한한 이름을 지어주더니, 이제는 여기를 뜬단 말이야?"

아들은 엄마의 두 팔을 거칠게 뿌리쳤다. 그리고 이제 큰 소리로 외쳤다.

"잘 들어요, 엄마! 난 내 딸의 이름이 뭐건 상관없어요. 맞아요, 그 아이가 아들이었다면 걔를 무하마드나 히랄이나 압둘라라고."

"뭐라고?" 자리파가 빽 소리를 질렀다.

"거상 술레이만이 널 죽일 거야! 술레이만이 자기 자식에게 지어준 이름을 네 아이에게 준다고? 너 미쳤니? 넌 대체 네가 누구라고 생각하니? 자기 집에서 널 키워주고 너를 가르치고 장가까지 보내준 사람이 대체 누구냐 말이다."

그는 이를 악물고 대답했다.

"내 말 잘 들어요, 엄마. 거상 술레이만이 날 키웠죠. 맞아요, 그 사람이 내게 아주 잠깐 교육을 받게 해줬고, 내게 신붓감도 찾아줬어요. 하지만 그게 다 자기 좋자고 한 거잖아요. 나를 자기 노예로 부리기 위해. 그리고 내 아내도 자기 노예로 부리고, 나중에는 내 아이들도 그렇게 종으로 만들려고 그런 거잖아요. 아뇨, 엄마, 아니에요! 거상 술레이만은 내가 자기 것이라고 주장할 수 없어요. 우린 자유예요, 법으로 그렇게 정해졌단 말이에요. 제발 눈 좀 떠요, 엄마. 세상이 변했는데 엄마만 계속 똑같은 말을 하고 또 하잖아요. 나의 주인님, 나의 존경하는 주인님. 모두 교육을 받아서 취직하는 동안 엄마는 항상 그 자리에 그대로 남아 있죠. 거상 술레이만의 노예로. 마치 세상에 할 일이 그것밖에 없는 것처럼. 그는 이제 손이 떨리는 것도 어찌지 못하는 노인이란 말이에요! 제발 눈 좀 뜨라고요, 엄마! 우린 자유롭고, 모든 사람은 자기의 주인이고, 이젠 그 누구도 다른 사람 것이 아니에요. 난 자유의 몸이고 어디든 언제든 내 마음대로 여행할 수 있고 내 아이들에게 지어주고 싶은 이름은 뭐든 지어줄 수 있어요. 엄마가 바라는 게 그 노인네와 같이 있는 거라면 그렇게 해요, 이 늙은 바보 같은 양반아, 좋아요. 그럼 그냥 여기서 계속 살라고요."

자리파는 아들의 뺨을 후려치려 했다. 아들이 악마처럼 그녀에게 반항하던 시절에 남은 자동적인 반응이었고, 어쨌든 그것이 그리 오래된 일도 아니었으니까. 하지만 산자르가 재빨리 뒤로 물러서는 바람에 손이 빗나가면서 균형을 잃고 비틀거리다가 벽에 몸을 부딪쳤다.

그때 마침 마을에 사는 여자 하나가 그 골목으로 들어왔다. 자리파가 흐느껴 우는 소리를 듣고 그 여자가 달려왔다. 마치 상을 당한 여자처럼 자리파는 두 팔을 벌려 그 여자를 안고 어깨를 두들겼다. 두 여자는 머리를 맞댄 채, 온몸을 떨면서 같이 울었다.

"아들이 가버렸어, 아들이 날 놔두고 가버렸어. 아들놈이 마치 제 아비처럼 말하네. 마치 제 아비처럼 말도 안 되는 소리를 해. 그리고 제 아비처럼 떠나려고 해. 자유, 자유라니! 제 아비는 항상 그렇게 말했지. 제 아비는 그런 이야기로 날 시도 때도 없이 괴롭혔지. 하비브가 날 떠났을 때 믿을 수 없었는데, 이제 그 인간의 아들이 제 아비 같은 소리를 하네. 자유라니. 노예가 아니라니! 그게 나랑 무슨 상관이야? 난 내 아들이 여기서 나랑 같이 살았으면 좋겠는데. 그 독사 같은 년이 내 아들의 머릿속에 그런 생각을 집어넣은 거야. 그년이 내 아들에게 날 떠나서 멀리 가자고 부추긴 거야. 그년은 내 심장이 다 타서 재가 되기를 원하는 거지. 그런데 내 아들은 어디를 간단 말이야? 어디서 일할 건데? 누가 내 아들을 먹이고 안전하게 지켜줄 건데? 내 아들, 내 아들, 나의 유일한 자식이 간다고, 간단 말이야…"

자리파를 껴안고 있는 동네 여자도 그녀만큼이나 서럽게 울고 있었다.

하지만 산자르에게 그런 생각을 심어준 건 산자르의 아내 샤나가 아니었다. 물론 언제든 그걸 부추길 준비는 돼 있는 년이지만.

그 전 해에 샤나의 아버지인 자드가 죽은 직후 자리파는 샤나에게 그녀를 자기 아들 산자르와 결혼시킬 거라고 말했다. 샤나는 너무 기뻐서 어쩔 줄 몰라 했다. 결혼한다는 말은 다 쓰러져 가는 집과 가족에게서 빠져나올 수 있다는 뜻이고, 그것은 그녀가 가장 바라던 바였으니까. 그럴 수만 있다면 누구와 결혼해도 괜찮았다. 산자르는 물론 가진 게 하나도 없었지만, 그가 조만간 여기, 이 나라를 뜨고 싶어 한다는 걸 샤나는 알게 됐다. 그녀는 알 아와피가(이곳 사람들, 이곳 동물들, 산과 농장들) 지겨워졌고, 먼 곳으로 떠나 거기서 새 인생을 시작하고 싶은 산자르와 같은 열망을 갖게 됐다. 거기선 가난한 사람도 없을 것이고, 적어도 여기서 끈질기게 그들의 발목을 잡았던 가난을 벗어날 수 있을 것이다. 샤나는 가난, 더러움, 가진 게 아무것도 없어서 구걸해야 하는 삶이 지긋지긋했다. 우아함도 없고 품위도 없는 삶이 지겨웠고, 그보다 더 끔찍한 것은 좋은 것들을 다 보면서도 결코 가질 수 없는 삶이었다. 그녀는 매일 아침저녁으로 물동이를 머리에 이고 다니는 생활에 지쳤고, 요리할 때마다 피어오르는 연기, 집을 쓸 때마다 온몸을 휘감는 먼지구름에 지쳤다. 하지만 알 아와피와 이곳 사람들과 동물들과 가난과 종으로 살아가는 것보다 정말 더 역겨운 건 그녀의 엄마 마수다였다.

샤나가 삶에 눈뜨기 시작한 후로, 그녀의 엄마는 등이 굽고 뒤틀린 모습으로 살아왔다. 구부정한 체격에 속눈썹이 없는 눈은 항상 부어 있었고 손은 바짝 마르고 갈라져 있었다. 샤나는 성장하면서 엄마의 영원히 굽어버린 등은 항상 손잡이가 짧은 빗자루로 마당을 쓸고 매일 무거운 땔감을 지고 다녀서 그렇게 됐다는 말을 들었다.

샤나는 엄마를 최대한 피해 다녔고, 사람들의 입에 오르내리거나 나쁜 소문이 돌지 않는 선에서 엄마에 대한 혐오감을 드러냈다. 그런데 이 박복한 엄마의 불행은 거기서 그치지 않아 남편이 죽고 나서 난감한 상황에 부닥쳤다. 엄마는 돌아버렸어, 샤나는 스스로 계속 그렇게 되뇌었고, 다른 사람들에게도 그렇게 말했다. 그녀는 어떻게 아버지가 평생 나무를 하고 마당을 쓸어온 엄마 같은 여자에게 매력을 느낄 수 있었는지 이해가 되지 않았다. 샤나는 엄마와 아빠 둘이 이야기하면서 기나긴 밤을 보내며 가끔 같이 웃기도 하는 모습을 볼 때마다 깜짝 놀라곤 했다. 아버지는 힘이 센 남자였다. 아버지는 한 번에 거대한 쌀자루 두 개나 대추야자 열매 두 자루를 거뜬히 들어 올릴 수 있는 사람으로 유명했다. 엄마를 위해 아버지는 직접 석고로 이 집을 지었다. 아버지는 엄마 말고 또 다른 여자와 결혼할 수 있을 정도의 수입도 있었지만 그러지 않았다. 아버지는 이 이상한 아내의 곁에 머물렀고, 아내와 아내의 기이한 방식들을 좋아하는 것처럼 보였다. 샤나는 아버지가 또 다른 여자와 결혼했더라면 이 어머니라는 귀찮은 짐을 나눠서 질 수 있는 형제자매들이 있었을지 모른다고 수도 없이 생각했다. 하지만 자리파가(곧 시어머니가 될) 항상 말하듯 짐이란 원래 다 싫고 부담스럽기 마련이니까.

어쨌든 무슨 일이 일어날지 그녀가 어떻게 알 수 있겠는가? 아마 상상 속의 형제자매들은 그녀의 어머니와 일체 관계를 끊어버릴 가능성이 클 것이다. 엄마는 아버지의 첫 번째 부인에 불과하니 엄마를 보살펴야 하는 괴로움과 고역은 친딸인 샤나에게 넘겨버렸을 것이다. 산자르는 그의 아버지가 그랬던 것처럼 이민을 갈 것이고, 그러면 사냐는 이 모든 걱정과 고단한 노동을 떨쳐버릴 수 있을 것이다. 더는 자기 뒷골을 울리는 그 귀에 거슬리는 단조로우면서 끈질긴 엄마의 목소리를 듣지 않아도 될 것이다. 나 여기 있어! 난 마수다야. 난 마수다고 여기 있어. 이웃 사람들 앞에서 항상 샤나를 창피하게 만들고 알아와피 사람들 앞에서 그녀를 수치스럽게 만들었던 목소리.

그녀는 그들을 증오했다. 그들을 다 증오했다.

압달라

무하마드는 빙빙 돌아가는 선풍기에 대한 집착에서 자유로워지자마자, 또 다른 게임에 빠져들었다. 문을 여닫는 게임이었다. 그는 아침에 일어나서부터 잠들 때까지 쉬지 않고 계속 문을 잡아당겨서 열었다 닫으며 시간을 보냈다. 우리는 필사적으로 뭐가 됐건 말건 그가 다른 활동에 관심을 끌게 하려고 애를 쓰거나 그가 발음할 수 있는 토막토막 끊어진 단어들을 말하게 하려고 시도했다. 다 소용없었다.

내가 집에서 나가면 무하마드는 항상 자기가 문을 여닫는 동안 엄마더러 자기 옆에 있으라고 고집을 피웠다. 마야는 한 마디도 하지 않았다. 내가 카페에서 친구들과 충분히 시간을 보낸 후에 집으로 돌아오면 두 사람은 아침에 내가 나갈 때 본 자세 그대로 문 앞에 앉아 있었다. 무하마드는 앵무새처럼 몇 단어를 되풀이해서 말하고 있었고, 마야는 그 옆에 있었다. 마침내 지칠 대로 지친 무하마드가 그 자리에 쓰러져 잠이 들었다. 그러면 마야는 바로 자러 갔다가 무하마드가 일어났을 때만 일어났다.

　어느 날 내가 집에 돌아왔을 때 마야는 목욕하고 있었다. 문이 열렸다 닫히는 소리, 열렸다 닫히는 소리, 열렸다 닫히는 소리, 열렸다 닫히는 소리에 나는 점점 돌아버릴 것 같았다. 내가 그때 할 수 있었던 건 무하마드의 머리를 그 문에 대고 쳐버리거나 그에게 수갑을 채우지 않으려고 안간힘을 쓰는 것뿐이었다. 나는 무하마드가 문 대신 창문을 열고, 잠시 거기에 걸터앉아 있다가 창밖으로 날아갔으면 좋겠다고 생각했다. 맞다. 나는 무하마드가 새처럼 창밖으로 날아가 다시는 돌아오지 않기를 바랐다. 그것이 끝나지 않는, 절대 변하지 않는 소리를 영원히 멈출 수 있는 유일한 길이라면.

살리마

아잔은 살리마에게 이민자 이사의 아들인 칼리드가 그의 딸
인 아스마에게 한 청혼을 수락했고, 칼리드의 형제가 칼라에
게 한 청혼은 받아들일 수 없어서 미안하다는 말을 그 가족에
게 전했다고 말했다. 칼라는 이미 사촌과 약혼했다고.

살리마는 화가 난 얼굴로 그를 노려봤다.

"사촌 누구요? 나시르? 그 아이에게서 소식이 끊어진 지 4
년도 넘었잖아요. 걔가 우리나 칼라에게 연락 한번 한 적 있어
요? 대체 칼라가 언제 걔와 약혼했는데요? 대체 이게 무슨 말
이에요? 칼라 사촌이라는 그 자식은 어디에 있냐고요? 마치
부랑자처럼 캐나다 어딘가를 떠도는 한심한 아인데. 그런데
진심으로 우리 딸과 결혼하고 싶어 하는 사람을 거절했단 말
이에요?"

그녀가 쏘아붙였다.

아잔은 고개를 휙 돌려버렸다.

"난 그들에게 그렇게 대답했고 더 이상 할 말 없어요. 아스마의 결혼식을 준비하고 칼리드 가문의 여자들과 지참금과 결혼 준비에 대해 의논하고 싶다면 그렇게 해요. 하지만 칼라는 아니요."

그는 어깨에 모직 숄을 두르고 매일 밤 그러듯 밖으로 나가버렸다.

살리마는 조용히 중간 방으로 걸어 들어갔다. 마야는 자고 있었다. 살리마는 아기를 안아서, 포대기를 풀고, 아이의 빨개진 배꼽에 기름과 소금을 문지르기 시작했다. 갓난아기가 눈을 떠서 살리마를 빤히 바라봤다. 살리마는 하마드를 떠올리며 흘러나오는 눈물을 참을 수 없었다. 그는 갓난아기 때 죽었다. 살리마는 하마드를 기억하지 않으려 애썼다. 이 갓난 손녀와 너무나 닮은 하마드, 그녀가 잃은 아들 하마드. 그는 절대 기억하고 싶지 않았다.

살리마는 손녀를 다시 단단히 포대기에 싸서 자기 무릎 위에 올려놨다. 그리고 잠시 아기의 얼굴을 찬찬히 뜯어본 후 눈을 감았다. 다시 눈을 떴을 때 그녀의 눈에 보인 건 손녀가 아니었다. 그건 무하마드나 하마드, 이제는 그녀 곁에 없는 사랑하는 이들도 아니었고, 아잔의 침울한 얼굴도 아니었다. 그녀가 바라보는 건 벽에 칠한 파란 페인트도 아니었고, 도자기들이 전시된 묵직한 선반도 아니었다. 그녀의 눈에 보인 건 삼촌 집이었다.

삼촌 집? 아니, 그녀의 눈에 정말로 보인 건 그 요새 같은 집의 높고 두꺼운 벽이 하늘과 만나던 그 얇은 선이었다.

그녀가 부엌의 바깥벽에 기대고 서서 집 안에서 여자 노예들이 입씨름하는 소리, 집 밖에서 노예 남자들이 농담하는 소리, 아이들이 마당에서 고함을 지르며 싸우는 소리, 숙모가 높고 날카로운 목소리로 노예들에게 명령하는 소리를 듣고 있는 동안 얼마나 많은 세월이 터벅터벅 흘러갔던가. 그러나 아무도 살리마의 소리는 듣지 않았고, 아무도 그녀에게 말을 걸지 않았다.

살리마가 그곳에, 그 벽에 기대서서 아무에게도 보이지 않고, 아무에게도 들리지 않은 채 담벼락과 하늘이 만나는 그 선을 바라보는 동안 세월이 끝도 없이 흘러갔다.

그 시절 이후로 살리마는 거기 벽에 기대서 있는 동안 자신의 감정이 어떠했는지 기억해 보려고 수도 없이 시도했다. 아버지가 돌아가셨다는 사실을 알게 됐을 때 슬펐나? 엄마를 보고 싶은 마음이 있었나? 그때 화가 나 있었나? 그 어떤 것도 기억나지 않았지만 그래도 노력했다. 기억나는 거라곤 태양이 너무 밝아 눈이 시렸고 부엌에서 흘러나온 연기 냄새가 사방으로 퍼져간 것이다. 특히 또렷하게 기억나는 감각이 하나 있었다. 배고픔이었다.

사람들은 그때 세계 대전, 끔찍한 인플레이션과 부족 간의 전쟁 같은 정치적 불안이 미치는 영향에 대해 말했지만, 그중 어떤 것도 가족들이 모여 점심을 먹을 때 숙모가 자기 손과 입을 노려보던 표정과 어떤 관계가 있는지 이해할 수 없었다. 그녀의 아버지가 돌아가신 후, 삼촌이 그녀와 무아드를 그의 집에서 키우겠다고 고집을 피운 이후로, 살리마는 아침이 어떤 맛이었는지 잊어버렸다. 어른들은 아침에 커피를 마시고 대추야자 열매를 먹었지만 살리마는 항상 점심때가 되길 기다렸다.

그들이 또 다른 부족을 손님으로 맞아서 삼촌이 남자 손님들과 식사하는 동안 살리마는 고기 굽는 냄새, 수프와 갓 구운 종이처럼 얇은 빵 냄새를 맡을 수 있었다. 그 다음에 그녀와 삼촌의 자식들과 숙모가 손님들에게 내간 거대한 쟁반에서 남은 음식 주위에 동그랗게 모여 앉았다. 대체로 거기에는 수프 조금과 고기는 거의 없는 뼈만 몇 개 남아 있었다. 남은 음식을 가지고 삼촌의 자식들이 다투는 동안 숙모는 살리마의 손만 죽어라 노려보고 있었다. 살리마는 음식을 향해 손을 뻗을 때마다 자기 손이 아주 거대하게 느껴졌다. 그리고 그녀의 입은 아주 크고 못생겼다고 확신했다. 손님이 없을 때면 점심은 말린 정어리를 찢어서 거기다 양파, 레몬 물을 섞어 만든 음식과 대추야자 열매 몇 개를 곁들어 먹었다. 쌀은 너무 비싸서 환자에게만 먹였다. 살리마는 말린 정어리에서 나는 톡 쏘는 냄새가 너무 싫었지만, 대체로 배가 아플 정도로 고팠기 때문에 참고 먹었다.

그렇다, 배고픔. 그것이 그녀가 삼촌 집에서 살 때 기억나는 감각이었다.

갓난아기의 날카로운 울음소리에 살리마는 다시 현실로 돌아왔다.

"그래, 넌 배가 고프겠지. 마야, 일어나서 아기 젖 먹여라."

살리마가 크게 노래하듯 불렀다.

마야는 가까스로 일어나 아기가 잠이 들 때까지 젖을 먹였다. 그리고 다시 누워서 매트리스 위에서 조용히 몸을 쭉 뻗었다. 살리마는 크고 매끄러운 돌을 가져와, 불이 활활 타오르는 석탄 위에 올려놨다가, 몇 분 후 열기를 보전하면서 마야의 피부가 화상을 입지 않도록 수건에 쌌다. 마야가 배를 드러내자, 엄마가 거기다 수건으로 감은 돌을 올려놓고 길고 낡은 천으로 마치 소포를 포장하는 것처럼 딸의 배와 돌을 감았다. 하루에 두 번 40일 동안 마야는 배 위에 이 뜨거운 돌을 올려놓고 견뎌야 했다. 그래야 아이를 낳고도 뱃살이 쭈글쭈글하게 늘어지지 않을 수 있다. 배와 몸을 단단히 감싼 이 천에 비하면 뜨거운 돌은 그다지 귀찮지 않았다. 이렇게 밤낮으로 40일을 버텨야 출산하면서 생긴 모든 더러움을 정화하고 다시 날씬하고 탄탄한 배를 가지고 세상에 나갈 수 있을 것이다.

방에 들어온 아스마는 마야의 배에 올려놓은 돌을 보고 미소를 지었다.

"난 금을 살 거다. 그리고 너의 결혼식에 입을 옷과 함도 사 아지. 결혼식이 다음 달이잖니."

살리마가 아스마에게 말했다.

아스마는 고개를 끄덕이면서, 빙긋 웃으며, 앞으로 엄마로 서 하게 될 경험을 기대했다. 왜 그녀의 선반에 있는 책 중에 엄마가 되는 것이 아주 빛나는 경험이란 사실을 밝힌 책은 단 한 권도 없는 것일까? 엄마는 할아버지인 마수드 장로의 서재 를 물려받았는데, 할아버지는 이 주제에는 아무 관심이 없었 던 것일까? 대부분 책이 이 주제에 대해선 할 말이 별로 없었 을까? 아스마는 평생 다른 서재는 본 적이 없어서 그 의문을 풀 길이 없었다.

아잔과
카마르

　아잔은 카마르의 무릎을 베고 누워 있었고, 그의 시선은 맑
고 잔잔한 사막의 하늘에서 반짝거리는 별들에 고정돼 있
었다. 카마르는 손가락 끝으로 그의 눈썹과 이마를 쓸어내
리다가 거기 매달려 있는 모래 몇 알을 털어서 자기 입에 집어
넣었다. 아잔은 이제 카마르의 그런 행동에 익숙해져서 전처
럼 깜짝 놀라지 않았다. 그는 그녀가 속삭이는 말의 황홀경에
둥둥 떠다니면서, 결코 줄어드는 법이 없는 것처럼 보이는 그
녀의 집중력, 집과 낙타들과 일과 남동생에 대한 열정적인 관
심에 사로잡혀 있었다. 카마르가 갑자기 조용해지자, 그는 그
녀의 손에 자기 뺨을 대고 문질렀다. 계속 이야기해요, 당신의
목소리가 너무 좋아. 그녀는 모래 위에 있는 그의 옆에 누웠다.
두 손을 깍지 껴서 머리를 받친 채 두 사람은 같이 이맘때 하
늘에서 반짝이는 작은곰자리를 바라봤다.

"당신이 말해요. 당신은 항상 별로 말이 없잖아."

카마르가 속삭였다.

아잔은 한숨을 쉬었다. 하지만 잠시 후 정말 입을 열어 말하기 시작했다. 그는 아직도 생생하게 살아 숨 쉬는 오래전 상처에 관해 이야기했다. 그의 아들 하마드에 대해.

태어났을 때부터 하마드는 약하고 얼굴이 창백한 아기였다. 그의 아내 살리마는 하마드가 둘의 첫아들인 무하마드처럼 언제고 죽을 거라고 예상했다. 무하마드는 두 달도 되기 전에 세상을 떠났다. 그녀와 하마드는 장로가 처방할 수 있는 부적이란 부적은 다 차고 있었다. 아잔은 하마드가 태어났을 때 희망을 잃었다.

하지만 하마드는 살았다. 그의 작은 몸은 죽음과 힘겹게 싸우면서 형의 운명을 저항했고, 그렇게 살아냈다. 그 작은 몸에 깃든 생명력이 어찌나 대단하던지! 아이는 먹거나 잘 틈도 없을 정도로 쉴 새 없이 움직였다. 아이가 가만있거나 조용히 있는 모습을 보기가 힘들 정도였다. 아이는 항상 주위를 뛰어다니거나 재잘거렸다.

아잔은 슬그머니 희망을 품기 시작했다. 이 아이가 그의 후계자가 될 것이다. 이 아이가 아버지의 유산, 그러니까 그의 이름과 시를 이어갈 것이다. 이 아이가 그가 늙어서 기댈 수 있는 아들이다. 아이 엄마는 아이의 머리가 여자애처럼 길어지게 놔뒀다. 그렇게 해서 정령을 속일 수 있도록, 자기 아들을

공격 목표로 삼을지도 모르는 정령의 시기와 질투를 피하고
싶었다. 아이는 여덟 살이 될 때까지 옷 속에 가죽과 은으로
만든 부적들을 차고 다니다 죽었다.

그는 부모가 항상 걱정했던 것처럼, 말은 하지 않았어도 어
렴풋이 알아챘던 운명을 피하지 못했다. 하지만 죽음이 찾아
오기까지 시간이 걸렸다. 죽음은 그들의 심장이 희망으로 부
풀어 오르고, 그에 대한 사랑으로 점점 묵직해질 때까지 기다
렸다가, 그를 낚아챘다.

카마르는 침을 꿀꺽 삼켰다.

"무슨 일이 있었던 거죠?"

아잔은 천천히 미소를 지으며 눈을 감았다.

"아이에게 일어났던 일은 레인지로버에게 일어났던 일이
지."

"레인지로버라고요? 차 말이에요?"

아잔의 엷은 미소가 비통한 조소로 바뀌었다.

"그래, 그 초록색 레인지로버."

하마드가 열병이 나서 쓰러지고 아이의 절절 끓는 몸에 약
초를 문질러 봤자 아무 소용이 없어졌을 때 살리마는 삼촌 집
으로 걸어갔다. 사이드 장로는 그때 이미 노인이었지만 마
음은 여전히 차돌 같아서 그녀의 호소에도 부드러워지지 않
았다. 살리마는 삼촌에게 그녀의 아버지이자 그의 형제인 마
수드 장로를 기억해달라고 애원했다. 그에게 자비를 베풀어

달라고, 그의 믿음을 생각해달라고 애걸했다. 그에게 장로에 걸맞은 관대함과 고매함과 명예를 가지고 생각해달라고 호소했다. 온몸이 찢겨나가는 것 같은 고열에 시달리는 아이의 어미로서 생각해 낼 수 있는 말은 다 했다.

삼촌의 대답은 변하지 않았다. 레인지로버는 내가 타지 않는 한 절대로 알 아와피 밖으로 나갈 수 없다.

다음 날 하마드의 열이 더 올랐다. 아이는 열에 들떠 의식이 혼미해졌다. 이번에는 아잔이 살리마와 같이 그녀의 삼촌 집으로 갔다. 아잔은 그 장로 삼촌과 오랫동안 이야기하면서 아들의 상태가 점점 악화되고 있고, 알 아와피에 있는 유일한 차는 그 레인지로버라고. 얼른 하마드를 차에 태우고 마스카드에 있는 사다 병원에 데려가야 한다고 설명했다. 당나귀에 아이를 태우고 가면 나흘이나 닷새는 걸릴 것이고, 아이를 구하기엔 너무 늦다고. 아잔은 사이드 장로가 부르는 값은 뭐가 됐든 지급할 것이고 운전사의 수고비도 낼 것이라고 말했다.

사이드 장로가 말했다.

"난 더 이상 할 말 없네. 내 레인지로버는 알 아와피를 떠나지 않을 거야. 그리고 자네 아들은 그 의사들 없이도 나을 수 있어. 아이들은 크면서 열도 나고 그러다 다시 괜찮아져."

아잔과 살리마는 삼촌 집의 문 앞에 서 있는 그 초록색 차를 외면한 채 그곳을 나왔다. 사이드 장로는 그 차를 2년 전에 샀다. 운전기사가 그 차를 위엄있게 운전해서 알 아와피로 들어왔을 때 사람들이 다 집에서 나와 그 광경을 목격했다. 심지어 사와드의 늙은 어머니까지 여자 노예들에게 몸을 기댄 채 나와서 그걸 봤다. 하지만 차의 모터 소리를 듣고 검은 바퀴들이 빙빙 돌아가는 모습을 보자 노파는 차에 돌멩이를 던지면서 알 아와피 사람들에게 저건 악마의 작품이라고 소리쳤다. 그 돌멩이에 맞아 차의 유리창이 하나 깨졌다. 사이드는 집안 여자들에게 어머니를 안으로 모시라고 명령하면서, 두 번 다시 차가 밖에 있을 때 어머니를 모시고 나오면 마을 사람들이 다 보는 훤한 대낮에 그들을 매질할 것이라고 위협했다. 그날 이후로 사이드 장로가 조수석에 앉지 않는 한 그 차는 꿈쩍도 하지 않았다. 만약 그의 여러 아내 중 하나가 차에 타면 사이드는 모든 차창에 커튼을 치게 했다.

살리마는 집에 오는 내내 울었다. 이제 아잔의 꿈은 단 하나의 이미지밖에 없었다. 그가 반드시 가져야 하는 차. 그는 사이드 장로가 그랬던 것처럼 술탄에게서 직접 차를 살 허락을 받아내겠다고 맹세했다. 그가 받은 유산 전부인 농장을 팔아서라도 사겠다고.

하지만 하마드는 아버지가 맹세를 지킬 때까지 기다리지 않았다. 열병이 먼저 그의 목숨을 앗아가 버렸다.

사람들은 아이의 옷과 부적들을 벗기고, 마당에 말린 대추야자 섬유로 만든 의식용 벤치를 세웠다. 이웃 사람들이 수로에서 아이를 씻길 물을 양동이에 길어왔다. 그들은 아이의 몸에 향을 뿌리고 알로에 기름 향수를 바르고, 하얀 수의로 몸을 감쌌다. 장례 행렬이 알 아와피 묘지 서쪽까지 행진했다.

유수프 판사가 아잔에게 말했다.

"자네 아들은 천국에 있네. 그리고 자네가 목이 마를 때 차가운 물을 가져다줄 걸세. 자네가 인내심을 가지고 신의 뜻을 따르면 심판의 날에 자네 아이가 천국에서 자네를 모실 거라는 걸 알고 있지 않나. 신이 자네 아이를 거둬가셨다는 것을 위로로 삼게나."

아잔은 아무 말도 하지 않았다. 그는 자신이 늙었을 때 여전히 살아 있는 아들이 찬물을 가져다주길 바란다고 판사에게 말하지 않았다. 그는 사람들이 기대하는 대로 운명에 체념하고 애도의 뜻을 표하러 온 사람들과 악수했다. 아잔은 그에게 손을 내민 모든 사람과 악수했다. 심지어 사이드 장로와도.

달의 눈에서 눈물이 떨어졌다.

"아, 속담이 정말 맞네요. 모든 아버지는 고통과 아픔을 안다는 속담."

하마드의 장례를 치른 후 지금까지 단 한 번도 아들에 대해 말하지 않았다고 아잔이 그녀에게 말했다. 그녀가 그에게 얼굴을 돌렸다.

"아이 엄마하고도?"

그는 고개를 저었다.

"아이 엄마와는 더더욱."

두 사람이 이야기하는 동안, 살리마는 알 아와피에 있는 한 집에서 조심스럽게 빠져나오고 있었다. 그녀는 방금 아주 중요한 약속을 하고 돌아온 참이었다. 그녀는 아잔이 베두인 남자들과 저녁을 보내고 집에 돌아오기 전에 집에 돌아가 있으려고 아주 빨리 걸었다.

살리마는 거기가 얼마나 어두웠는지, 이 특별한 합의가 맺어진 조건들에 대해 생각하지 않으려 했다. 하지만 그녀가 이미 문간에 서 있을 때, 그 남자가 한 마지막 말이 그녀의 머릿속을 끈질기게 두드려 댔다.

"걱정하지 말아요, 수로의 신부여!"

'악, 이 사람들은 절대 잊는 법이 없구나. 그녀가 낳은 딸이 결혼해서 아이까지 낳았고, 또 다른 딸은 약혼했는데도, 사람들은 여전히 그녀를 그 끔찍한 별명으로 부른다.'

그녀는 생각했다. 화가 난 그녀는 어서 빨리 집에 가고 싶어서 발걸음을 재촉했다.

압달라

마야가 40일간의 산후조리를 끝냈을 때 나는 그녀를 집으로, 우리가 사는 집, 우리 아버지의 큰 집에 붙어 있는 작은 별관으로 데려왔다. 마야는 그곳에 은둔한 채, 마치 마른 장작에 붙은 불길처럼 알 아와피에 쏜살같이 퍼지는 소문에 귀를 닫아버렸다. 사람들은 그녀의 아버지와 한 매력적인 베두인 여자의 관계에 대해 수군대고 있었다.

그 당시 나는 아버지의 하얀 메르세데스를 몰고 일주일에 서너 번씩 무스카트와 알 아와피를 오가고 있었다. 그 기나긴 출퇴근 시간에 만끽하는 이 편안함과 행복이 나로선 감당할 수 없을 정도로 크다는 생각이 들었다. 내가 느끼는 이 감정이 나로선 감당할 수 없을 정도일까? 그 생각을 하자 불안해졌다.

내가 이런 행복을 누릴 자격이 있을까? 아버지의 차를 몰고 자기 집으로 가는 행복한 남자, 사랑하는 아내는 둘 사이에서 태어난 아이를 안고 있고, 아버지가 아직 살아 있고 건재하게 다스리는 그 집으로.

그때 나는 행복한 남자였다. 바로 그거였다. 이제 막 스무 살이 된 청년, 그가 지금 손에 쥐고 있는 것 이상을 바라지 않는 꿈을 지닌 청년. 하지만 그는 자신이 손에 쥐고 있는 것에 조금 두려워졌다. 어두운 메르세데스 실내, 아주 작은 런던의 옷에 달린 반짝거리는 단추에 반사된 햇빛, 새벽에 마야의 머리에서 떨어지는 물방울, 런던의 옷에 꽃을 수놓는 동안 그녀의 손안에서 번뜩이던 바늘, 아버지의 아주 드문 미소. 그 모든 것 속에서 나는 나, 아주 운이 좋은 남자를 봤고, 이 행복은 내가 감당할 수 없을 정도로 벅찼다. 나로선 차고 넘치는 행복이었다. 그때 나는 왜 그런지 모르겠지만, 알고 있었다. 이유가 뭐든, 그 이유가 뭔지 절대 알 수 없었지만, 내가 이 모든 기쁨을 누릴만한 가치가 없는 사람이라는 걸.

자리파

아, 자리파! 하비브가 영원히 떠나버렸다는 너의 믿음은 틀렸어. 아니야, 자리파, 그건 그렇지 않아. 하비브는 아주 조심스럽게 아들에게 자기 씨를 뿌려놨어. 하비브가 너에게 고통을 준 것처럼 그 어린싹들이 자라서 널 찌르고 상처를 입힐 거야.

하비브, 당신이 어디 머나먼 곳의 무덤 속에서 차가운 몸으로 누워 있거나, 샤텔아라브 강에 빠져 죽었거나, 여전히 쌩쌩하게 살아서 두바이나 발루치스탄에서 돈을 벌고 있건 상관없이, 당신이 어디서 어떻게 살아 있건 간에, 당신이 그 악마의 씨를 뿌리기 전에 우리를 떠났다면 얼마나 좋아!

우린 자유예요, 엄마. 법에 따라 자유의 몸이라고요. 그리고 뭐가 됐든 우리 마음대로 우리 아이들의 이름을 지을 수 있고.

네 아들은 미쳤어, 자리파. 아니, 그건 네 아들이 결혼한 그 독사 같은 년 때문이 아니야. 매사에 반항적이고 지 엄마에게 그렇게 버릇없이 구는 년이지만 네 아들에게 그런 생각을 밀어 넣은 건 그년이 아니야. 그것은 제 아비가 사라지기 전에 세심하게 심어놓은 씨 때문이지.

아, 하비브! 내가 당신과 당신이 저지른 그 끔찍한 일을 잊어버리고 싶을수록, 당신이 심어놓은 씨가 내 눈 속에서 계속 커지고 또 커져서 더 이상 견딜 수 없어진 압력 때문에 내 눈이 터져버렸어.

거상 술레이만, 그 사람이 내 아들을 키우고, 지원해 주고, 학교도 보내줬는데. 이 자식은 그 사람을 미쳐 날뛰는 노인네라고 하네.

우리가 그 노인의 은혜로 지금까지 살아온 게 그 자식 눈에는 보이지도 않나 봐? 그가 없었다면, 우리는 지금쯤 길거리에서 구걸하거나 불쌍한 마닌이 그랬던 것처럼 지나가는 사람들에게 밥 한술 달라고 소리치고 있었을 거야.

자유라고… 우리가 자유의 몸이라고.

이 산자르 자식은 독사 같은 지 마누라가 제 어미를 경멸하고 동네 여자들의 인정에 맡겨버린 것처럼 나를 무시하고 떠나고 싶어 하는군.

불쌍하고, 불쌍한 마수다. 그래, 마수다는 항상 자리파 널 질투했지. 자기와 달리 매일 아침 해가 뜰 때 일어나 사막으로 나무하러 갈 필요 없는 너를 질투했지. 네가 하는 일은 다 집

안에서 하는 일이었고, 네가 수로에 물을 뜨러 갈 때면, 그 틈을 타서 동네에서 네가 좋아하는 여자들을 보러 갔었지. 하지만 그 불쌍한 마수다는 1년 365일 등이 휘어지게 무거운 나무를 지고 다녀야 했어.

마수다는 그 고생과 고통을 참아내고 남편을 견뎌냈지. 자드란 인간은 한 여자와 관계를 끝내는 즉시 다른 여자에게로 옮겨갔거든. 네가 뭐 할 말이 있나, 자리파? 신의 용서를 구해! 죽은 사람은 오직 신의 자비만을 받아 마땅하니까. 신이 그에게 자비로우시기를. 그는 내 친척이기도 했잖아. 그리고 속담에 이런 말이 있지. 네 코가 뼛속까지 썩었더라도 그것은 여전히 네 몸의 일부라고. 신이 그에게 자비로우시기를.

이제 자드의 딸 샤나를 생각해 보자고. 눈이 호랑이 같은 년. 하지만 누굴 탓하겠어, 자리파. 산자르와 샤나가 결혼해야 한다고 고집했던 사람은 바로 너잖아. 넌 아들이 걱정스러워서 그랬지. 그래서 지금은 마음이 편해? 아들은 멀리 떠나고 싶어 하고, 같이 가자고 너에게 말했잖아.

너랑 같이 어디를 간단 말이니? 우리 땅, 우리가 사는 땅, 우리 가족과 우리 조상들이 살아온 나라를 버리고 어떤 사람들이 살고 있는지, 뭐가 뭔지도 모르는 낯선 땅으로 가잔 말이야? 거상 술레이만은 어쩌고? 누가 그를 보살필 건데? 누가 그에게 빵을 구워줄 건데? 항상 고개를 뻣뻣이 세우고 다니는 그 여동생이란 여자가? 그 여자가 불쌍한 파티마, 그 불쌍한 여자, 압달라의 엄마에게 어떻게 했는데! 신이 파티마에게 자비로워지시길. 이 세상 사람들에겐 자비란 게 없어.

신의 넓은 세상에서 여기 말곤 아는 곳이 없는데 어떻게 자리파 네가 알 아와피를 떠날 수 있겠어? 이게 다 당신 잘못이야, 하비브. 전부 다. 우리 산자르가 아직 기저귀를 차고 다닐 때 그 앞에서 당신이 하고 또 했던 그 말 때문이라고.

한밤중에 당신이 그렇게 거칠고 사납게 웃어대던 소리가 아직도 내 심장을 갈기갈기 찢어놓는단 말이야. 당신의 나라고 당신 조상의 나라라고? 무슨 조상들, 자리파? 너의 조상들은 여기에서 태어나지도 않았잖아. 너처럼 까만 너의 조상들은 아프리카에서, 너희 모두를 훔쳐 와서 팔아버린 땅에서 왔잖아.

하비브에게 아무도 당신을 훔치지 않았다고 말해봤자 소용없어, 자리파. 당신이 노예로 태어난 건 당신 엄마가 노예였기 때문이고, 그게 인생인 걸 어쩌겠어. 노예라는 신분이 당신 엄마에게서 당신에게로 이어진 거야. 아무도 당신을 훔쳐 오지 않았고, 알 아와피가 당신이 있을 곳이고, 이곳 사람들이 당신의 가족이야.

하비브는 네가 그런 말을 할 때마다 너의 얼굴에 침을 뱉었지. 그는 그 기억을 지우고 싶어 하지 않았어. 마크란에서 보냈던 조용하고 쾌적한 삶을 끝장낸 그 끔찍한 여행을 잊고 싶어 하지 않았지. 아들 다섯을 낳았던 엄마의 둘째 아들인 그는 모든 걸 기억했어. 돈 때문에 혹은 오래된 원한을 풀기 위해 그들이 살고 있던 마을을 습격한 지역 갱단들, 발루치족과 아랍인들이 섞인 상인들이 그 평원에서 하비브 가족을 샀고. 그들이 사람들로 가득 찬 더러운 배 여러 척에 사들인 노예들을 태웠고. 배 안에 타고 있던 한 아이가 앓고 있던 눈병이 삽시간에 다른 아이들에게 번지고. 자식들이 떠밀려 다른 배에 타는 모습을 보며 비명을 지르던 하비브의 어머니, 어머니에게 안겨 젖을 먹고 있다가 천연두로 갓난아기가 죽자, 노예 상인들이 그 아이를 빼앗아서 바다에 던져버렸을 때 다시 소리를 지르던 하비브의 어머니.

우린 자유야. 놈들이 우리를 훔쳐서 팔아넘겼어! 그는 한밤중에, 동틀녘에, 자르 의식을 치르면서 그렇게 소리를 질렀지. 자유라고! 놈들이 우리에게 잘못한 거야, 놈들이 우리를 말살시켰어. 우린 자유야!

그들이 탄 배가 오만의 동쪽 해변에 도착했을 때 하비브와 그의 어머니가 팔렸다. 노예 상인들이 그 모자를 다른 노예 상인들에게 팔았고, 그런 식으로 계속 팔려 가다가 마침내 거상 술레이만이 그들을 샀다. 하비브의 엄마는 몇 년 동안 울었다. 그녀의 이야기를 들었을 때 알 아와피 사람들은 동정했지만, 그녀의 다른 자식들이 어디로 팔려 갔는지 아무도 알아낼 수 없었고, 그녀가 다시 고향으로 돌아가는 건 불가능했다. 어쨌든 노상강도들과 해적들이 그녀를 훔쳐서 다시 노예로 팔아버릴 것이다. 누구든 그 이야기를 듣는 사람은 그렇게 확신했다.

아잔과
카마르

아잔은 나지야의 얼굴을 두 손으로 감싼 채 마즈눈이 레일
라에게 읊었던 구절을 다시 읊었다.

보름달이 기울어서 태양의 자리에서 빛나고
게으른 새벽이 오길 주저할 때
당신의 빛으로 어둠을 밝혀주오
당신의 광채는 가장 밝은 햇빛보다 더 환하니,
그것은 결코 당신의 미소를 훔칠 수 없고
그것은 결코 당신의 진주 같은 입술을 훔칠 수 없어라
눈부시게 빛나는 밤은 당신의 얼굴!
다만 떠오르는 보름달
당신의 가슴이 없는 달, 이 우아한 목이 없는 달
아침의 태양은 어디서 그 창백한 얼굴에 당신의 그

나른한 눈을 아로새길 콜 붓을

찾을까?

수줍은 레일라의 몸이 소용돌이치듯 사라질 때

별처럼 빛나는 어떤 사이렌이 그녀를 흉내 낼 수 있을까?

혹은 그녀의 눈을, 모래 위 거친 암말의

매력적이면서도 깜짝 놀란 연못 같은 그 눈을.

나지야는 재미있어하며 웃었다.

"모래 위 거친 암말이라고?"

아잔이 그녀의 얼굴을 쓰다듬었다.

"이건 가장 아름다운 동물이야, 카마르. 그리고 레일라의 미쳐버린 연인이 당신, 카마르, 나의 달인 당신의 아름다움은 신이 주신 선물이라고 분명하게 말하고 있잖아. 당신에게서 하늘과 달을 합친 것보다 더 많은 빛이 흘러나오고, 당신의 눈은 거친 사막에 있는 암말의 눈보다 더 아름답다고."

나지야의 아름다움이 너무 강렬해 그를 아프게 만들었다. 그녀에게서 흘러나오는 날카로운 광채가 그의 가슴을 조각조각 쪼개서 요동치는 어두운 고통으로 휘젓고 있었다. 그가 할 수 있는 일이라곤 그저 그녀에게 시를 읊어주는 것뿐이었다. 그녀가 그를 알게 되기 전에는 알 무타나비, 루미, 알 부투리, 그리고 레일라의 미쳐버린 연인인 마즈눈 같은 이름들은 그저 책에 나온 희미한 유령들, 그녀가 그토록 끔찍하게 싫어했던 학교와 어쩔 수 없이 암기해야 했던 말로 가득 찬 지루한 책에 나온 생기 없는 사람들에 지나지 않았다. 그런데 아잔이 이 죽어버린 이미지들이 살아 숨쉬게 했다. 나지야는 알 무타나비의 불면증, 그의 야심과 좌절을 마치 자신의 것처럼 느끼기 시작했다. 그녀는 알 부투리가 무타와필 칼리프의 오른쪽에 앉아, 부투리가 자신의 시에서 영원성을 부여한 호수를 지그시 바라보는 풍경을 상상했다. 마치 파도처럼 임루 울 카이스를 쫓는 밤이 커튼처럼 어둠을 드리우는 이미지를 상상하며 나지야는 황홀해졌다. 이제 그녀는 임루 울 카이스가 했던 말을 읊음으로써 아잔과 밤에 나누는 대화를 끝맺곤 했다.

"우리가 오늘 마시는 와인이, 내일은 우리에게 듣기 싫은 지시를 내릴 것이다."

즉 그녀가 내일 해야 할 엄중한 업무들이 그녀를 기다리고 있다는 사실을 그에게 일깨우기 위해 읊은 것이다. 앞을 보지 못하는 시인인 알 마리가 불쌍하긴 했지만, 나지야는 그의 시를 이해할 수 없었고, 지구의 표면이 시체들의 잔해로만 이뤄져 있다고 고집하는 내용도 마음에 들지 않았다. 나지야는 언제나 생명을 찬양하는 사람이었다. 그녀는 삶에 열정적이고, 사랑과 오래된 것들에 대한 부족적인 열정을 찬미하는 시에 즐거워했다. 그녀는 고요한 사색이나 삶에 대한 청교도적이고 금욕적인 태도나 수피의 신비주의적인 방식을 다룬 시는 흥이 나지 않았다.

아잔에게 이런 시들을 가르쳤지만, 이제는 고인이 된 유수프 판사를 아잔이 생각하기만 하면 우울해지는 상황도 마음에 들지 않았다. 그리고 나지야에 대한 갈망 때문에 수피교도(이슬람교의 신비주의자 - 옮긴이) 특유의 영적인 열정이 이상한 방식으로 발현되고 있었다. 어느 날 그녀는 아잔이 칼판 알 칼리리의 아들인 사이드 장로가 쓴 구절을 암송하기 시작했다가 극심한 우울함에 빠지는 모습을 목격했다. 그는 사이드 장로가 19세기 그 지역에서 중요한 학자이자 정치가로 카이의 아들인 이맘(이슬람 종교 지도자의 경칭 - 옮긴이) 아잔의 오른팔이자 동시에 세속적인 것을 포기할 수 있었던 강철 같은 의지를 가진 사람이었다고 나지야에게 설명했다.

나는 그 어떤 노력도, 그 어떤 수용도 할 수 있다 못하네
그저 거기에 슬쩍 발을 걸칠 수 있어 뿌듯할 뿐
이들을 단단히 붙잡을 수 있기를 바랄 힘도 없다네
어떻게 내가 바란 것들이 틀리지 않을 수 있을까
내 목적은 그저 목적이 없는 것이자, 장님의 의지 같은 것이지.

시간이 흐르면서, 나지야는 시에 대한 아잔의 예민하면서도 격렬한 열정에 움츠러드는 식으로 반응하기 시작했다. 그가 시를 입에 올리기만 해도 그랬고, 적어도 자신의 마음속에서 선을 그으려 했다. 이를테면 시의 낌새만 보여도 그녀는 이 시인들이 인생을 사랑했다고, 혹은 미인들을 만난 결과 정신을 놓아버렸다는 식으로 멋대로 상상했다. 물론 그 아름다운 여자 중에는 자신이 있었고, 특히 레일라, 미쳐버린 마즈눈의 연인 레일라도 있었다.

압달라

고모는 어마어마하게 키가 컸다. 어렸을 때 나는 고모가 모스크 위로 치솟아 가늘고 긴 그림자를 드리우는 첨탑 같다고 생각했다. 고모가 자리파보다 키가 크다는 사실이 어쩐지 괴로웠다. 다만 체격은 자리파가 압도적으로 커서 비교할 수 있는 수준이 아니었고 적어도 그것 때문에 기분이 조금 나아졌다. 자리파의 가슴은 사내아이가 가서 덥석 안겨 잠들 수 있을 정도로 기분 좋게 크고 풍만했다. 자리파가 날 안아줄 때면 그녀의 품에 산채로 파묻힌 느낌이었다. 반면 고모는 가슴이라고 할 것도 없었다. 고모의 마르고 흰 손에는 금반지들이 환히 빛나고 있었다. 그리고 양쪽 손목에 정교하게 세공된 묵직한 팔찌들이 한 다스나 채워져 있어서 고모가 누군가를 향해 한 팔을 들어 삿대질하면 그 팔찌들이 특유의 짤랑거리는 소리를 내곤 했다. 고모가 다른 사람들의 얼굴에 대고 고압적으로 비쩍 마른 손가락들을 찔러대는 것 말고 다른 일을 하는 모습은 상상할 수 없었다.

고모는 다른 마을에 사는 사촌과 결혼했는데도 어떻게 항상 우리 집에 있을 수 있었는지 이해가 되지 않았다. 고모는 모든 사람을 경멸했고, 아주 과장되고 기이하게 격식을 차려서 상대가 자신을 스스로 하찮은 존재로 느끼게 만드는 무자비한 사람이었다. 고모는 말을 많이 하는 사람도 아니었다. 고모가 우리 집에 있을 때 예의상 찾아오는 이웃 여자들에게 고모는 손을 거의 스치지도 않았다가 헤너 물감을 진하게 들인 손끝을 보란 듯이 휙 빼버리고, 앉으라고 권하면서 자리파에게 어서 커피를 가져오라는 신호를 분명하게 보냈다. 여자들은 서둘러 앉아서 두서없는 말들을 늘어놓다가 서로의 말을 끊어먹는 지경에 이르기도 했다. 마치 엄격한 고모와 한자리에 있는 것만으로도 좀 더 여유 있고 느긋한 대화를 나눌 수 없는 것처럼 보였다. 그렇게 대추야자 열매를 먹고 커피를 다 마시면 고모가 앉은 자리에서 자세를 바꾼다. 그러고 나서 마치 방문의 의무를 얼른 해치워 버린 사람들처럼 바로 일어나서 나가 버렸다. 그 자리에 아이들은 절대 데려와서는 안 된다는 암묵적인 합의가 있었다. 고모는 이 세상 그 어떤 것보다, 그 누구보다 아이들을 싫어했다.

윤곽이 날카로운 고모의 얼굴은 넙데데한 자리파의 얼굴과 아주 대조적이었다. 고모는 자리파를 다른 노예들과 똑같이 대하면서 절대로 그녀의 지위를 인정하지 않았다. 아무도 그 사실에 대해 아무 말도 하지 않았지만 모두 인정하는 그 자리, 즉 우리 집 살림을 도맡고 있고, 무엇보다 아버지의 오래된 정부라는 지위 말이다. 고모는 황소고집이어서, 아버지가 오랫동안 병석에 있을 때도 아버지 방문 밖에 앉아서 절대로 자리파가 아버지를 보러 잠깐이라도 방 안에 들어가지 못하게 했다.

고모와 아버지는 아주 정교한 절차에 따라 서로를 존중하는 태도를 보였지만 동시에 너무나 가식적이었기 때문에 실제 분위기는 아주 당혹스러웠다. 하지만 매번 같은 패턴에 따라 아주 길게 서로에게 나누는 인사를 제외하면, 두 사람은 실제로는 서로에게 한마디도 하지 않았다. 나는 좀 더 크고 나서야 서로를 존중하는 그들의 태도가 실은 증오에 이르는 지독한 경멸이 그 바탕에 깔려 있었다는 사실을 이해할 수 있었다. 고모가 자리파와 침묵의 전쟁을 벌이고 있었다면, 우리 아버지와 맺은 관계 덕분에 자리파는 우리 앞에서 고모에 대한 적개심을 드러낼 수 있었다. 그러니까 집 안에 있는 어린아이들 앞에서, 모든 노예 앞에서, 그리고 사실상 알 아와피에 있는 모든 사람 앞에서 말이다. 자리파는 대개 고모가 남자 복이 없다고 비판했다. 고모는 두 형제에게 두 번이나 이혼당했다고, 물기라고는 하나도 없는 막대기처럼 바짝 마른 몸이라 아이를 낳지 못했다고 자리파가 말했다.

하지만 자리파는 고모에 대한 두려움을 완전히 숨길 수는 없었다. 아마 그래서 아버지가 돌아가시고 얼마 후 우리 집을 떠나 쿠웨이트에 있는 아들네로 갔을 것이다.

아스마

    살리마는 미래 사위와 미래 사돈과 같이 무스카트로 가서 사흘 동안 쇼핑하고 아스마의 혼수를 바리바리 챙겨서 알 아 와피로 돌아왔다. 그것은 상상할 수 있는 모든 혼수품은 다 갖추고 있는 마트라의 여러 상점에서 사 온 것이다. 하지만 살리마는 그렇게 장만한 혼수품이 그다지 마음에 들진 않는다고 무에진의 아내에게 털어놨다. 거기엔 그보다 더 좋은 물건도 많았고, 아스마는 그걸 받을 자격이 충분하다고 살리마가 말했다. 하지만 그 애 아버지(신이 그의 길을 편안하게 해주소서)가 아스마의 신랑에게 지참금 액수를 부르길 거부했다.

    "내 딸이 무슨 남에게 팔아넘길 상품이야? 내가 물었을 때 그이가 그렇게 쏘아붙이더라고. 내 딸의 지참금은 다른 사람들의 지참금과 똑같이 할 거야, 그렇게 대답하더라니까. 그래서 걔 약혼자는 겨우 2천 리얄밖에 안 냈어. 우리가 더 달라는 말을 안 했으니까. 그 이야기를 하는 내내 시어머니란 사람은 입을 꼭 다물고 있더라니까. 그 사람은 타국에서 너무 오래 살아서 여기서 혼수랑 지참금을 준비하는 절차를 다 잊어버린 모양이더라고."

그래도 살리마는 여자들이 지켜보는 가운데 사 온 혼수품들을 다 펼쳐 보였다. 아스마, 칼라, 무에진의 아내, 유수프 판사의 미망인, 움 나시르와 근처에 사는 여자 셋이 모여들었다. 그들은 서로 손을 뻗어 마야가 신부를 위해 옷을 짓게 될 윤기가 흐르고 화려하게 수를 놓은 비단들을 이리저리 뒤집으면서 꼼꼼하게 살펴봤다.

살리마는 반투명한 머리 가리개들, 가장자리에 황금색 꽃들이 수놓아진 초록색 천들과 가장자리에 수많은 스팽글이 달린 천들도 사 왔다.

그러지 않으려고 최선을 다했지만, 적어도 처음 몇 분 동안은 애썼지만, 칼라는 결국 굽이 높고 반짝거리는 샌들을 향해 손을 뻗고 말았다. 칼라가 신어보려고 하자 살리마가 경고의 눈빛으로 그녀를 바라봤다. 모두 옷감에 대해 한마디씩 하고 나자, 살리마가 향수가 든 상자를 열었다. 살리마는 신랑의 어머니가 고집해서 프랑스 향수 두 병을 샀다. 다만 그녀 마음대로 할 수 있었다면 그 돈으로 순수한 우드 향수를 한 병 더 샀을 텐데.

무에진의 아내가 그 말을 듣고 웃었다.

"살리마, 우드 향기에 정신이 나갔구려! 이 신부에게는 우드 향수 한 병이면 충분할 텐데."

살리마가 진심을 담아 대답했다.

"신부에게 우드는 아무리 있어도 모자란 법이에요. 이 향 좀 맡아봐요. 내가 우리 딸 주려고 두 종류를 샀다니까. 진짜 순수한 캄보디아산 알로에 기름이랑 사랄라 최고의 향이라니까. 칼라, 석탄을 좀 데워 와. 시행해 보게."

칼라는 벌떡 일어나서 부엌으로 서둘러 갔다. 아스마는 투덜거리고 있었다.

"엄마, 향 때문에 숨 막혀 죽을 것 같아요. 향보다는 향수를 더 사 왔으면 좋았을 텐데."

"입 다물어, 넌 아무것도 모르면서 그래, 너 향 없이 시집가는 신부가 있단 말 들어봤어? 그게 얼마나 창피한 일인데 그래!"

살리마가 금이 들어 있는 함을 가져오면서 말했다.

윤기가 흐르는 황금으로 만든 패물을 살펴보는 여자들의 눈도 황금처럼 반짝거렸다. 묵직한 체인 목걸이, 여러 줄의 엷은 가닥으로 만든 황금 목걸이, 다양한 보석이 박힌 금반지들과 신랑의 어머니가 준 선물인 다이아몬드 반지도 하나 있었다. 얇은 팔찌들 몇 개와 넓적하면서 여러 개의 징이 뾰족뾰족하게 튀어나온 팔찌도 하나 있었다.

"우리 때 패물은 은으로 했는데. 신을 찬양하라, 시대가 참

많이 변했어요."

한 이웃 여자가 말했다.

"맞아요, 우리 땐 은이었죠. 하지만 우리는 적어도 걸어 다닐 때마다 부딪쳐서 은은한 소리가 날 정도로 발찌도 많이 들어왔고 팔뚝 위쪽까지 찰 수 있는 팔찌들도 많았죠. 머리 장식도 아주 많이 받았고."

또 한 여자가 맞받아쳤다.

살리마는 언뜻 보기에도 짜증이 난 표정이었다.

"요즘 애들 다 알면서 그런 말을 해요. 걔들은 발찌나 무거운 팔찌를 차는 거 싫어해요."

"당연히 싫죠. 내 다리와 팔에 상처가 나게 될 장신구는 차고 싶지 않아요."

아스마가 대답했다.

아스마는 새 패물 하나를 들어서 호기심이 어린 눈빛으로 찬찬히 살펴봤다. 뾰족뾰족하게 튀어나온 징이 박힌 금팔찌를 보자 킥킥 웃기 시작했다. 유수프 판사의 미망인이 이런 구식 팔찌에 얽힌 이야기를 해준 게 기억났다. 그 당시에는 정말 팔찌들은 대부분 은이거나 아주 얇은 금박을 씌웠다. 고 유수프 판사의 부인인 마리암이 아스마에게 직접 그 이야기를 해줬다.

"얘, 내가 그때는 채 열다섯 살이 못 됐을 때란다. 우리 어머니가(신이 우리 어머니에게 자비를 베푸시기를) 어느 날 나에게 와서 이러시는 거야. 자, 마리암, 신에게 기도를 드리고 이 새 옷을 입고, 새 팔찌들을 차고 은으로 만든 부적들을 목에 걸어라."

"왜요, 엄마?"

"넌 오늘 유수프 판사에게 시집간다."

"나는 눈이 퉁퉁 붓게 울었지만, 아무도 내게 신경 쓰지 않았지. 밤에 온 동네 여자들이 벌 떼처럼 모여들었어. 그들은 노래를 부르면서 나를 들어 올려 판사에게로 운반했어. 결혼식 행진이었던 거지. 문간에서 어머니가 내 발 위로 달걀들을 떨어뜨려 깨면서 내게 속삭였어. 잘 들어, 마리암. 신랑에게 너무 쉽게 몸을 주지 마. 너무 익어서 금방이라도 쩍 갈라질 수박처럼 몸을 열지 말란 말이야. 우리 가족이 고개를 뻣뻣이 들고 다닐 수 있게 넌 자신을 스스로 잘 지켜야 해. 지금 네 손목에 차고 있는 그 뾰족뾰족한 팔찌들을 가지고 신랑에게 덤벼들어. 그래, 신랑을 그걸로 치란 말이야. 신랑을 가만히 앉아서 기다리는 촉촉한 수박이 되지 말란 말이야.

맙소사, 애야! 아스마, 난 정말이지 한 달 내내 그 팔찌들을 가지고 매일 밤 남편을 때려서 남편 몸에 멍이 들게 해줬어. 엄마가 하란 대로 한 거지. 그럴 때마다 남편은 이렇게 말했어. 마리암, 마리암, 여보, 나의 마리암, 사랑하는 마리암, 내가 당신을 어떻게 불렀으면 좋겠소? 그냥 내게 말해요!

난 무슨 일이 있어도 절대 그 팔찌들을 벗으려고 하지 않았지. 언제든 남편이 가까이 올 때마다 남편의 코에 대고 그 팔찌들을 휘둘렀어. 신이 그에게 자비를 베풀어 주길! 그이는 얼마나 학식이 대단한 사람이었는지 몰라! 그는 종교와 지식과 해석에 관한 모든 책을 읽었지, 그리고 날 달래려고 얼마나 노력했는지 몰라, 불쌍한 사람! 마리암, 그는 이렇게 말하곤 했어. 난 그저 당신과 이야기하고 싶을 뿐이요. 그런데 왜 날 공격하는 거요? 내 말을 들어보고, 말로 해요! 매일 밤 내게 그렇게 소리를 지르고 날 할퀼 필요는 없잖소. 내가 그렇게 싫다면 억지로 당신과 잠자리하는 일은 없을 거요. 강제로 그러는 건 옳지 않지. 당신 가족이 억지로 나에게 시집보낸 거요, 마리암? 내가 그렇게 싫어요, 마리암?

아스마, 난 그이가 전혀 싫지 않았어. 그이는 내 아버지나 내 남자 형제들이나 그 어떤 남자보다 훨씬 좋은 사람이었지. 그이는 지식과 믿음을 옹호하는 사람이었어. 신이 그에게 자비를 베푸셔서 그가 내 세계를 넓혀준 만큼, 신은 그의 무덤을 넓게 만들어주셨지. 애야, 난 그저 엄마가 시키는 대로 했을 뿐이었어. 폭삭 익어버려서 쩍 갈라지는 수박이 되지 않으려고 노력한 거지."

아스마는 그 이야기를 들으며 웃고 있었다.

"그래서, 한 달 후에는 어떻게 됐어요?"

마리암은 싱긋 웃으며 손사래를 쳤다.

"아, 한 달 후에는, 아스마, 운명이 예견한 일이 일어났지. 내가 말했잖니. 그이는 아주 신중하게 나를 이해하려고 노력했고 성품이 온화한 사람이었다고. 그리고 난 그저 어린 소녀에 지나지 않았고, 세상은 그 이치대로 앞으로 나아가야 했지. 운명이 점지해 준 대로, 운명이 뿌린 씨 덕분에 내 배가 불러왔어. 그이와 그의 형제들, 신이 그들의 아버지에게도 자비를 베풀어 주시길. 사나흘에 한 번씩 내가 그이에게 화가 나서 별 이유도 없이 친정으로 쌩하고 가버리면 그이는 인내심을 가지고 기다렸지. 그때마다 그는 내게 이렇게 말했어. 마리암, 당신은 이번 생에서도, 다음 생에서도 내 아내야. 예언자에게 아이샤(이슬람교의 예언자 무함마드의 처-옮긴이)가 소중한 존재였던 것처럼 당신은 내게 그렇게 소중한 존재야. 신이 예언자에게 기도와 축복을 내려주시길. 그이는 너무 일찍 저세상으로 갔어, 불쌍한 양반. 착한 사람들은 명이 짧아, 아스마야. 금방 우리 곁을 떠나 버리지. 하지만 사람들은 절대 입을 다무는 법이 없어. 넌 젊어, 마리암. 사람들은 이렇게 말하지. 재혼해, 산 사람은 살아야지. 세상에! 아니, 상상을 좀 해봐. 유수프 판사 같이 좋은 사람의 부인으로 살았는데 다시 결혼하라고. 내가 어떻게 그럴 수 있겠어. 그이가 나에게 당신은 이번 생에도 다음 생에도 내 아내야, 마리암이라고 했는데. 이번 생에도 다음 생에도."

칼라가 불을 피운 석탄을 들고 왔다. 살리마가 그 위에 향을 뿌린 후 그걸 이웃 여자들 앞에 놓고 차례대로 향기를 맡아보게 했다. 여자들은 그들의 옷에서 향의 연기가 올라오는 게 보이는 것처럼 서로를 놀리기 시작했다. 그렇다면 살리마가 정말로 그들을 좋아한다는 뜻이지만, 만약 향이 석탄 속에 갇혀 연기가 나오지 않으면 그들을 좋아하지 않는다는 의미니까. 살리마가 향을 뿌린 석탄을 들고 한 사람씩 차례로 도는 동안 그들은 소리치기 시작했다.

"와! 이것 봐. 향이 다른 사람 말고 무에진의 아내 소매에서 나오고 있어. 우린 저렇게 안 나왔는데!"

살리마는 이제 손으로 만든 쿠션 커버들을 하나씩 펼쳐서 여자들에게 보여주고, 이란 출신의 카펫 가게 주인과 오랫동안 입씨름해서 장만한 카펫 두 장의 길이를 쟀다. 칼라는 아스마에게 몸을 기울여 속삭였다.

"혼숫감은 있는데 잠옷이나 화장품은 하나도 없다니, 불쌍한 언니!"

아스마가 동생에게 윙크했다.

"결혼식을 치르기 전에 그런 걸 구하는 방법이 있을 거야, 내가 알고 있어."

살리마는 다른 목수들보다 훨씬 더 정교하게 목제 상자를 만드는 일류 장인에게서 맞춘 함을 묘사했다. 그녀가 원하는 크기에, 목재와 놋쇠 경첩들을 어떻게 작업할 것인지, 그리고 놋쇠 손잡이 모양까지 다 주문해서 그대로 맞췄다고. 엄마의 이야기에 칼라가 끼어들었다.

"하지만 요즘은 집마다 침실에 이미 침대와 옷장과 화장대까지 있는데요."

그러자 무에진의 아내가 외쳤다.

"방금 쟤가 한 말을 신이 용서해 주시길! 맙소사, 요즘 여자아이들은 도무지 뭐든 기뻐할 줄을 모른다니까. 애야, 함이 없는 신부는 신부가 아니야. 어쨌든 그 함에 향을 넣어두면 몇년 동안 신선한 상태로 보관할 수 있어."

여자들의 모임이 파했을 때 살리마는 그들에게 알 아와피의 여자들에게 나눠주려고 산 백 장의 머리 가리개를 하나씩 나눠줬다. 이 가리개들은 이웃 사람들, 가난한 사람들, 친척들, 친척이 아닌 사람들, 마을 사람들의 첩들과 노예 가족들의 여자들에게 나눠줄 것이다.

압달라

　살림을 때리고 곧바로 내가 아버지처럼 돼버렸다는 끔찍하고 강렬한 느낌에 괴로워졌다. 이틀 후에 마야가 살림이 취한 게 아니었다고 말해줬다. 살림은 고급스럽고 세련된 알 쿠름의 한 카페에서 친구들과 밤을 보내고 있다가 충격을 받았다. 그곳에서는 아마 아주 큰 소리의 음악이 흐르고 있었을 것이다. 밤이 깊어지자, 손님들이 점점 줄어들었다. 혼자 앉아서 민트가 들어간 레모네이드를 마시고 있던 살림은 갑자기 손 하나가 나타나 자신이 앉아 있는 테이블 가장자리를 짚으며 그것이 넘어지지 않도록 꾹 누르는 모습을 봤다. 그것은 도저히 무시할 수 없는 광경이었다. 그 손톱에는 반짝거리는 은색 매니큐어가 칠해져 있었다. 살림이 고개를 들자 젊은 남자 하나가 그를 빤히 보고 있었다. 남자는 긴 눈을 반쯤 뜨고 검은 베르사체 셔츠에 아르마니 블랙진을 입고 있었다. 살림이 그를 바라보고 있을 때 그 청년이 입을 열었다. 그의 속삭임은 고양이가 가르랑거리는 소리에 가까웠다.

"이봐, 한 번만 날 봐봐, 한 번만. 내가 아주 죽여준단 말이지."

살림은 손에 들고 있는 레모네이드에 정신을 집중했지만, 그 청년이 그에게 몸을 기울여 테이블 위에 아주 고급스러운 명함 한 장을 던졌을 때 온몸이 떨리는 걸 멈출 수 없었다. 거기엔 번호만 있고 이름은 없었다. 살림은 그를 무시했다. 친구들은 다 어디로 사라진 거지? 다른 카페에서 카드놀이를 하고 있나?

그 청년은 그 자리를 떠나지 않았다. 그는 근처에 서서 큰 소리로 한숨을 쉬고 있었다. 살림이 아무 반응도 하지 않자 보란 듯이 다시 테이블 위에 그 명함을 내려놨다. 마침내 살림은 입을 열어야 했다.

"가. 당장 꺼지라고. 지금 당장."

그 청년이 다시 속삭였다.

"나도 알아… 난 당신 발가락의 발톱 하나 가질 자격이 없다는 거. 나도 알아… 난 당신의 시선을 받을 자격이 없다는 거." 그는 살림에게 더 가까이 몸을 기울였다.

"내 안의 불, 하얗고 뜨겁게 타오르는 불에게 자비를 내려줘."

살림이 서둘러 그의 차로 돌아가서 출발했을 때, 그 청년의 포르쉐가 바로 뒤에 따라붙어 무스카트의 밤거리를 같이 달렸다. 살림은 마침내 어느 골목에서 그를 따돌리고 집으로 들어왔다. 시계는 새벽 2시를 가리키고 있었고 나는 거실에서 그를 기다리고 있었다. 나는 그를 때렸다. 내 목소리는 분노로 팽팽하게 긴장돼 있었다.

"이렇게 늦게까지 밖에서 뭐 한 거냐? 내게 반항하려고 그냥 밖에 있었던 거야? 아버지의 규칙을 어기기 위해?"

앙카부타

1926년 9월 25일 앙카부타가 마을 밖에 있는 넓고 탁 트인 땅에서 허리를 구부리고 땔감을 줍고 있을 때 첫 번째 산통이 찾아왔다. 그녀가 혼자서 딸을 낳고 녹슨 칼로 탯줄을 자르고 있을 때, 제네바에서 남자들이 모여 협약에 서명했다. 그 서명으로 노예제도가 폐지되고 노예매매는 범죄가 됐다. 그날은 앙카부타의 15번째 생일이었지만 그녀는 그날이 자신의 생일인 것도 몰랐고, 세상에 제네바라는 곳이 있는 줄도 몰랐다.

앙카부타는 머리에 쓰고 있던 먼지투성이 베일을 두 쪽으로 찢어서 막 태어난 딸의 몸을 감싸고, 나머지 반쪽으로 피가 흐르는 가랑이를 틀어막았다. 그녀는 얼굴도 가리지 못한 채 맨발로 걸어서 알 아와피로 돌아왔다. 사이드 장로의 집으로. 그녀의 출산으로 이 집에서는 노예 소녀가 하나 늘었다. 여자들이 그녀가 집으로 들어가는 걸 도와줬다. 앙카부타는 갈대로

만든 매트리스 위에 누워 여자들이 자신의 갓난 딸에게 대추
야자를 먹이는 의식을 지켜봤다. 여자들은 대추야자 하나를
으깨서 갓난아기의 입에 조심스럽게 넣었다가 몇 초 후에 꺼
냈다. 전통에 따라 예언자 시절에 여자들이 한 그대로 따라 한
것이다. 여자들이 갓난아기를 그녀 옆에 누이자, 앙카부타는
온몸이 쭈글쭈글하고 작은 아기를 둘러싼 베일을 보고 울음을
터트렸다. 그것은 그녀가 나무를 하러 갈 때마다 쓰던 베일 중
에서 하나도 찢어지지 않은 유일한 베일이었는데. 그것도 유
일한 흰색 베일. 또 하나 있는 베일은 쪽빛으로 염색한 것으로
이미 너덜너덜해졌다. 하지만 이 흰색 베일은 튼튼하고 모양
도 그대로 남아 있었는데. 먼지만 묻지 않았어도 새 베일이라
고 해도 될만했는데 망가져 버린 것이다.

　1주일 후 사이드가 새로 태어난 갓난아기의 이름을 자리파
라고 지어줬다. 안타깝게도 수확한 대추야자들이 대부분 썩어
버리는 바람에, 그는 축하 의식에 쓸 동물을 도살할 형편이 안
됐다. 16년이 지난 후 그는 그 소녀를 거상 술레이만에게 팔
았다. 그녀는 술레이만의 노예이자 첩이 될 것이다. 그가 사랑
하는 여인, 그의 평생 유일하게 가까웠던 여인이 될 것이다. 반
면 그는 자리파에게 그녀가 유일하게 사랑하고 존경하는 남자
가 된다. 그녀가 죽을 때까지 그랬다. 술레이만은 사이드 장로
의 아들들이 자리파에게 가하는 모욕으로부터 해방한 구원자
이자, 육체적 쾌락을 가르쳐준 연인이며, 거칠고 질투심이 넘

치는 게임을 시작한 사람이었다. 마침내 그는 늙은 장로가 돼서 그녀의 품으로 돌아와 숨을 거뒀다.

압달라

처음에 자이드는 매주 금요일마다 알 아와피로 돌아와 이웃 사람들에게까지 과일을 돌렸다. 그는 수웨이드와 같이 있으면서 그의 연주에 귀를 기울일 때조차 군복을 벗지 않았다. 하지만 자드가 죽은 후 초상집에서 밤을 새울 때 아무도 그에게 커피를 따라주지 않아 직접 커피를 따라야 했을 때, 그는 마을 사람들이 그를 진짜 장교로 보는 일은 절대로 일어나지 않을 거라는 사실을 깨달았다. 그들의 눈에 그는 항상 자이드, 마녀의 아들, 마을 사람들에게 음식을 구걸했던 불쌍한 사람의 아들로 남아 있을 것이다. 알 아와피 사람들은 과거에 집착해 미래에 기대를 걸지 않는 사람들이었다. 자이드는 서서히 마을 사람들과 거리를 두었다. 아버지를 돌봐줄 인도 하녀를 구한 후, 그가 마을에 오는 횟수는 점점 줄어들다가 마침내 큰 축제가 있을 때만 의무적으로 얼굴을 내밀었다.

그의 아버지가 살해되고 몇 년 후 느닷없이 자이드가 결혼했다는 소식이 들려왔다. 그는 결혼식을 올리러 알 아와피로 돌아오지 않았다. 그의 신부는(하피자의 둘째 딸이자 가장 예쁜 딸) 무스카트 쉐라톤 호텔에서 예식을 올려 그의 아내가 됐다. 그가 연 피로연에는 신부와 그녀의 두 자매와 엄마 말고는 마을 사람은 한 명도 참석하지 않았다.

하피자가 처음 임신했을 때는 17살도 안 됐을 것이다. 그녀의 엄마인 사다가 하피자의 머리채를 잡고 두들겨 팼지만, 이웃 여자들은 눈짓을 해가면서 이웃에 퍼진 소문을 사다에게 일러줬다.

"놀랄 일도 아니지, 사다. 그 피가 어디 가겠어! 하피자가 태어나기 전에, 걔 고모가 그러고 다녔잖아. 항상 길거리에서 빈둥거리며 헤프게 굴었지, 안 그래?"

그래서 하피자의 엄마는 더는 딸에게 손찌검하지 않았다. 하피자가 낳은 첫 딸은 엄마나 할머니보다 피부가 훨씬 검었다. 그래서 사다가 다시 하피자에게 물었다.

"대체 이 사생아의 아비는 누구냐?"

하피자는 전과 똑같은 대답을 했다.

"내가 말했잖아요, 엄마. 자타르가 아니면 마훈이나 하비브라고."

사다는 고개를 절레절레 흔들며 더는 캐묻지 않았다.

하피자가 40일간 산후조리를 끝내고 나왔을 때 유수프 판

사는 그녀에게 채찍 100대를 때리는 형벌을 선고했다. 사다는
낡은 천과 오래된 셔츠를 있는 대로 모아서 커다란 캔버스 자
루에 가득 채워 하피자의 등에 묶어줬다. 채찍의 아픔을 조금
이라도 덜 느끼게 하려는 마음에서였다. 나는 다른 사내아이
들과 몰래 구경하러 갔다. 우리는 그 채찍형을 보려고 북적거
리며 모여든 사람들 틈에 숨었다. 하지만 채 2년도 지나지 않
아 하피자는 둘째 딸을 낳았다. 이번에 낳은 딸은 피부가 아주
하앴다. 그리고 형벌이 바뀌었다. 그 무렵 유수프 판사는 술탄
밑에서 치안판사로 일하고 있었다. 예전에 유수프 판사는 자
신이 마지막 이맘인 갈립 빈 알리의 권한에 따라 형벌을 선고
한다고 생각했다. 그 이맘은 부족 간의 전쟁에서 패배해 오만
을 떠나야 했지만 말이다. 이제 술탄의 정부는 간통죄를 이슬
람법에 따라 처벌하지 않기 때문에, 유수프 판사는 하피자에
게 채찍형을 선고하지 않았다. 하피자를 감옥에 보내라고 한
원로들도 몇 명 있었지만 이제 그 일에 관심을 기울이는 이는
없었다. 사람들은 그 신생아가 사이드 장로의 막내아들과 똑
닮았다고 말했다. 완전히 빼다 박았다고 수군거렸다. 하지만
이번에도 하피자는 애 아버지가 누군지 모르겠다고 주장했다.
그때 하피자에게 별명이 생겼다. 모두의 버스란 별명이. 그로
부터 3년 후 셋째 딸이 태어났다. 이 아이는 엄마를 닮았고, 하
피자의 막내가 됐다. 얼마 후 누군가 하피자에게 피임약을 먹
게 했다.

내가 깜박 잠이 들었나? 왜 이렇게 목이 마르지? 자리파는 갈증이 나는 상태에서 잠자리에 들어선 안 된다고 경고했다. 목마른 상태로 잠이 들면, 그 갈증을 해결해 줄 뭔가를 찾아 영혼이 주인을 떠나 버린다고 자리파는 항상 말했다. 나는 내 영혼이 나를 떠났다가 다시는 돌아오지 않을까 봐, 마치 조갈이 난 상태로 잠이 들었다가 커다란 물 단지에 든 물을 마시기 위해 영혼이 떠나 버린 남자처럼 될까 봐 항상 자기 전에 물을 두세 잔 마셨다. 그 남자의 영혼이 물을 마시고 있을 때 단지의 뚜껑이 닫히면서 그의 영혼이 단지 안에 갇혀버렸다. 그래서 영혼은 그에게 돌아갈 수 없었다. 사람들이 다음 날 아침 그를 땅에 묻을 준비를 하고 있을 때, 누군가가 물을 마시려고 그 단지 뚜껑을 열었고, 그 순간 남자의 영혼이 허겁지겁 그에게 돌아왔다.

내가 한 입도 먹지 못한 까치를 잡기 위해 아버지의 소총을 훔친 후, 아버지는 나를 벌주기 위해 밧줄로 꽁꽁 묶어서 우물 벽에 거꾸로 매달았다. 그리고 나는 아주 목이 말랐는데도 잠이 들었다. 무수한 악몽을 꾼 후에 마수다는 마침내 내 성화에 굴복해서 엄마에 대해 말해줬다.

"입달라, 얘야, 속담에 이런 말이 있단다. 낮은 인간을 위한 시간이지만, 밤은 정령을 위한 시간이라고. 너의 엄마(신이 천국에 있는 네 엄마의 영혼에게 자비를 베푸시기를)는 밤에 밖에서 걷고 있었다. 그러다 아마 신고 있던 샌들에 낀 조약돌 하나를 아무 데나 던져 버렸나 봐. 너희 엄마는 몰랐지만, 그 돌이 여자 정령이 낳은 아들의 머리에 맞은 거야. 그 정령은 정령의 왕을 모시는 종이었어. 그 정령이 너희 엄마에게 와서 말했지. 마당에 있는 바질 덤불을 뽑아버려라. 그 냄새가 독사를 끌어들인다. 너의 아들은 금방 커서 거기서 놀다가 독사에게 물릴 것이야. 너희 엄마(신이 그녀의 영혼을 천국으로 데려가시길)는 그 여자 정령이 그냥 가난하고 평범한 사람인 줄 알고 그 말을 철석같이 믿었어. 그래서 새벽녘에 그 바질 덤불을 베어버렸다. 그러자 그 밑에 살고 있던 정령의 왕이 화가 났지. 그는 네 불쌍한 엄마를 병들게 했다. 불과 이틀인가 사흘 후에 네 엄마는 세상을 떠났다. 신이 천국에 있는 네 엄마의 영혼을 지켜주시길."

내가 좀 더 컸을 때 샤나가 날 유혹해서 농장으로 데려가려고 했는데 내가 거부했다. 그녀는 입고 있던 옷을 단단하게 여미면서 소리를 질렀다.

"네 엄마는 죽지 않았어. 살아 있다고! 그들이 네 엄마에게 마법을 걸어서 데려갔어. 네 엄마가 누워 있는 곳 위쪽에 사람들이 나무판자를 놓고, 네 아버지가 거길 묻어버렸어. 그래서 네 엄마가 돌아버렸지. 마법사가 네 엄마를 미치게 해서 자기 종으로 삼았어. 우리 아빠가 밤에 한 번 네 엄마를 본 적이 있댔어. 네 엄마는 흰옷을 입고 있었대."

살리마

딸 아스마의 혼수 정리를 마친 후 살리마는 밖으로 향한 문을 닫고 허물어져서 흐느껴 울었다. 갑자기 자신의 엄마와 아버지가 보고 싶어졌다.

살리마가 막 막내딸인 칼라를 낳았을 때 어머니는 자신의 영혼을 포기하고 있었다. 사실 그녀의 어머니는 오래전에 죽었다. 적어도 10년 전, 그녀의 외아들인 무아드가 자발 아크다르 전투에서 순교했다는 소식을 들었을 때 죽었다. 아들에게 작별 인사를 할 기회조차 없었다.

무아드가 채 17살이 되기도 전에 사이드 삼촌 집에서 도망쳤을 때 삼촌은 격노했다. 결국 조카에 대한 삼촌의 예감은 맞는 것으로 입증됐다! 조카는 이맘과 연합한 부족들과 합류하기 위해 삼촌의 뜻을 거역했다. 반대편 부족들과 손을 잡은 삼촌을 대놓고 비웃은 것이다.

사람들이 모일 때마다, 사이드 장로는 이제 조카에 대해 자신은 아무 책임이 없다고 분명하게 선언했다. 그에겐 아무런 죄책감도 없다. 그 멍청이가 자발 아크다르로 피하면 이맘과 그의 무리가 그를, 혹은 어느 사람이든 영국인들의 전투기로부터 구해줄 거라고 믿는단 말인가? 그는 누구든 그의 말을 들어줄 사람이라면 가리지 않고 이 이야기를 하고 또 했다. 영국인들에겐 전투기와 무기가 있다. 그런데 그 머저리들은 그 초록색 산(자발 아크다르)에 뭘 가지고 있단 말인가?

1920년에 체결된 시브 조약에 따라 오만의 내륙 지대는 이맘이 다스리고 무스카트 정부는 전통적인 구분에 따라 해안 평야에 대한 사법권을 유지하는 식으로 나눠서 통치됐다. 영국인들이 무스카트의 술탄 정부를 후원했다. 양쪽은 그 조약을 꽤 오랫동안 준수했다. 하지만 나중에 술탄이 이맘의 영토에 있는 파후드 사막에 대한 석유 채굴 탐사 계약을 영국 회사와 맺었다. 영국 회사는 자체적인 방위 부대를 창설했고, 그것이 무스카트-오만 보병부대로 알려지게 됐다. 그렇게 제국주의자들의 탐욕이 전쟁의 심지에 불을 붙였고, 그 영국 부대가 이브리로 진군해서 이맘에 충성하는 부족들이 사는 영토인 나즈와와 나크할에 폭격을 가했다. 1955년 이맘 갈리브 알 하나이와 그의 추종자들(연합 부족들에서 차출된 전사들)은 그 초록색 산, 그러니까 자발 아크다르로 어쩔 수 없이 피신하게 됐다.

바로 그 무렵 무아드가 알 아와피에서 빠져나와 자발 아크다르에 있는 전사들에게 합류했다. 그는 1959년 내내 거기에 머무르면서, 영국군을 괴롭히는 게릴라 전사 중 하나가 됐다. 그 저항 세력은 구식 무기밖에 없었지만, 적어도 외부인들이 자발에 들어오지 못하게 그곳을 지킬 수 있었다. 무아드는 사람들이 없는 곳에도 전사들이 있다고 영국 군인들이 믿게 하도록 그곳에 불을 지르는 임무를 맡았다. 그렇게 해서 영국 군인들이 있지도 않은 소대를 대상으로 공격을 감행해 탄약을 다 써버리게 하려는 작전이었다. 어느 밤 무아드는 작전을 마치고 귀가하는 길에 작은 지뢰를 하나 밟았다. 그는 그 순간 폭발해서 온몸이 산산조각이 나, 자발을 놓고 싸우는 전쟁에서 목숨을 잃은 2천 명이 넘는 순교자 중 하나가 됐다. 그곳에는 그의 어머니에게 돌려보내 아들의 죽음을 애도할 시신조차 없었다.

살리마의 어머니는 아무 말도 하지 않은 채 아들이 죽었다는 소식을 받아들였다. 그녀는 형편에 맞춰 수수한 장례식을 치렀다. 삼촌은 손톱만큼의 도움도 주지 않으려 했고, 애도도 하지 않으려 했기 때문이다. 아무도 살리마의 어머니가 죽은 걸 몰랐지만, 어머니는 그때 죽어버렸다. 10년이란 세월 동안 매일 낮과 매일 밤 조금씩 죽어갔다. 어머니는 숨을 쉬고 밥을 먹고 물을 마셨지만 이미 죽은 몸이었다. 어머니는 죽은 채 사람들에게 말을 걸고 그들 사이를 걸어 다녔다. 훨씬 세월이 흐른 후에야 어머니의 몸은 마침내 이미 죽어버린 영혼, 더는 살아 있는 척하지 않아도 되는 영혼을 포기했다.

압달라

내 머리는 물속에 있다. 매번 비행기를 타야 할 때마다 이 통증이 사정없이 머리를 두들겨 팬다. 나는 혼란스럽고 그 무엇에도 집중할 수 없고, 내 앞에 있는 모든 것이 물속에 잠긴 것처럼 보인다. 그러다 내가 거꾸로 처박혀 있는 느낌이 든다. 나는 머리를 아래로 떨군 채 우물 속에 있고, 내 몸은 묵직한 야자나무 밧줄에 꽁꽁 묶여 있다. 내 두개골이 쿵쿵 소리를 내며 어두컴컴한 우물 안쪽에 부딪히고 있다. 이 밧줄이 풀려버릴까 봐, 약해질까 봐, 찢어져서 날 우물 바닥으로 떨어뜨릴까 봐 무섭다. 내가 왜 그 총을 훔쳤을까? 왜 그 까치를 그렇게 간절히 원했을까?

내 머리가 잠겨 있는 물에서 무하마드가 가지고 노는 여러 가지 색깔의 플라스틱 블록들이 흘러나왔다. 무하마드는 한 치의 틈도 없이 그 블록들을 줄 세운다. 그 방식이 아주 미세하게라도 달라지면 무하마드는 잠시도 쉬지 않고 소리를 지르고 또 지른다. 무하마드가 소리를 지른다.

이샤크 삼촌의 아내 그러니까 숙모가 새벽 기도를 드리러 가기 전에 씻으려고 와디 아데이에 있는 자기 집 욕실에 들어갔다가 거기서 아들을 발견했다. 순수한 자 마르완이 아버지의 단검을 써서 자기 정맥을 그어버렸다. 숙모는 소리를 지르고 또 질렀다.

아버지가 나다 병원에서 자신의 영혼을 뇌췄을 때 자리파는 소리를 질렀고 그 소리는 끝도 없이 이어졌다. 나는 그때 소리 지르지 않았다. 나는 울지 않았다. 아버지가 날 우물 속에 거꾸로 매달았을 때만 소리를 지르며 울었다.

어린아이인 내가 보인다. 아이지만 마치 변장한 몸집이 작은 남자처럼, 어른이 차는 단검을 차고, 머리에 딱 맞는 터번을 감고, 새 신발을 신고 있다. 아버지가 내 손을 잡고 어딘가 먼 곳으로 데려간다. 이브리로. 우리는 그곳에 사는 한 장로의 초대를 받아들였다. 하비브도 우리와 같이 있었다. 물론 그가 도망치기 전이었다. 수웨이드도 있었고 우리가 타는 낙타 두 마리의 주인인 베두인도 있었다. 하지만 수웨이드는 오드를 가져오지 않았다. 아마 아직 그 악기를 장만하지 않았을 때였나 보다. 분명 그 여자 정령이 그에게 반해서 그가 품은 단 하나의 소원을 들어주기 전이었을 것이다. 그 오드. 그 슬픈 멜로디로 내 유년기를 거세게 문질렀고, 내 사춘기에는 날것의 고

독을 느끼게 했던 황홀한 오드. 그 오드는 그 여자 정령의 선물이었기 때문에 수웨이드는 다른 악기는 연주할 수 없었고, 그저 그 루트 하나만 연주할 수 있었다. 아니, 그 여행에 오드는 가져가지 않았다. 사람들이 여행길에서 먹는 말린 상어 살과 양파 몇 개와 대추야자 열매 한 상자가 든 천 보따리만 하나 있었다. 물 담는 가죽 부대 하나가 있었고, 모래가 아주 많았고, 사람들은 노래를 불렀다. 하비브는 낯선 언어로 노래를 부르고 있었다. 아마 발루치어였을까? 그것은 생기가 없는 노래였고, 그의 목소리는 금방이라도 목이 멜 것 같았고, 후렴에 이르렀을 땐 흐느끼는 것 같았다. 그것은 노래보다는 울부짖음에 가까웠다. 도망치기 전에 하비브는 자리파에게 노래들만이 그의 기억 속에서 그의 언어를 살아 있게 하는, 그에게 남은 유일한 것이라고 말했다. 그래서 그는 노래를 불렀다. 그의 가슴 속에 그 노래들이 없었다면, 그 공허한 공간은 격노로 가득 찼을 것이다.

거기 내가 있었다. 어른들의 제복을 입고 변장한 어린아이, 우리 아버지의 후손 중 유일한 대표로 이브리의 장로를 위해 과시하듯 걸어가고 있었다. 하지만 시장에 다다르자 다시 어린아이로 돌아가고 싶은 욕망을 참을 수 없었다. 여러 개의 돌 벤치에 말리려고 늘어놓은 달콤한 코코넛 더미가 내 손에 닿을 만큼 가까운 곳에 있는 걸 보자 먹고 싶은 충동을 참기 힘들었다. 하지만 다음 날 다시 조숙한 어른으로 위엄을 보여야 하는 끔찍한 상태로 돌아가야 했다. 어른들과 같이 먹는 풍성하게 차린 점심 식사 자리에서. 나는 나이 많은 남자들이 앉는 방식 그대로 따라서 앉으려고 노력했다. 한쪽 다리에 체중을 싣고, 다른 다리를 내 엉덩이 밑에 접고 앉아 어른들을 지켜봤다. 아무리 다리에 아무 감각이 없는 것처럼 느껴지더라도 절대로 자세를 바꿔선 안 된다는 사실을 알고 있었다. 난 강한 사나이의 모습을 보여줘야 했으니까. 나도 우리가 앉아 있는 곳 가까이 있는 거대한 쌀밥 접시로 손을 뻗어보긴 했지만, 너무 수줍어서 거의 집지 못하는 바람에 실제로 내 입에 들어간 건 쌀 몇 톨에 지나지 않았다. 시간이 좀 흐른 후 마침내 용기를 내서 쌀밥 위에 쌓여 있는 고기로 손을 뻗어 아주 작은 고기 한 조각을 쟁취했다. 아버지가 그 장면을 확실히 보게 하려고 나는 애를 썼다. 마침내 사람들이 그 접시를 내갔을 때 나는 여전히 배가 고팠지만 행복했다. 아버지가 분명 내게 만족했음을 확신했기 때문이다. 아버지가 그 전에 내게 경고했다. 우리에게 권한 그 접시에 음식이 얼마나 남건 상관없이 그 장로의 가족과 이웃들과 노예들이 자기들의 몫을 기대에 차서 기다리고 있을 거라고.

그때 내 머리는 거꾸로 처박혀 있지 않았고, 물속에 들어가 있지도 않았다. 내 두뇌와 심장은 그때 어딘가에 아주 조그만 땅이라도, 무스카트와 시브 사이의 어딘가에서 아내가 꿈꾸는 집을 지을 수 있는 땅을 필사적으로 찾고 있지 않았다. 우리는 아내가 정말 좋아했던 그 땅을 손에 넣지 못했다. 시 당국이 거부하면서 그 땅은 미래에 시에서 쓸 용도로 계획해 둔 것이라고 주장했다. 그곳은 고속 수송 경철도를 깔 땅의 일부라고 했다. 그 땅을 입수한 서류는 정부 최고위 직급 즉 술탄의 의회에서 이미 서명했다고 했다.

내 머리는 이제 쪼개질 것 같았고, 기내 압력이 계속 늘어나다간 머리가 폭발해서 쩍 갈라질 것 같았다. 나는 왜 다른 여행자들처럼 두통약을 가지고 다니지 않는 걸까?

그 장로의 집에서 내 손은 열두어 번 정도 아주 조금 쌀밥을 집은 후에야 고기를 집었다. 그것도 아버지의 허락을 받기 위해 집은 고기를 아주 높이 들어 보였다. 우리가 거의 집에 다 왔을 때 사막에 있는 독사 한 마리가 내게 돌진했다. 아버지가 즉시 지팡이로 콱 찔러서 그 자리에서 죽이지 않았다면 나는 그 뱀에게 물려 죽었을 것이다. 그때 아버지가 날 꽉 끌어안았다. 너무 세게 안아서 아플 정도였고, 코는 아버지의 가슴에 짓눌린 상태로 아버지의 옷에서 나는 특별한 냄새를 들이마셨다. 별들이 신의 하늘에서 떨어져 아버지의 터번에 달라붙는 것도 볼 수 있었다. 그 모습이 어찌나 반짝이던지 마치 터번에 달린 장식처럼 보였다.

나는 전에는 단 한 번도 시장을 본 적이 없었다. 알 아와피에 딱 하나 있는 상점과 항상 종교의식들을 치르는 공간에 내놓은 나무판자에 늘어놓고 축제 때 파는 달콤한 비스킷들. 그게 내가 본 전부였다. 이브리 시장은 서로 마주 보고 있는 상점들이 죽 늘어서 있었는데, 어쩌면 그것들은 가게라기보단 창고에 더 가까웠는지도 모른다. 그 어떤 상점에서도 손님을 기다리고 있는 상인은 보지 못했으니까. 상인들은 땅바닥에 깔개를 깔고 그 위에 앉아 있거나 아니면 자기 상점 바깥에 있는 돌 벤치에 앉아 있었고, 그들 앞에 다양한 크기의 바구니들이 놓여 있었다. 바구니마다 다양한 상품이 들어 있었다. 말린 대추야자 열매들, 향료들, 말린 레몬들, 붉은 고추들, 보리. 가끔은 말린 코코넛을 담은 쟁반이 한두 개 보이기도 했다. 말린 코코넛을 담은 그 거대한 주석 접시들의 모습을 본 그날의 기억이 어찌나 생생한지 지금도 그 풍경이 보이고 냄새도 맡을 수 있다. 그날 본 그 시장의 모습이 또렷하게 기억에 남아 있다. 눈을 감고도 나무들의 몸통과 호를 그리며 휘어진 대추야자 나뭇잎들을 볼 수 있다. 그 나뭇잎들이 내 머리 위로 아치형 지붕을 만들어 두 줄로 늘어선 상점들을 하나의 건물처럼 보이게 했다. 모직 카펫들이 걸려 있는 쇠갈고리들도 보이고, 바구니들, 가죽들, 갈대 자리들, 강한 냄새가 훅 끼치는 마른 생선 가게까지도 볼 수 있다. 사내아이들이 여기저기 날래게 뛰어다녔는데, 대부분 언젠가 허리에 차게 될 단검을 기다리는 가죽 벨트를 차고 있었다. 상인들은 소식을 교환하고, 지나가는 사람들을 무심하게 바라보고, 지팡이를 공중에 대고 휘둘러댔다. 내 시선을 끌었던 건 그들이 찬 터번의 붉은 색,

이것저것 잡다하게 섞인 냄새, 산처럼 쌓인 코코넛이었다. 그 모든 것이 다 좋았다.

땅바닥에 이발사 하나가 대쪽처럼 꼿꼿하게 앉아 있었다. 그는 머리에 터번을 두르고 벨트에 단검을 차고, 소매를 걷어 올려 맨 팔뚝을 드러냈다. 손님 한 명이 이발사가 몸을 앞으로 살짝 숙일 수 있을 정도의 거리를 두고 그를 마주 보고 앉았다. 그는 활짝 웃고 있는 이발사에게 그의 머리를 믿고 맡기겠다는 신호를 보냈다. 이발사와 달리 손님은 땅바닥이 아니라 이발사가 면도할 머리카락이 떨어질 너덜너덜하고 거친 사각형의 캔버스에 앉았다. 이발사는 옆에 놔둔, 오래된 나무 궤짝 위에 이발 도구들을 늘어놨다. 그리고 궤짝 옆에 있는 작은 양동이에 든 물을 손님의 머리에 뿌렸다. 이 이발사는 실제로 머리를 잘라본 경험은 없어서 다 끝나고 일어선 손님의 머리는 대머리가 되어 있었다. 이발사가 할 수 있는 일이라곤 그저 머리를 빡빡 미는 것뿐이었다.

마야와 내가 길가에 서서 시장 풍경을 보고 있었을 때 내 안의 어디에서 그런 냄새들이 올라왔는지 알 수 없었다. 마야가 원했지만 시 당국이 우리에게 팔기를 거부한 그 땅에 아주 크고 근사한 빌라 한 채가 지어지고 있었다. 정부가 나중엔 고속도로를 내겠다고 계획한 그 땅에서.

"참나! 그러니까 시 당국은 결국 그 땅을 다른 사람에게 팔았다는 거잖아! 도시 계획이랑 의회가 서명했다는 그 서류는 대체 어떻게 된 거야? 이 땅에 빌라를 짓고 싶어 하는 사람의 요구에 응하느라 시 당국은 이제 그 고속도로의 노선을 바꾸기 위해 돈을 얼마나 쓰게 될까?"

마야가 폭발했다.

나는 아무 말도 하지 않았다. 이브리에 있는 그 오래된 시장의 온갖 냄새들이 내 폐를 가득 채웠다.

두통이 내 청력에까지 영향을 미치고 있다. 어렸을 때는 아버지가 내 머리에 손을 대서 이 두통을 흡수해 버릴 수 있었다. 아버지는 내 머리에 손을 대고 코란에 나온 말을 반복해서 읊었다. 낮뿐만 아니라 밤에도 신에게 속한 모든 것은 편히 쉴 것이니라. 그러면 내 머리는 조용해지면서 휴식을 취했고, 두통은 사라졌다.

하지만 힘줄이 불거진 아버지의 손은 나다 병원에서 정맥 주사를 받느라 퉁퉁 부어서, 두통으로 쪼개질 것 같은 내 머리에 손을 뻗어 나를 잠들게 할 수 없었다.

영어 교사인 빌의 손은 아버지처럼 힘줄이 불거지지 않았다. 대신 아주 작은 주근깨들로 뒤덮여 있었다. 내게 반드시 영어를 배워야 한다고 설득한 사람이 바로 빌이었다. 우리는 무스카트 상인 중 하나가 연 파티에서 만났다. 빌은 그럭저럭 쓸만한 아랍어로 내게 물었다.

"당신은 사업가인데 영어를 모른다고요? 당신이 영어로 말 못 하면 무스카트에 있는 어떤 레스토랑도 당신을 응대하지 않을 겁니다!"

그의 말이 맞았다. 그리고 나는 호텔 방을 예약하거나 레스토랑에 저녁 식사를 예약할 때마다 매번 창피해지는 상황에 지쳤다. 내 조국에서! 내가 태어난 아랍 국가에서 레스토랑들, 병원들, 호텔들 모두 여기선 '영어만 씁니다'라고 말하다니.

나는 빌에게 개인 교습을 받기 시작했다. 그의 파란 눈에는 아무 표정도 드러나지 않았지만, 그의 미소를 보니 조짐이 좋아 보였다. 그와 알고 지내기 전에는 한 사람의 미소에서 그의 지성이 드러날 수 있다는 점을 상상도 못 했지만, 빌의 미소를 보면 두뇌 회전이 빠른 사람이란 걸 알 수 있었다.

나의 아버지는 미소를 짓는 사람이 아니었다. 미소를 지어도 아주 드물게 지었다. 아버지의 입이 동그랗게 휘어지기 시작하면 나는 즉시 만족감을 느꼈지만, 아버지의 눈에서 반짝이는 총기를 볼 때면 내 마음속에 자리 잡은 공포가 깨어났다. 내가 아무리 열심히 공부하거나 배워도 아버지처럼 기가 막히게 영리한 사람은 될 수 없을 거라는 공포. 나는 항상 남들에게 잘 속아 넘어가는 꼬마이거나, 절대 가업을 운영할 줄 모르는 바보일 것이고, 절대 아버지와 같은 명석한 두뇌는 없을 거라는 공포. 아버지의 그 빈틈없는 시선, 아버지의 엄청난 지능을 암시하는 그 미소. 내 아이들의 얼굴에서 아버지의 그런 표정을 찾아봤지만, 한 번도 보진 못했다. 런던이라면? 런던이 아마드의 거짓말이라는 진창에 빠지는 일이 없었더라면 아마 있었을지도.

런던의 그 일을 생각할 때마다 너무 화가 나서 숨을 쉴 수 없을 지경이 된다. 런던이 아마드와 통화하고 있다는 사실을 알게 됐을 때 마야는 런던의 핸드폰을 부수고, 런던을 방에 가두고, 한 번도 남에게 손을 댄 적이 없던 사람이 런던의 뺨을 후려쳤다. 그 후에 마야는 경계를 풀지 않은 채 행여라도 런던의 핸드폰이 울릴까 감시했다. 하지만 고집 센 런던은 자신의 사랑을 포기하지 않았다. 그 일이 왜 지금까지도 날 고통스럽게 할까? 어쨌든 그 일은 끝났잖아. 그렇지 않나? 내가 런던에게 굴복해서 런던과 아마드의 혼전 계약서에 서명할 수 있게 허락했기 때문에 지금까지 괴로운가? 아니면 런던을 지지하지 않았기 때문에, 처음부터 그 아이의 사랑을 응원하지 않았기 때문에? 아니면 둘 사이가 잘못된 후에야 그런 놈을 골랐다고 내가 런던을 야단쳤기 때문에? 그놈이 런던을 때렸기 때문에 내 마음이 이렇게 아픈가? 아니면 마야가 사랑을 모르기 때문에, 그래서 런던이 사랑에 빠졌을 때 어떻게 딸을 대해야 할지 몰랐던 게 마음이 아픈가?

당신은 사랑이 뭔지는 알까, 마야? 내가 마치 카바신전(사우디아라비아의 메카에 있는 이슬람 신전으로, 모든 이슬람교도는 카바를 향하여 예배함-옮긴이)의 주위를 한 번, 두 번, 일곱 번씩 도는 순례자처럼 당신이 가족과 살던 집 주위를 돌고 또 돌았을 때 내 마음에 스쳐 갔던 감정의 일부라도 느낀 적 없어?

그 집은 어떻게 그렇게 내 모든 감정을 담을 수 있을 정도로 넓찍할 수 있었지? 당신 집에 하나 있었던 그 발코니, 내가 그 밑에 혼자 서 있었던 그 발코니는 어떻게 그렇게 내가 당신에게 느끼는 그 크나큰 애정의 무게에도 무너지거나 금이 가거나, 신의 천국으로 향하는 바람에 날려가지 않을 수 있었을까? 당신의 그 조그만 방이 어떻게 그렇게 내가 그 위로 걸어갈 수 있게 쌓아놓은 수 톤의 구름을 감당할 수 있었을까? 어떻게 그 벽들은 흔들리지도 않고 여전히 그 자리에 굳건히 서 있을 수 있었을까? 내가 느끼는 고문과도 같은 그 참을 수 없는 기쁨에 어떻게 단 한 번도 떨리지 않을 수 있었을까?

그러나 비록 거기에 내 자리는 없었지만, 그 집의 모든 것은 그대로 남아 있었다. 나의 필사적인 사랑이 쏜 무수한 총알 자국으로 구멍이 숭숭 뚫린 내 몸을 던졌다고 해도 그 문들은 경첩에서 떨어지지 않았다. 집의 전면에 있는 유리창부터 지평선 멀리 한 점으로 보이는 곳까지 솟구쳐 오를 정도로 힘센 내 날개로 유리창을 아무리 세게 내려쳐도 유리는 부서지지 않았다. 그 집은 나를 품을 수 있을 정도로, 내 속에서 메아리치는 욕망의 절규를 봉쇄할 수 있을 정도로 넓찍했다.

그렇다면 마야, 어떻게 항상 재봉틀에만 고정돼 있던 당신의 시선이 구불구불하고 방대한 내 애정의 영토와 그 안에 갇힌 나를 보지 못할 수 있단 말이야?

아스마

아직 졸음이 가시지 않은 아스마가 천천히 눈을 떴다. 몇 초 후에 오늘이 자신의 결혼식 날이라는 게 기억났다. 아스마는 배에 두 손을 대고 누른 채 몸을 쭉 펴고 나서, 몇 달 후에는 이 배가 둥그렇게 부풀어 올라 있을지도 모른다는 생각에 싱긋 웃었다. 잠자리에서 일어난 그녀는 시트를 개서 못에 걸어두고 서둘러 부엌으로 나갔다. 아버지는 새벽 기도에서 돌아오자마자 커피를 마시는 걸 좋아한다.

아스마는 부엌으로 올라가는 낡은 계단 위에 앉아 있는 엄마를 발견했다. 살리마의 멍해 보이는 모습에 아스마는 깜짝 놀랐다. 어머니는 잠시라도 넋을 놓고 있는 사람이 아닌데. 엄마가 어떻게 한결같이 빠릿빠릿할 수 있는지 종종 궁금해했는데. 잘 잤느냐고 물어보는 엄마의 목소리는 힘이 없었다. 부엌에 들어가자 이미 불 위에서 커피가 보글보글 끓고 있었고, 그 옆에 카르다몸이 준비돼 있었다.

뭔가 잘못됐지만 그게 뭔지 알 수 없었다. 아버지는 평소처럼 커피 두 잔을 마시고 딸을 힐끗 본 후에, 항상 그렇듯 대추야자 열매를 씹으면서 하루를 시작했다. 아스마는 으레 이런 날에 느껴질 거라고 예상한 불편함이나 쑥스러움은 느끼지 못했다. 하지만 아버지의 시선에서 어쩐지 말 없는 힐난이 느껴졌다. 그러자 희미하게 후회 혹은 어쩌면 죄책감 같은 감정이 느껴졌지만, 대체 뭐가 문제인지 알 수 없었다.

엄마의 지시에 따라 아스마는 자신의 방에 들어가 나오지 않았다. 아무도 결혼식 전까지 신부를 봐선 안 된다. 마야는 일주일 내내 혼자 있었고, 결혼식 전날 밤까지 이웃집 여자들은 마야의 그림자조차 보지 못했다. 아스마는 아주 길게 안도의 한숨을 쉬었다. 자기에겐 일주일 내내 혼자 있으라고 엄마가 고집을 피우지 않게 해주신 신에게 감사를! 이번에 살리마는 아스마에게 집 밖으로 나가지 말라고 했지만, 어쨌든 아스마는 평소에도 그렇게 살아온 셈이라 결혼식 1주일 전에 새삼 외출 금지령을 내린 것이 일종의 농담처럼 느껴졌다. 엄마는 결혼해서 아스마가 얻게 될 자유의 가치를 알려주고 싶었던 걸까? 아스마는 이제 소녀가 아닌 여자가 됐고, 마침내 자기보다 나이 많은 여자들과 자유롭게 왕래하면서 어울릴 수 있고, 가깝거나 먼 곳에서 열리는 모든 결혼식과 모든 장례식에 참석할 수 있는 권리가 생길 것이다. 이제 아스마는 오전 느지막이 커피를 앞에 두고 둘러앉은 여자들 무리에 들어갈 수 있고, 하루가 끝나갈 무렵 다시 그렇게 할 수 있게 된다. 그녀는 점심과 저녁 초대를 받게 될 것이고, 자기도 초대를 할 것이다. 이제 더는 어린 소녀가 아니니까. 결혼은 그녀의 신분증이자, 집보다 더 넓은 세상으로 가는 여권이니까.

어렸을 때 아스마는 항상 대추야자 수확을 간절히 기다렸다. 그때 밖에 나가서 다른 여자아이들과 놀 수 있었기 때문이다. 그들은 아침 일찍 알 아와피 외곽에 있는 여러 농장으로 걸어가서, 하나씩 다니면서 익어가는 대추야자 열매들을 사람들이 분리하고, 씻고, 썩은 것을 골라내는 모습을 구경했다. 여자아이들은 아직 덜 익은 붉은 대추야자 열매들을 가지고 놀 수 있었고 한 들판에서 다른 들판으로 이어지는 수로에 흐르는 물에서 물장구를 치며 놀 수 있었다. 그 수로는 아주 공정하게 정해진 물 분배 일정에 따라 운행됐다. 하지만 가장 재미있는 놀이는 그날이 저물어 갈 무렵 농장들 한가운데 있는 탁 트인 공간에서 파구르를 만드는 것이었다. 그것은 도저히 눈을 뗄 수 없는 장관이었다고 아스마는 기억했다. 여러 개의 거대한 가마솥에서 펄펄 끓고 있는 물속으로 아직 안 익은 대추야자 열매들이 쏟아져 내렸다. 아스마와 친구들은 어느 솥에서 시럽이 가장 먼저 만들어질지를 경쟁적으로 추측했다. 그때 남자들이 대추야자 나무 섬유로 만든 국자로 그 뜨거운 열매들을 건져서 태양 아래 죽 펼쳐 말렸다. 다 마르면 포장해서 무스카트로 선적할 것이다. 정부 구매자들이 그걸 사서 인도로 수출한다. 아스마는 파구르보다는 신선한 대추야자 열매 맛을 더 좋아했다. 알 아와피 사람들은 제대로 삶아졌는지 확인해 보려고 한 번씩 맛을 볼 뿐 다른 이유로는 먹지 않는다. 다 익은 대추야자를 먹을 수 있을 때는 특히 더 그렇다. 아스마와 친구들은 수확하는 날 내내 주위를 뛰어다니면서 놀고, 온몸을 흔들면서 작은 야자나무에 올라가고, 두 개의 나무 몸통 사이에 묶어 놓은 대추야자 섬유 밧줄을 타고 놀았다. 아이들은 들판에서 일하는 여자들을 귀찮게 하는데 재미를 붙여서, 하루가 끝나고 커다란 자루에 넣어 머리에 이고 갈 대추야자 열매들이나, 썩어가는 열매들을 따로 모아 놓은 것이나, 자기 양이나 양을 키우는 다른 사람들에게 사료로 팔기 위해 끌고 갈 커다란 자루에 채울 열매들을 헤집어 놓았다. 아스마는 파텀이 지고 가는 자루에 파텀 모르게 자기가 구멍을 뚫어 놓았던 일이 기억났다. 파텀이 걸어가고 있을 때 그녀가 지고 가는 자루에서 썩은 열매들이 하나씩 떨어져서 그녀 뒤로 긴 줄이 생겼다. 그 후로 며칠 동안 아스마의 친구들은 그 모습을 상상하며 깔깔 웃었다. 하지만 아스마는 이제 어른이다. 더는 그런 수확 축제에서 하는 게임에 가지 않았다. 이제 그녀는 친구들과 같이 노래 부르러 이슬람력의 마지막 달인 12번째 달의 첫날에도 밖에 나가지 않았다.

무하마드는 물이나 음식도 없이 와디(건조지역에서 평소에는 마른 골짜기였다가 큰비가 내리면 홍수가 되어 물이 흐르는 강-옮긴이)에 왔다네.

무하마드는 이제 천국에 왔고 아워리스(눈이 아름다운 여성으로 충실한 이슬람 신자에 대한 보상으로 낙원에서 주어짐-옮긴이)의 딸들이 그를 따라간다네.

예언자에게 내가 드리는 인사와 기도들

예언자에게 내가 드리는 인사와 기도들

곧 그녀의 혼수를 신랑 집으로 가져가려고 온 여자들의 목소리들이 집 안에 울려 퍼졌다. 그들은 이민자 이사가 한 베두인에게서 임대한 픽업트럭을 가득 채웠다. 아스마의 함 두 개와 그녀의 물건들을 담은 궤짝 하나에 수를 놓은 베개들과 페르시아 카펫 두 개도 트럭에 실었다. 두 번째 함에는 프랑스 향수 한 병과 알로에 오일과 그녀의 엄마가 고른 다양한 향 말고는 아무것도 들어 있지 않았다. 하지만 살리마는 어쨌든 함 두 개를 내갈 것을 고집했다. 마을 사람들에게 딸을 위해 값나가는 혼수를 넉넉히 장만했다는 걸 보여주기 위해서였다.

마야는 동생의 물건들을 동생이 앞으로 살 새집에 정리해놓기 위해 다른 여자들과 같이 트럭을 타고 갔다. 아스마는 그 물건들이 뭔지 아직 보지도 못했다. 신부는 문을 단단하게 잠근 방안에 남아 있었고, 그녀 옆에 칼라와 헤나를 칠할 중대한 임무를 맡은 이웃집 여자만 하나 있었다. 아스마의 머릿속은 엄마로 사는 삶, 새 옷, 춤추는 여자들, 어렸을 때부터 살던 집을 떠나 앞으로 어떻게 살게 될까, 라는 여러 가지 생각으로 복잡했지만, 그런 한편 칼리드, 그녀를 오랫동안 기다리던 신랑에 대해선 미처 생각지 못했다. 몇 주 전에 엄마가 그녀에게 청혼이 들어왔다는 걸 알렸을 때, 아스마는 그 문제를 침착하게 고려한 후 동의했다.

아스마와 아버지가 시를 인용해서 서로 상대를 능가하려고 애썼을 때 아스마는 가끔 사랑의 시를 반복해서 읊었고, 그러지 않으면 아버지가 그렇게 했다. 아스마는 겨울밤에는 항상 아버지에게 책을 읽어드렸다. 특히 세계적으로 유명한 시인인 알 무타나비(이라크의 쿠파에서 915년에 태어난 시인-옮긴이)가 쓴 시집에 나온 시를 자주 읽었다. 부녀는 그가 쓴 시, 사랑하는 이의 부재에 대한 시인의 슬픔과 갈망을 표현한 시의 첫 구절들을 읽으며 미소를 짓곤 했다. 하지만 아스마는 아랍 시인들이 쓴 전통적인 사랑의 시, 그 수줍은 상상력의 번득임에 아버지만큼 애착을 품진 않았다. 그리고 그녀가 읽은 몇 권 안 되는 소설에 나오는 애정 장면도 그다지 끌리지 않았다. 아스마의 친구 하나가 무스카트의 작은 서점에서 이런 소설들을 발견했지만, 아스마가 읽어보니 너무 비현실적이고 이질적이어서 별로 관심이 가지 않았다. 그녀가 마지막으로 읽은 소설은 〈낙원의 비밀들〉이란 제목으로 18세기 프랑스가 배경이었다. 그것은 왕족들의 열정, 쾌락, 배신, 즐거움에 관한 이야기였다. 아스마가 보기엔 별로 설득력이 없는 이야기였다. 아스마는 좀 더 현실적인 책들을 선호했다. 하지만 정말 기억에 남으며 흥미진진하다고 느낀 이야기는 무슨 뜻인지 사실 잘 이해도 안 되면서 외워버린 한 구절이었다. 오래전에는 하나의 완벽한 원이었다가 나중에 두 개로 갈라진 영혼들에 관한 이야기. 아스마는 사랑을 그렇게 상상했다. 사랑은 같은 영혼을 가진 두 사람의 만남이라고. 그녀는 확실히 그녀의 밤이 마치 알 무타나비의 시에 나오는 연인들의 밤처럼 한없이 길어지거나 임루 울 카이스의 밤처럼 걱정과 염려로 가득 찬 밤을 보내는 열정적인 사랑을 해보는 상상은 해본 적이 없었다. 그녀는 다른 사람들과 있을 때 두드러지는 남자, 남들과는 좀 다른 남자와 결혼하고 싶었지만, 또 한편으로 안정적이면서 일상적인 느낌을 주는 남자를 원했다. 아스마는 물론 남편을 사랑할 것이고, 그토록 간절히 바라던 엄마가 될 수 있을 것이다.

그녀의 마음은 충분히 비어 있으니, 칼리드를 위해 그 마음을 열어 보이지 않을 이유는 뭐란 말인가? 아스마는 한때 형부 그러니까 큰 언니 마야 남편의 사촌인 마르완에게 관심이 있었음을 마음속으로 인정했다. 아스마는 마르완을 몇 번 봤는데, 그때마다 하얀 옷을 입은 그 남자에게서 뿜어져 나오는 고요하고 순수한 분위기를 느꼈다. 그는 거의 한마디 말도 하지 않았지만. 사실 그런 신비로운 분위기 덕분에 그가 나오는 꿈을 꿨다. 아스마는 그를 흘끗 본 게 몇 번 안 된다는 사실도 알고 있었다. 어쨌든 그가 아스마의 가족에게 인사를 하러 온 마지막 축제 날, 그녀는 그의 눈에 떠오른 표정을 보고 조금 겁이 났다. 그때 자신이 느낀 감정이 뭔지 이해하지 못했지만, 그의 시선이 그녀를 두렵게 만들었다는 것만큼은 알고 있었다. 표면적으로 드러난 그의 침묵 밑에 뭔가 기이한 것이 있었다. 아스마는 더는 그를 생각하지 않게 됐다.

칼리드… 칼리드, 말을 그리는 화가. 그는 확실히 그녀의 바람대로 독특한 사람이긴 했다. 그의 아버지 이사는 1959년 이맘 갈립 알 히나가 자발 아크다르 전쟁에서 패배한 후 오만을 떠나 이집트로 갔기 때문에 '이민자'라는 별명이 생겼다. 그처럼 거의 2천에 달하는 오만 사람들이 그때 도망쳤다. 영국인들과 그들이 무자비하게 휘두를 권력이 두려워진 이사는 그만 바라보는 몇 안 되는 가족을 데리고 카이로에 정착했다. 그의 아들인 칼리드와 알리는 이집트에서 교육을 다 받았고, 그의 딸인 갈리야는 거기서 태어났다. 오만의 새 정부가 과거에 고국에서 도망친 사람들에게 1970년대에 사면을 제의하면서 돌아와 하나가 된 오만을 위해 새 나라를 건설해 보자고 제안했을 때, 이민자 이사는 거부하고 망명한 나라에서 자존심을 세우며 살았다.

하지만 갈리야가 병이 났다가 세상을 떠났을 때, 이사의 아내가 그녀의 조상들이 살았던 고향 마을에 딸을 묻어야 한다고 고집을 부렸다. 그때 막 미술 아카데미를 졸업한 칼리드는 부모와 같이 그가 어렸을 때 떠난 마을로 돌아왔다. 알리는 학위를 받고 가족의 일을 처리하기 위해 카이로에 남았다. 그 일을 모두 끝낸 후 알리도 어렸을 때 기억이 거의 나지 않는 마을로 돌아왔다. 이제 그들은 고향 마을에서 태어난 소녀들, 아스마와 칼라 자매에게 청혼했다.

두 가문은 먼 친척이지만 그보다 중요했던 건 휴가 때 몇 번 가졌던 만남이었다. 아스마와 칼리드는 그렇게 만날 때 가끔 이야기를 나누었다. 한 번은 그녀가 그의 그림들을 본 적도 있었다. 엄마가 같이 가도 된다고 허락해서 칼리드의 집을 아스마의 식구들이 방문했을 때였다. 아스마는 같은 주제로, 같은 이미지를 그린 그림들이 그렇게 많은 걸 보고 경악했다. 모두 말을 그린 그림이었다.

칼리드의 그림들은 정확하고 자세하게 묘사돼 있었으며, 말의 체구에서 풍기는 미묘한 느낌 하나하나를 다 포착해 냈다. 그가 그린 말들은 마치 땅 위를 스치고 지나가듯, 마치 금방이라도 하늘로 날아 올라갈 것 같은 자세로 그려져 있었다. 그 말들을 살펴본 아스마는 이 그림들이 일종의 불안을 억누르고 있다는 점을 점점 더 확신하게 됐다. 몇 년 후 그녀가 튼튼한 다리와 발로 땅을 딛고 서 있는 맨발의 여인들을 그린 그림에 끌리게 된 것도 놀랍지 않은 일이었다. 말들을 보는 동안 그녀의 마음속에 쌓여가는 불안을 바로잡아 주는 이미지들이었으니까. 남편이 그린 말 그림들을 보면서 그녀는 너무 가볍고, 부서질 것처럼 연약하고, 덧없는 느낌을 받았다. 그러다 단단하고 땅딸막한 맨다리들을 보자 안심이 됐다.

이민자 이사는 아스마의 아버지에게 솔직하게 말했다. "우리는 칼리드와 알리의 신부로 아스마와 칼라를 원합니다. 그들은 우리와 같이 무스카트에서 살 거예요. 오랫동안 카이로 같은 대도시에 산 사람들은 알 아와피 같이 작은 시골 동네에서의 삶을 견딜 수 없어요." 아스마에게 무스카트로 간다는 건 공부를 계속해서 학위를 딸 수 있다는 뜻이었다. 그녀는 중등학교에 입학하고, 어쩌면 나중엔 지금 짓는 중이라고 사람들이 말하는 대학이나, 아니면 이미 여러 개 있는 전문대에 들어갈 수 있을지도 모른다. 그녀는 공부를 계속할 수 있을 것이다. 아스마는 엄마가 말해준 할아버지, 집안에 서재를 갖춰 놓았던 마스우드 장로에 관한 이야기를 떠올렸다. 어렸을 때 머리가 좋고 민첩하면서 지식을 사랑했던 할아버지는 무스카트에 있는 사이디야 학교에 가고 싶었다. 하지만 할아버지의 아버지는 무스카트에서의 삶이 장차 부족의 지도자가 될 아들에겐 너무 위험하다고 판단했다. 그래서 할아버지는 장로들과 모스크에 있는 이맘들에게 가르침을 받고, 나즈와와 알 루스탁 사이에 있는 학습 센터들을 돌아다니며 배웠다. 하지만 그런 동안에도 현대식 학교에 가고 싶다는 꿈은 결코 잊은 적이 없었다. 나중에 그는 다른 사람들과 힘을 합쳐 현대식 학교를 설립하기 위해 노력했다. 그들은 해변에 있는 개방된 도시에 학교를 짓고 싶어 했고, 그 도시로 수르를 선택했다. 그들은 서둘러 계획을 세운 후에 초석을 놓았지만, 상부에서 공사를 중단하라는 지시가 내려왔다. 1940년대에는 오만 사람들을 교육한다는 생각만으로도 지배자들이 겁을 집어먹었다. 마수드와 그의 친구들은 한 고위급 관료가 영국 친구와 나눈 대화로 그의 의중을 알게 됐다. 그 한마디가 모든 걸 표현하고 있었다. "당신네 영국인들이 인도인들을 가르쳤다가 그들이 당신들을 상대로 반란을 일으켰고, 곧 당신들을 완전히 몰아낼 텐데, 우리가 오만 사람들을 교육하겠어요?"

수르에서 한 학교 설립 프로젝트는 그렇게 갑자기 끝나버렸다. 마수드는 인도와 이집트와 지중해 동쪽 끝에 있는 아랍 국가들의 수도에서 구한 책들로 돌아갔다. 살리마는 아스마에게 할아버지에 대해 말해줄 때, 공부에 대한 아버지의 집착을 어떻게 설명해야 할지 알 수 없었다. 하지만 아스마는 할아버지가 그때 어떻게 느꼈을지 자신이 이미 알고 있다는 생각이 들었다. 그녀는 조용히 엄마에게 말했다. 가끔은 지식에 대한 열망이 사람들을 사로잡을 때가 있어요. 그녀의 할아버지와 그녀 사이에는 오랜 세월이라는 틈이 있지만, 그것은 그녀의 할아버지가 그랬던 것처럼 그녀를 사로잡는 똑같은 열망이었다.

살리마

트럭이 아스마의 혼수를 싣고 떠났을 때 살리마는 그 큰 방에 혼자 남아 무너져 내렸다. 갑자기 격렬하고도 날카로운 허기가 느껴졌다. 그녀의 유년 시절 그리고 성장하는 내내 느꼈던 가장 익숙한 감각이었다. 살리마는 요새와도 같은 삼촌 집의 부엌 벽에 등을 기대고 쪼그리고 앉아 있었다. 그녀에게 부엌에서 나오는 넉넉한 포상은 한 번도 주어지지 않았다. 그렇다. 그녀는 어렸을 때 커다란 냄비 속을 국자로 휘젓거나, 마당을 쓸거나, 물동이를 나르거나, 머리에 땔감을 이고 다니진 않았다. 그렇다. 그녀는 하녀도 아니고 종도 아니었다. 하지만 배가 만족스럽게 불러보거나 예쁜 옷을 입고 즐거워하거나 수를 놓는 기쁨은 한 번도 누려본 적이 없었다. 사이드 장로는 그녀의 아버지가 아니라 삼촌이었기 때문이다. 살리마는 삼촌 집 밖으로 나가거나 근처에 사는 소녀들과 놀 수 없었다. 여자 어른들과 아이들이 수로에서 목욕하면서 깔깔 웃으며 장난을 칠 때 거기 낄 수도 없었고, 노예 가족에게서 태어난 소녀들이 결혼식에서 춤을 추는 것처럼 춤을 출 수도 없었다. 살리마는 나무 인형들에게 옷을 만들어 줄 낡은 천의 자투리를 얻을 수도 없었다. 마찬가지로 몸에 찰 금목걸이나 금팔찌도 없었고, 삼촌의 딸들이 그런 것처럼 식탁에 오르는 별미를 즐길 수도 없었다. 살리마는 항상 부엌 바닥에서 굶주린 채, 노예 여자들이 자유롭게 살아가고 춤을 추는 모습을, 마을 사람들의 정부들이 다른 사람에게 명령을 내리는 모습을 지켜보면서, 그들이 마음대로 치장하고 다른 부유한 가문들의 비슷한 처지에 있는 여자들을 찾아가는 모습을 지켜봤다.

그녀의 어머니가 그녀와 무아드를 몰래 찾아왔던 일들은 확실히 기억할 수 있었다. 삼촌이 두려워서였다. 그들을 보러오는 어머니의 눈은 항상 퉁퉁 부어 있었다. 어머니는 남매를 꼭 끌어안고 그들은 들을 수도 없는 말들을 중얼거렸다. 남매는 어머니가 사이드 삼촌에게 그녀와 같이 남동생 집에서 살게 해달라고 계속 애원하는 걸 알고 있었다. 하지만 삼촌은 계속 같은 대답만 했다. 그는 절대 형제의 아이들을 방치할 생각이 없다고, 조카들을 사실상 남이 키우게 할 수 없다고, 크고 유력한 가문인 친가가 아닌 외부인에게 맡길 수 없다고 대답했다.

살리마는 특히 그녀가 막 열 살이 됐을 때 어머니가 찾아왔던 일을 생생하게 기억하고 있었다. 부엌 담벼락에 반쯤 가려진 마당에서 그녀와 같이 앉는 대신, 어머니는 삼촌의 으스스한 집의 한 방으로 그녀를 이끌고 갔다. 그리고 어머니는 매듭을 지어 꾸러미를 만든 머리 가리개를 풀었다. 거기서 은귀걸이 몇 쌍과 바늘 하나를 꺼냈다. 어머니는 딸에게 미소를 지어 보이면서 몹시 어렵고 힘든 일을 한 끝에 이 귀걸이들을 살 수 있었다고 말했다. 오늘부터 살리마는 삼촌의 딸들처럼 아주 품위 있게 치장할 수 있다고 엄숙한 얼굴로 말했다. 어머니는 살리마를 자기 무릎 위에 앉히고, 미리 찢어온 마늘 한 쪽에 바늘을 쑤셔서 소독한 후에 살리마의 귀에 대고 계속 찔러넣어서 귓불 위쪽부터 아래쪽까지 구멍을 적어도 10개는 뚫었다. 어린 살리마의 눈에서 뚝뚝 흘러내린 눈물이 엄마의 무릎을 적시는 동안, 살리마는 아픔을 참았다. 어머니는 모든 구멍에 검은 실을 꿰어놨다. 이틀 후 부기가 가라앉았을 때 어머니가 다시 왔다. 그 검은 실들을 다 빼내고 거기에 은귀걸이들을 달아줬는데 밑으로 갈수록 점점 더 커지면서 묵직해졌다. 어머니는 아주 뿌듯해 보였다. 어머니의 표정에서 볼 수 있었다. 살리마는 그 묵직한 귀걸이들 때문에 생기는 끔찍한 고통을 묵묵히 참아냈다. 그녀의 귀는 붓고 곪아 터져서 왼쪽으로든 오른쪽으로든 옆으론 잘 수도 없는 지경에 이르렀다. 살리마는 수많은 밤을 잠 못 자고 지새우면서 턱을 딱딱한 바닥에 대고 엎드려 자보려고 애를 썼다. 몇 주가 지난 후, 상태가 좀 나아지고 귀걸이들의 묵직한 무게에 적응했을 때 그녀는 어떤 종류의 액세서리건, 다 증오하게 됐다. 사실 여자들이 치장하는 모든 방식을 증오하게 됐다.

압달라

　자리파는 땅바닥에 쪼그리고 앉아 있었고 그녀의 거대한 젖가슴이 무릎으로 축 처지는 사이에, 여러 개의 은반지를 낀 묵직하고 통통한 손으로 오만에서 가장 품질이 좋은 달콤한 젤리 상자들을 포장한 테이프를 떼어냈다. 자리파가 젤리에 올린 아몬드 고명과 짙은 갈색 표면을 톡톡 치자 젤리가 부르르 떨렸다. "이 달콤한 모습을 한 번 보란 말이야! 이 좋은 것을 보라고. 사람들은 내게 말하지. 먹지 마, 당신은 당뇨라는 걸 잊지 말라고. 그게 다 설탕이야. 손도 대지 말라고. 뭐, 설탕이 들어갔건 안 들어갔건, 미안하지만 자리파는 절대로 단 것은 가만두지 않아. 설탕 덩어리라고 사람들은 투덜거리지. 그래서 어쩌라고!" 자리파는 젤리 한 조각을 크게 떼어서 두 손으로 입 속에 쑤셔 넣고 보란 듯이 손가락들을 핥았다. 이 순간 아버지가 그녀를 사기 전에 사이크 장로 집에서 오랜 세월 겪었던 굶주림에 대한 달콤한 복수라도 하는 것처럼.

'자리파, 그 따뜻하고 부드러운 가슴에 날 숨겨줘요, 나는 겁에 질려 말했다. 내 머리를 안아줘요. 당신의 무릎과 가슴 사이에 내가 머리를 댈 수 있게 해줘요. 당신의 달콤한 향기와 당신의 몸에서 항상 풍기는 수프 냄새를 맡을 수 있게 해주고, 내가 잠들게 해줘요. 난 두려워요, 자리파. 당신의 죽음에 대해 아버지가 날 용서하려 하지 않아요. 아버지의 분노는 절대 수그러들지 않을 것이고, 아버지가 무슨 짓을 하실지 두려워요. 아버지는 무덤에서 계속 나오고 또 나와서 내게 물어보세요. 아버지는 나를 그 야자나무 밧줄에 묶어서 우물 속에 거꾸로 처박히게 던지셨어요, 당신도 기억하죠.'

우물 바닥에서 나는 소리를 질렀어요. 자리파는 편안하게 죽었다고. 아버지가 돌아가시고 오랜 시간이 흐른 후에 신이 그녀를 데려가셨다고. 아버지는 돌아가신 지 이미 몇 년이 지났다고.

하지만 아버지는 나를 우물에서 꺼내 주지 않았어요.

날 그 자리에 그대로 뒀죠. 칠흑처럼 새까만 우물 속에 고개를 처박은 채로.

아버지, 신이 위대하신 것처럼, 난 자리파가 죽은 것도 몰랐다고요! 난 그때 무스카트로 이사갔고, 매 순간 사업이 날 집어삼켰어요. 난 축제 때만 알 아와피로 돌아갔다고요. 자리파가 쿠웨이트에서 돌아왔다는 소식은 들었어요. 사람들 말로는 샤나와 도저히 같이 살 수 없었다고 하더군요. 어떤 사람은 샤나가 자리파를 집에서 쫓아냈다고 하고, 또 어떤 사람은 자리파가 미쳤다고 하면서 샤나가 집에 가두려고 해서 자리파가 도망쳤다고 하기도 하더군요. 또 다른 사람들 말로는 자리파는 그냥 알 아와피가 너무 그립고 타지에 사는 걸 견딜 수 없었다고 했어요. 그러다 꿈에서 자기를 부르는 엄마 앙카부타를 보고 돌아왔다고. 자리파는 친척 집에 가서 살았대요.

아버지, 전 너무 바빴어요. 그때는 주식 시장이 붕괴한 직후였고, 아부 살리와 나는 필사적으로 사업을 일으켜 세우려고 애쓰고 있었어요. 아버지, 난 항상 바빴다고요. 난 무스카트에 있다가, 알 쿠와이르에 있다가, 알 구브라에 있다가, 알 하얄에 있다가 시브에 갔어요. 난 무스카트 근처에 있는 마을이란 마을은 다 다니면서 땅, 집, 빌라, 도급업자들, 내 아들 무하마드의 자폐 치료를 해줄 병원, 영어 교습소들, 회계 수업들, 아버지가 타시던 오래된 흰색 메르세데스보다 더 큰 차, 좋은 거래, 제대로 된 여행사, 믿을만한 가사 도우미들(필리핀인을, 말레이시아인들), 아이들 학교, 가정교사들, 운전기사, 밤을 보낼 장소들, 친구들을 찾아다녔어요.

아버지는 나를 우물에서 끌어 올려주지 않았어요.

올려줘요, 아버지! 밧줄을 끌어 올려달라고요. 내 허리를 묶은 다른 쪽 밧줄까지 딸려 와서 내가 우물 위로 올라올 수 있도록 세게 잡아당겨달라고요. 우물은 어두워요, 아버지, 그리고 우물 속에는 뱀들이 살아요. 날 꺼내줘요, 아버지. 다시는 아버지의 소총을 훔치지 않을게요. 다시는 마훈과 산자르와 놀러 가지 않을게요. 어쨌든 산자르는 지금 시장에서 짐꾼으로 일하고 있어요. 샤나는 학교 관리인으로 일하고 있고요. 자리파가 아들 부부를 떠난 거예요. 자리파가 그들을 떠났다고요. 쿠웨이트에서 사는 걸 견딜 수 없어서.

날 우물에서 꺼내줘요, 아버지. 난 그 까치들을 원하지 않을 거고, 그 사내아이들과 공놀이하지도 않을게요. 늦게까지 잠도 안 자고 수웨이드의 오드에서 나오는 사람을 홀리는 멜로디를 듣지도 않을게요. 아버지의 얼굴에 대고 소리를 지르지도 않을 거예요. 아버지는 혼수상태에 빠졌죠. 그리고 산자르는 자기 아버지 하비브처럼 도망쳤지만, 아버지에게서 도망치지 않은 단 한 사람이 바로 저잖아요. 절 여기서 끌어 올려주면 자리파, 당신의 연인, 당신의 어머니, 당신의 딸, 당신의 노예, 당신의 여인을 떠나지 않을게요. 자리파가 사람들이 다 잊어버린 어느 병원에서 혼자 쓸쓸히 죽게 놔두지 않을게요.

자리파의 당뇨가 더 심해졌어요. 아버지, 그건 끔찍했어요. 수카리가 무슨 뜻인지 아세요, 아버지? 그것이 자리파의 몸속을 휘젓고 다녔어요. 그것은 끔찍했고, 병원에서 자리파의 다리를 절단했어요. 자리파의 친척들이 말했죠. 우린 불구가 된 여자를 계속 먹여 살릴 순 없어. 그 후에, 병원에서 자리파의 남은 다리마저 잘라냈어요. 그러자 이웃 사람들이 말했죠. 이제 누가 자리파를 목욕탕에 데려갈 건데? 누가 다리도 없는 이 거대한 몸뚱이를 끌고 거기까지 갈 건데? 병원장이 친절한 사람이었어요. 그 사람이 자리파가 병원에서 끝까지 지낼 수 있게 해줬고, 간호사들이 자리파를 보살펴줬어요.

날 올려줘요, 아버지.

자리파, 나를 이 우물에서 올려줘요.

난 두려워요.

난 너무나 두려워요.

아잔과
카마르

아잔이 그녀를 끌어안았다.

"나지야! 나의 보름달, 난 당신을 원해. 내 것이 되길 원해."

"난 당신 것이야. 이미 당신의 것이라고."

나지야가 속삭였다.

그는 신음했다.

"아니, 완전히 내 것은 아니지. 타인은 그저 타인일 뿐이야."

나지야가 그의 품에서 빠져나왔다.

"그게 무슨 뜻이야?"

"내 말은, 사람들은 항상 떨어져 있잖아, 나지야. 결국 사람들은 헤어져. 심지어 둘이 하나라고 생각해도 그런 일이 벌어져. 그것이야말로 가장 혹독한 고독이야."

나지야가 그를 못마땅한 표정으로 바라보자, 아잔이 활짝 웃었다.

"루미 기억나?"

이제 나지야가 웃었다.

"그 비관주의자? 물론, 기억나지."

그는 다시 그녀를 꼭 끌어안았다.

"그가 뭐라고 했는지 알아?"

그녀를 꼭 끌어안고 있어도, 내 가슴은 여전히 갈망하네!
하지만 그녀의 품 안에서 어떻게 더 가까이 있을 수 있나?
내 열기를 쫓아버리려 그녀의 입술에 키스하지만
빗장 풀린 미친 사랑의 갈증은 더 세게 불타오르고
내 열정이 미치는 곳! 그 갈망이 내 입술이 빨아들이는
달콤함에 비유되기를
비바람에 시달린 내 심장은 이 두 개의 심장이
하나가 되기 전까진 치유되지 않으리

두 사람은 동시에 한숨을 쉬었다.

"소유의 기쁨에 대해 노래한 시인들은 연인이 아니야, 그들은 사냥꾼들이야."

아잔은 단호하게 말했다. 나지야의 미소가 조금 비꼬는 표정으로 바뀌었다.

"사냥꾼들이라고?"

"그래, 맞아. 연인은 사랑하는 사람을 소유하려고 하지 않아.

그렇게 해서 아무리 큰 기쁨을 느끼더라도, 그렇게 해서 사랑하는 이에게 아무리 가까워졌다고 느끼더라도. 진정한 연인은 당신 같은 사람이지. 절대 소유할 수 없는 사람."

아잔이 확고하게 말했다.

나지야는 불안해 보였다. 그녀는 평생 자신의 감정을 숨기는 법을 알지 못했고, 아잔이 이런 말로 둘이 같이 있는 순간을 망칠 때 더 불편했다. 왜 그는 소유에 대해 말해야 했을까? 가족이 있고, 자식들이 있는 사람은 바로 그다. 그리고 그녀는 그에게서 아무것도 요구하지 않았다. 그녀는 지금 이대로 완벽하게 행복했다. 그녀는 사랑을 '소유'와 '사냥'이란 개념으로 생각한 적 없었다. 그녀는 그의 연인이 되고 싶었고, 그렇게 됐다. 그 외에 다른 것은 바라지 않았다. 그런데 그는 왜 항상 그녀가 이해할 수도 없는 수수께끼 같은 감정들 때문에 지독히 괴로워하는 것처럼 보일까?

신부
행렬

아스마는 거울 앞에 자리 잡고 서서 칼라를 흉내냈다. 물끄러미 바라보는 그녀의 눈에 갓 스무 살이 넘고 중키에 동그랗게 뜬 갈색 눈에 코가 짧은 젊은 여자가 보였다. 마스카라를 두껍게 칠한 속눈썹은 무겁게 느껴졌고 입술에 바른 붉은 립스틱 때문에 광대처럼 보인다는 생각이 들었다. 아스마는 엄마와 시어머니가 같이 고른 혼례용 예복을 입은 자기 몸을 재빨리 훑어봤다. 반짝반짝 윤이 나는 몸에 꼭 붙는 예복의 목과 긴 소매와 긴 옷자락에 풍성하게 수가 놓여 있었다. 아까 느꼈던 뭐라 정확히 규정할 수 없는 불안이 다시 돌아왔다. 그녀는 손등에서부터 시작돼 손바닥까지 길게 이어지는 정교한 헤나 디자인을 살펴보며 불안한 마음을 쫓으려 했다. 아스마는 다시 거울을 들여다보면서 자기 가슴을 보며 초조하게 미소를 지었다. 몸에 딱 붙는 드레스 밑에 그녀의 큰 가슴이 불룩 튀어나와 있었다. 몇 년 전 갑자기 처음으로 자신의 여성성이 눈에 띄게 나타났을 때 얼마나 놀라고 두려웠는지 기억났다. 납작했던 가슴이 점점 부풀어 오르는 모습을 보기가 끔찍해서 매일 밤 다음 날 아침에는 가슴이 사라진 상태이게 해달라고 기도했다. 그 후 몇 달 동안 아스마는 마야 언니의 조언에 따라 새롭게 불거진 가슴을 감추는 방법을 시도했다. 날이 어두워지는 동안 수로에서 같이 빨래하고 있다가 아스마가 우는 소리를 듣고 있던 그날 밤 마야가 말했다.

"너무 무서워하지 마, 아스마. 그건 그저 새 지방이 부풀어 오르는 것뿐이야. 소금을 따뜻한 물에 녹여서 그거로 가슴을 세게 문지르면 지방이 녹아서 없어질 거야. 내 지방처럼 네 것도 영 말을 듣지 않으면, 네 속옷을 줄여줄게. 그 속옷 속에 가슴을 꼭꼭 감춰. 그러면 가슴이 다시 나오더라도 속옷에 가려서 아무도 못 볼 거야."

하지만 언니가 고쳐준 속옷은 가끔 너무 꼭 끼어서 숨을 쉴 수 없었다. 그리고 소금으로 문질렀더니 가슴 피부의 껍질만 벗겨졌고, 어쨌든 젖가슴이 계속 커지자 마침내 엄마가 그녀에게 머리 가리개를 쓰라고 명령했다. 엄마는 아스마에게 머리와 목을 천으로 감싸는 법을 가르쳐 줬는데 그 가리개의 밑자락이 가슴도 가려줬다. 그래서 아스마는 다시 자유롭게 숨을 쉴 수 있게 됐고, 매일 밤 드리던 그 특별하고도 간절한 기도는 그만뒀다.

이제, 아스마는 시선을 자신의 배로 낮췄다. 거울에 비친 그녀의 배는 탄탄하고 납작했다. 이 배가 동그랗게 부풀어 오를 상상을 하자 피식피식 새어 나오는 웃음을 참을 수 없었다. 이 배가 비워지자마자 곧 다시 크고 동그랗게 부풀어 오르길 바랐다. 아스마는 아이를 몇 명 낳을지 구체적인 숫자는 생각하지 않았다. 사실 상상하긴 힘들었지만, 나이 든 칼리드 옆에 선 늙은 자신에게 한 다스 정도 되는 아들과 딸들 그리고 손자 손녀들이 있는 모습을 희미하게 그려볼 수 있었다.

아스마는 거울에 비친 여자를 바라봤고, 둘 다 살짝 몸서리를 쳤다. 이제 곧 그녀의 또 다른 반쪽, 생명이 창조된 후 그녀에게서 분리된 그 반쪽과 합쳐지게 된다는 생각 때문이었다. 그녀는 마음속으로 자신이 좋아하는 구절을 암송했다. 인간이 오래전에 완전한 하나였다가 두 개로 갈라져서 헤어졌고, 그 사라진 반쪽과 결합할 때까지는 진실로 완전해질 수도 없고 평화로울 수도 없다는 구절이었다. 칼리드는 지금 어떤 느낌일까? 그도 그녀만큼이나 불안할까? 그는 지금 행복할까? 아! 이런 불안하고 걱정스러운 생각을 하는 와중에도 아스마는 어서 그와 하나가 되고 싶었다.

해가 지자, 여자들이 살리마의 집에 무리 지어 도착하기 시작했다. 그들은 마당에 길게 깔아놓은 천 위에 올려진 쌀밥과 고기를 담은 거대한 접시들, 과일 쟁반들 주위에 모여들었다.

노랫소리와 북소리가 커지면서, 춤을 추는 사람들의 원이 커지고 있었다. 자리파도 함부라 춤을 추는 여자들 속으로 들어갔다. 신랑의 어머니가 여자 친척들을 이끌고 도착했다. 그들이 신이 나서 지르는 소리가 그 떠들썩한 잔치 분위기를 더 고조시켰다.

"우리 신부를 내놔요! 우리 신부를 내놔요!"

그들은 바로 아스마를 향해 다가갔다. 아스마는 초록색 비단 숄을 온몸에 둘러쓴 채 의자에 앉아 있어서 윤곽만 보였다. 살리마는 딸이 일어서도록 도와준 후 한 번 안아주고 딸의 팔을 시어머니가 잡게 했다. 시어머니는 자랑스럽게 며느리를 데리고 대문 앞에서 기다리고 있는, 화려하게 치장한 선홍색 메르세데스로 이끌었다. 운전석에 이민자 이사가 직접 앉아 있었다. 여자들이 다 그 행렬을 따라 결혼식에 참석할 하객들을 위해 특별히 빌린 여러 대의 버스에 올라탔다. 그들은 신부가 탄 차를 따라서 무스카트로, 칼리드가 결혼식을 마친 후 신부와 같이 살 임대 아파트로 갈 것이다.

신부 행렬이 출발하자 갑자기 침묵이 온 집 안에 퍼지면서 살리마의 마음에 공포가 밀려왔다. 살리마는 응접실로 올라가는 계단에 허물어지듯 주저앉았다. 이제 둘째 딸이 집을 떠났다. 이 딸이 가장 그녀에게 살갑게 굴려고 애쓰던 딸이었다.

"우리는 생판 모르는 사람들에게 뺏기려고 딸을 키우는구나."

살리마는 훌쩍이며 말했다. 살리마는 잔치가 끝나고 어수선한 뒷정리를 그대로 뒀다. 내일 아침에 사람들이 와서 청소하고 정리하는 걸 도와줄 것이다. 하지만 지금은 모두 처음엔 버스에서 그다음엔 신랑 집에서 계속 노래를 부르고 춤을 출 것이다. 살리마는 칼리드가 아스마의 얼굴에 쓴 비단 숄을 들어 올리는 그 순간에 자기도 그 자리에 있으면 얼마나 좋을까, 하는 생각이 들었다. 하지만 그녀는 딸의 결혼식 날 장모는 신랑 집에 가지 않는다는 전통을 존중했다. 아잔이 그녀의 잠자리에 찾아오지 않게 된 후부터 혼자 자게 된 중간 방에서 살리마는 이불을 깔고 누웠다. 그녀는 여전히 아스마 생각을 하고 있는데 갑자기 자신의 결혼식과 그녀가 아잔의 집에 가게 된 그날에 대한 기억이 물밀듯 밀려왔다.

살리마가 열세 살 때 사이드 삼촌의 아내가 이제 그녀를 엄마에게 보내라고 노골적으로 말했다. 하지만 살리마의 어머니가 마지막으로 한 번 더 애걸한 후에야 사이드 장로는 동의했다. 다만 무아드는 자기 집에 남겨두고 살리마만 엄마와 같이 살게 해주겠다는 조건이었다. 그래서 살리마는 외삼촌 집으로 갔고, 거기서 엄마의 따뜻한 사랑과 삼촌의 애정을 받으며 인생에서 가장 행복한 시간을 보냈다. 외삼촌은 자식이 없어서 그녀를 두 팔 벌려 맞아주었다. 외삼촌 집은 과수원집이라는 별명이 있었다. 그곳은 망고, 레몬, 오렌지, 마르멜로(모과 비슷한 열매로 잼을 만드는 데 씀-옮긴이), 재스민, 로즈 같은 나무들과 관목들로 둘러싸여 있었기 때문이다. 방들은 그 나무들이 사이사이에서 잘 자랄 수 있도록 초승달 모양으로 지어져 있었다. 이 작은 과수원이 집의 한가운데 있었고, 그곳을 향해 각 방의 문이 열렸다. 이 독특한 집에 불어오는 신선하고 촉촉한 산들바람이 곧 살리마의 영혼에 스며들었다. 그녀는 특히 과수원에 물이 마르지 않도록 나 있는 일련의 작은 수로에 발을 담그는 걸 좋아했다. 그 수로들은 더 큰 지하 수도관으로 이어지다가 마침내 알 아와피의 수로 본관으로 흘러 들어갔다.

살리마의 행복은 그리 오래 가지 못했다. 곧 사이드 삼촌이 그녀의 엄마에게 살리마를 그의 친척인 아잔에게 시집보내겠다고 통보했다. 아잔은 그녀보다 몇 살 많은 풋내기에 아무 생각이 없는 소년이었다. 살리마의 어머니는 이 결혼을 마뜩잖아했고 외삼촌도 누이의 편을 들었다. 두 사람은 아잔이 아직 너무 어리고, 게다가 유수프 판사의 어린 도제이자 추종자라는 이유를 들어 이 결혼을 적극적으로 반대했다. 게다가 아잔은 아내를 내버려 두고, 잔지바르로 이민간 가족들을 따라갈 결정을 내릴 가능성도 농후하다고 이들은 주장했다. 하지만 사이드 장로는 그 뜻을 굽히지 않으면서 살리마의 외삼촌에게 과수원집 문을 열어서 살리마를 내보내지 않으면 자기방식대로 그녀를 끌어내겠다고 경고했다. 외삼촌은 그 협박에 자신의 명예가 실추됐다고 느꼈다. 그는 대문에 빗장을 질렸다.

사이드 장로가 결혼식으로 정한 날 살리마가 엄마와 외삼촌과 같이 점심을 먹고 있을 때 과수원에 있는 큰 수로에서 나온 사이드 장로의 노예들이 몰려왔다. 온몸에서 물을 뚝뚝 흘리는 그들은 놀라고 겁에 질린 식구들을 둘러쌌다. 살리마가 지금 당장 같이 가야 한다고 그들이 말했다. 안 그러면 살리마가 과수원 수로를 거쳐 밖에 있는 수로 본관으로 헤엄쳐서 나가게 끌고 나갈 것이라고 했다. 그 말을 들은 삼촌이 마침내 대문을 열었다. 그의 집에 침입한 남자들과 여자들이 살리마를 끌고 떠났고, 몇 시간 후 그녀는 아잔의 아내가 됐다. 사람들은 그 후로 몇 년 동안 살리마를 수로의 신부라고 불렀다. 아주 오랜 세월이 흐른 후에도.

압달라

"왜 사람들은 우리 할머니가 마법에 걸려 돌아가셨다고 해요?"

런던이 물었다.

"갑자기 돌아가셨는데 어떤 병으로 돌아가셨는지 설명할 수 없을 때 그렇게 말하는 거지."

내가 대답했다.

"할머니가 무슨 병에 걸리셨는지 알아요, 아빠?"

런던이 아주 흥미로워하면서 물었다.

"나도 모르지."

나는 중얼거렸다.

"하지만 나는 의사잖아요. 어쩌면 내가 알아낼 수 있을지도 몰라요. 할머니 증상이 어떠셨는지, 얼마나 오랫동안 아프셨는지 누가 말해준 적 있어요?"

"그래. 사람들 말로는 할머니는 나를 낳고 2주 후에 갑자기 아프셨다고 하더구나. 피부가 시퍼렇게 변하고 눈동자가 수축했대. 할머니는 심하게 땀을 흘리셨고 몸이 덜덜 떨리는 걸 멈출 수 없었대. 사람들은 정령들이 할머니의 몸을 차지하기 위해 싸우느라 할머니가 그렇게 몸을 심하게 떨면서 땀을 많이 흘린 거라고 말했다. 그러다 가장 강한 정령이 이겨서 할머니를 차지했고, 그래서 할머니가 조용해지면서 몸이 차갑게 식어버렸다고. 사람들은 할머니가 돌아가신 거로 추정하고 땅에 묻었다고 했어."

런던의 얼굴에서 갑자기 핏기가 싹 가셨다.

"뭐가 잘못됐니?"

내가 물었다.

"그 증상들은 다양한 질환에 흔하게 나타나지만, 독살됐을 가능성이 가장 커요."

런던이 말했다.

"살리마 할머니가 해주셨던 이야기가 기억나요. 할머니가 알 아와피 근처 사막에는 하브 알 무룩크와 붉은색과 노란색 다플라 같은 독초가 아주 많다고 했어요. 가끔 또 다른 아내가 병에 걸리게 하려고 그들이 먹는 음식에 그런 독초를 슬쩍 집어넣는 여자들도 있다고 했어요. 그러면 남편을 독차지할 수 있으니까."

런던의 목소리에 불안한 기색이 묻어났다.

나는 런던의 어깨를 한 팔로 안았다.

"런던! 그때 할아버지에게 내 어머니 말고 다른 아내는 없었단다!"

런던은 고개를 끄덕였다.

"맞아요, 그건 사실이죠. 그때 할아버지는 어디 계셨어요?"

"사업 때문에 살랄라(오만 남서부의 항구도시-옮긴이)에 출장 가셨지. 그래서 아무도 할머니를 토마스에게 모셔가지 않았어. 토마스는 돈 한 푼 받지 않고 사람들의 병을 고쳐줘서 유명한 미국 선교사였어. 사람들은 토마스를 만나보려고 새벽부터 밤늦게까지 줄을 섰지."

"정말 이상해요. 그건 다른 병의 증상일 수도 있지만… 아마 그랬겠죠… 누가 알겠어요?"

런던이 중얼거렸다.

그날 밤, 잠이 오지 않았다. 모두 마법과 정령에 대해 비슷한 이야기를 했다. 다만 사람들이 우리 엄마의 병에 관해 이야기할 때 자리파만 그 자리에 끼지 않았다. 런던의 그런 의문이 어렸을 때 내가 뭘 먹기 전마다 매번 자기가 맛을 봐야겠다고 자리파가 고집한 것과 상관이 있는 걸까? 모르겠다… 모르겠어… 어쨌든 그걸 내가 어떻게 알겠는가?

**아잔과
카마르**

아스마의 결혼식에서 마지막 북소리가 울렸을 때 아잔은 차가운 모래 위에서 나지야와 뒹굴뒹굴거리고 있었다. 그는 그녀의 얼굴(살면서 본 중 가장 아름다운 모습)을 보며 막 떠오른 알 무타나비의 시를 읊었다.

나는 그 사막의 가젤을 내 단어의 말뚝에 매었다.

그녀는 혀짧은 소리도 내지 않고

눈썹을 연필로 그리지도 않았다.

예뻐 보이는 도시 여자들의 얼굴도

베두인 여자들, '라아비브' 얼굴에 비길 수 없으리

향수를 뿌리고 속옷에 여러 겹의 천을 넣어

정착민의 눈에는 미녀로 보여도

베두인 여자들은 그런 거 하나 필요 없으니.

사막의 침묵 한가운데서 나지야의 낮은 웃음소리가 로켓처럼 솟구쳐 올라갔다.

"그거 당신 친구지, 알 무타나비라고 하는 사람, 당신이 전에 말했던 그 시인?"

"맞아, 바로 그 시인이야, 나지야."

아잔은 한숨을 쉬며 대꾸했다.

그녀는 다시 웃기 시작했다.

"그러니까, 이 남자가 말하는 '라아비브'가 뭐야?"

아잔이 일어나 앉아 모래를 털어냈다.

"그건 몸매가 아주 풍만하고 매력적인 여자들을 뜻해, 나지야. 사막의 가젤은 바로 당신이고."

"아, 정말. 가젤이 되새김질 거리를 씹는 것처럼, 나도 내 말을 씹나?"

그녀는 짜증 난 목소리였다.

"당신이 내 심장을 씹지, 나지야. 아아, 나지야. 유수프 판사님이(신의 자비가 그를 감싸주시길) 전에 내게 심장에 대한 말씀을 많이 해주셨어. 판사님은 이런저런 이야기를 많이 해주셨는데, 나는 그 분이 하신 말씀을 하나도 이해하지 못했지. 이젠 다 이해할 것 같아."

"다?"

"아잔, 얘야! 유수프 판사님은 이렇게 말씀하셨지. 네 이름에는 여러 개의 비밀이 깃들어 있어. 네 이름의 첫 글자, 아인이란 말은 4도라는 온도의 차가운 글자지. 그리고 거기엔 두 가지 수준의 차가운 습도가 있어. 왕좌의 비밀들의 첫 글자인 아시라는 말도 역시 너의 이름처럼 아인이란 말로 시작돼. 아인은 첫 문자이자, 그것이 발명해 낸 세계의 처음이기도 해. 그리고 세계, 즉 아와림 역시 아인이란 글자로 시작돼. 너의 이름은 우주를 담고 있어, 아잔."

나지야는 아잔의 말이 하나도 이해되지 않았다. 유수프 판사의 이름을 듣는 것도 불편했다. 하지만 아잔은 이야기를 계속했다.

"판사님이 마리암과 결혼했을 때 그의 심장이 더는 우주의 아름다움을 비추는 거울이 아니게 됐대. 이제 그의 심장은 마리암과 자식들이 완전히 차지해 버린 거야. 판사님이 한 번은 내게 위대한 스승인 알 가잘리의 충고를 무시한 게 후회된다고 말씀하신 적이 있어. 그 스승은 제자에게 결혼하지 말라고 하셨다는 거야. 가족들이 결혼하라고 하면 거절하라고, 그것을 요구했을 때 바로 거절하라고, 그게 세상 살아가면서 반드시 해야 할 일이라고 말하면 안 된다고 하라고."

"가잘리란 사람은 독자를 미치게 하는 책을 썼던 사람 아닌가? 그 제자란 사람은 누구고? 그것을 요구했을 때라니 그건 또 무슨 뜻이야?"

나지야가 투덜거리며 말했다.

"신이 그에게 자비를 베풀어 주시길, 유수프 판사님! 그분은 흰머리가 한 터럭도 나오기 전에 돌아가셨지. 나지야, 알 가잘리는 책을 많이 쓰셨어. 그리고 그 책들은 독자들을 미치게 하지 않아. 하지만 그 책들을 이해하는 사람은 거의 없지. 그들은 그저 계속 행복하고 편안하게 살아가길 바라. 그래서 대부분 가잘리 같은 사람이 정한 조건을 따르려고 노력하지 않지."

"당신은 행복하고 편안해, 아잔?"

그는 미소를 지으며 눈을 감았다.

"내 심장이 당신의 아름다운 입속에서 씹혀지고 있는데 어떻게 행복하고 편안하겠어? 내가 어떻게 나의 달을 비추는 깨끗한 거울이 될 수 있겠어?"

"내가 당신의 거울이야."

두 사람은 침묵에 빠졌다.

그들을 둘러싼 언덕이 고요해졌다. 아잔의 귀에 남아 있는 여러 소리가 메아리쳤다. 딸의 결혼식에 올리는 북소리들, 카마르가 찬 은 발찌들의 소리, 신성한 사향이 흐르는 것처럼 느껴지는 그녀의 웃음소리, 상인들이 그녀에게서 사가서 마트라의 관광객들에게 파는 손으로 짠 직물들에 관한 이야기 소리. 목소리들과 다른 소리가 희미해졌고, 심지어 알 무타나비의 목소리마저 사라지고 있었다. 말들과 밤, 사막과 칼과 창과 잉크와 펜에 알려진, 유명한 시구에 나오는 그의 목소리마저도.

모든 목소리, 모든 소리가 그의 목소리 속에서 빙빙 돌면서 희미해져 가다가 마침내 조용해지면서 단 하나의 굵직한 소리가 남을 공간이 만들어졌다. 유수프 판사의 목소리.

　진리를 이해하려 노력하고 최선의 행동을 하려고 노력한 사람, 지나친 식욕과 분노와 다른 비난을 받을만한 행동들과 추악한 행위에서 벗어나려 노력한 사람. 빈방에 홀로 앉아 모든 감각의 눈을 감고 숨겨진 눈을 떠서 그 소리를 들으려 노력한 사람, 자신의 마음을 신의 왕국이란 세계에 두고 신의 이름을 읊으며, 그 이름을 항상 마음에 간직하고, 항상 그 이름을 소리를 내 말해서 마침내 세계와 하나가 된 사람. 마침내 신을 보고 신의 고귀함을 찬양하는 사람. 이렇게 노력하는 사람에게는 창문이 열릴 것이다. 그 창문을 들여다보는 사람, 그럴 수 있는 사람은 보통 사람보다 더 많은 걸 인식하게 될 것이다. 깨어 있을 때도, 이 분별력이 있는 사람은 꿈에 나오는 것들을 인지하게 될 것이다. 천사들과 예언자들의 영혼이 그에게 올 것이고, 다른 아름답고 강력한 이미지들, 하늘의 왕국과 땅의 왕국이 그에게 올 것이다. 그는 설명하거나 묘사할 수 없는 종교적 환영을 보게 될 것이다. 우리 예언자가 말한 것처럼. 그 땅은 내게 감춰져 있지만, 나는 그 땅의 동쪽과 서쪽 둘 다 보았느니라. 아잔, 네가 만약 그 사람이 되고 싶다면, 이레 동안 신의 이름만 반복해서 말하라. 낮에는 단식하고 밤에는 가능한 오랫동안 잠을 자지 말고 깨어 있으라. 다른 사람에게서 떨어져 있어라. 그 누구와도 말하지 말라. 그러면 창조의 경이로 움이 드러날 것이다. 이렇게 또 7일을 반복하면 천국의 경이를 보는 은혜를 입게 될 것이다. 또 칠일을 그렇게 보내면 가장 높은 왕국의 경이를 네가 찾아가게 될 것이다. 그렇게 40일이 되면 신이 너에게 그분의 기적을 보여주시고 자신의 숨은 지식을 전해주실 것이다.

아잔은 갑자기 온몸에 전율이 흐르면서 땀으로 뒤덮이는 게 느껴졌다. 나지야가 그에게 몸을 기울였다. "뭐가 잘못됐어?"

그는 공포에 찬 표정으로 그녀를 봤다. "난 가야 해."

그는 자기 슬리퍼를 움켜쥐고 가버렸다.

유수프 판사님, 전 두렵습니다. 두려워요! 저의 빼앗긴 심장이 아주 높은 독수리 둥지에 있습니다. 제 심장에 그늘을 드리우는 검고 먹먹한 허공이 다른 이미지들을 다 몰아내 버렸어요. 우주의 거울에 그 이미지들은 보이지 않습니다. 난 볼 수 없습니다, 유수프 판사님. 난 아무것도 볼 수 없어요.

압달라

자리파는 내가 아주 조그만 갓난아기였을 때 끝도 없이 울었다고 말했다. 고모가 남편과 화해하고 나서 다시 그에게 돌아갔을 때, 날 데려가고 싶어 했지만, 아버지는 단호하게 거절했다. 아버지는 자리파에게 날 키우는 일을 맡겼다. 그는 젖이 나오는 암양 몇 마리를 샀지만, 그 양젖만으로는 우는 날 달래기에 충분하지 않았다. 그래서 자리파는 가끔 내 코에 코담배를 채워서 나를 재웠다. 언제든 내가 귀가 아파서 우는 것을 감지하면 커피 몇 방울을 내 외이도에 부었다. 아니면 젖을 먹이는 여자들에게 나를 데려가서, 그들의 젖 몇 방울을 내 눈에 넣어달라고 부탁했다. 내가 눈이 아파서 운다고 생각했기 때문이다. 내가 조금 더 크자 자리파는 정령의 시샘으로부터 보호하기 위해 내 목에 여러 개의 부적을 걸어주고 아버지를 설득해서 귀걸이를 걸 수 있게 내 귀를 뚫어달라고 했다. 자리파가 밤의 사람들이라고 부르는 정령들이 내가 아들인 걸 알아채서 우리 엄마를 납치했던 것처럼 날 훔쳐 가지 못하게 하려는 것이었다. 자리파는 내가 쓰는 모자들도 직접 수를 놓아줬다. 축제 날 알 아와피에서 슬리퍼를 신고 인도에서 들여온 작고 반짝이는 스팽글이 무수히 달린 주바(이슬람권에서 입는 소매가 딸린 긴 옷—옮긴이)를 입은 아이가 나 혼자인 걸 봤을 때 자리파의 자부심은 하늘을 찌를 듯했다.

자리파는 키득키득 웃으면서 이 모든 기억을 말해줬다. 자리파는 그녀의 표현에 따르면 거대한 분노가 몰려오기 전까지 날 키웠다. 그것은 아버지와 그녀가 벌인 가장 격렬한 말다툼을 일컫는 표현이었다. 두 사람이 싸운 이유는 결코 알아낼 수 없었다. 아버지는 자리파를 버리고 그녀를 우리 집에서 가장 기이하고 사나운 노예 하비브에게 시집보내는 벌을 주었다. 하비브는 그때 자리파보다 적어도 열 살은 어렸다.

런던

아스마와 칼리드의 결혼식에서 출발한 버스들은 동이 트기 직전에 알 아와피에 돌아왔다. 열정적으로 춤을 추고 노래를 부르던 여자들은 지쳐 나가떨어졌고, 몇 명은 잠이 들었다. 하지만 마야는 말똥말똥한 정신으로 창가에 앉아 있었다. 이 모든 일이 꿈속에서 일어난 일 같았다. 그 어떤 경고도 없이 그녀는 거상 술레이만의 아들에게 시집을 갔다. 다음 차례로 동생이 이민자 이사의 아들에게 시집갔다. 막내 여동생 칼라는 아직도 기다리고 있다. 사촌 나시르가 돌아오기를.

아스마의 혼인 잔치 내내 칼라는 계속 속삭였다.

"신이시여, 나시르를 다시 제게 돌려보내 주세요."

나시르가 돌아오지 않으리라는 걸 모두 알고 있는데. 하지만 고집 센 칼라는 누구의 말도 들으려 하지 않는다.

마야는 창문으로 아직 반쯤 어둠에 잠겨 있는 언덕들을 물끄러미 바라보며 태어난 지 몇 달밖에 안 된 갓난 딸을 꼭 끌어안았다. 만약 그렇다면, 인생이 그저 꿈이라면, 누구든 언제 깨어나게 될까? 마야는 딸의 작은 몸을 쓰다듬으며 소리 없이 아이의 이름을 속삭였다.

"런던… 런던. 넌 행복할까, 나의 사랑하는 아가?"

그로부터 20년이 지난 후 런던은 막 이혼한 이혼녀가 돼서, 혼전 계약에서 빠져나왔다. 신혼집에선 아직 나오지 못했지만. 이혼 절차가 마무리되면서 런던은 자존감을 멍들게 한, 너무 복잡해서 풀기 힘든 여러 감정, 그러니까 뒤죽박죽으로 섞인 갈망, 격노, 적대감과 후회 같은 감정에 시달리기 시작했다. 런던은 다시는 예전의 자신으로 돌아갈 수 없을 거라고 확신했다. 사람들이 '경험'이라고 하는 것은 사실 만성질환에 지나지 않았다. 그것 때문에 죽진 않겠지만 절대 나을 수 없는 질병. 사실 관리할 수 있는 병도 아니고, 벗어날 수도 없는 질병. 어딜 가던 그게 따라오고, 언제 어느 때 폭발해서 내가 의식하지 못하고 있거나 의도적으로 무시하는 그 질환의 결과를 일깨워 준다. 인제 그만 '그 페이지'를 넘기라는 사람들의 조언은 신물 나는 농담에 지나지 않는다. 런던은 아마드가 나오는 페이지를 넘기려고 노력해 봤다. 그 페이지를 덮고 새 페이지를 펼치려고 해봤다. 얼마나 많은 사람이 그와 똑같은 일을 매일 매일 하고 있을까?

"런던, 기운을 내! 삶은 계속되는 거야. 아마드가 나오는 부분은 그냥 삭제 버튼을 눌러, 오케이? 놔주라고."

하난이 그녀에게 말했다. 하난은 자기 뜻을 강조하기 위해 영어로 말했다. 하지만 이 페이지는 정말 묵직했고, 넘기려고 애를 썼지만, 손의 떨림을 멈출 수 없었다. 맙소사, 사람들은 모두 너무 다르단 말이야. 다른 사람들은 어떻게 페이지를 넘기는 걸까? 런던은 새 페이지로 넘어가려고 했지만, 이미 인생에 텅 빈 페이지란 없다는 사실을 알고 있었다. 그녀는 이 흉터가 점점 깊어져서 상처가 되는 걸, 그녀의 존엄성이 곪아 터지고, 아직도 욕망이 불타는 바로 그 자리에 굴욕이 낙인처럼 찍혀 있는 걸 봤다. 런던은 테디 베어들을 베개 옆에 놔두고, 비싼 구찌 향수를 방에 뿌리고, 밤이 내린 무스카트에 커튼을 치고 자려고 해봤지만 잠이 오지 않았다.

그녀의 혹독한 시선이 내면으로 향해서 자기 심장을 갈기갈기 찢어버렸다. 마음의 눈으로 본 그녀의 심장은 삼각형이었다. 기억들이 그 삼각형의 맨 아랫부분에서 솟구치기 시작했다. 그 기억들은 너무 강력하고 충격적이어서 삼각형의 세 면을 거세게 흔들어놨다. 강당에서 처음 만났을 때 아마드가 그녀에게 했던 모든 말, 그와 오랫동안 했던 전화 통화에서 나온 말들이 그 심장을 강타했다. 삼각형의 세 면이 무너져서, 그 모든 말들을 가루로 만들어버렸고 그 자리에 아주 작은 말의 파편만 남았다. 런던은 눈을 돌려버렸지만, 그때는 아무것도 볼 수 없었다.

하난의 말이 계속해서 울려 퍼졌다.

"놔주라고!"

마치 어떤 외국 영화를 계속 되감는 것처럼. 마치 그가 신뢰할 수 없는 위험한 연인이어서 여주인공이 그를 떠난 영화인 것처럼. 그때 친구가 여주인공에게 말한다.

아, 친구야…친구야, 그냥 놔버려!

여주인공은 즉시 그를 잊는다. 지나간 일은 잊어버리고, 여주인공은 그 페이지를 넘긴다. 그걸로 영화 끝. 그런데 왜 런던의 손은 그 자리에 얼어붙어서 그 페이지의 무게에 으스러지도록 가만히 있을까. 그녀가 더는 그 페이지를 넘길 수 없을 때까지 그러고 있는 걸까? 왜 이 고통, 모호하지만 가차없는 고통이 그녀의 심장을 이토록 아프게 쥐어짜는 걸까? 왜 그녀는 이 굴욕스러운 감각과 욕망과 실패를 떨쳐버리지 못하는 걸까? 런던은 어둠 속에서 몸부림쳤다. 그녀는 잠을 잘 수 없었다. 페이지를 넘길 수도 없었고.

자리파

　자리파는 춤추고, 노래하고, 계속 손님 접대를 하느라 쓰러지기 일보 직전인 상태로 아스마의 결혼식에서 돌아왔다. 하지만 거상 술레이만은 눈을 말똥말똥 뜬 채 그녀를 기다리고 있었다. 그는 특히 자리파가 막 결혼식에서 돌아왔을 때 그녀와 하는 잠자리를 좋아한다. 그때는 자리파가 결혼식에 가려고 화려한 옷과 보석을 아직 차려입고 있을 때이기도 하고, 새 결혼식의 분위기에 취한 모습이 매력적이라 흥분됐기 때문이기도 했다. 자리파는 어서 쉬고 싶은 마음이 간절했지만, 최대한 빨리 그의 요구를 들어줬다. 그러자 그때야 그는 잠이 들었다.

　자리파는 자신도 금방 잠이 들 줄 알았는데, 원인을 알 수 없는 불안이 마음속으로 슬금슬금 기어들어 오고 있었다. 결혼식은 이제 예전만큼 즐겁지 않았다. 그리고 자신이 여전히 음악에 맞춰 하나도 틀리지 않게 춤을 추는 걸 보고 뿌듯하긴 했지만, 이제 그런 격렬한 춤을 추기엔 정말 몸이 너무 무거워졌다. 어쨌든 하객으로 온 여자들을 끝없이 접대하는 거 말고 이제 결혼식에서 그녀가 해야 할 일이 뭐가 또 남았단 말인가? 그들에게 계속 음식과 음료를 갖다주고, 춤을 추고 노래하고, 여자들과 끝도 없이 동네에서 떠도는 소문을 이야기하고. 이제는 결혼식에 가도 정말 재미가 하나도 없다. 오직 자르 의식 말고는 즐거움을 느낄 일이 없다.

자르에서 치르는 그 끝없는 의식들, 구운 고기를 먹고 술을 마시고 끝없이 묵직하게 울려 퍼지는 북소리를 들으며 영혼이 육체에서 빠져나가고. 일종의 무아지경과 같은 황홀경에 자리파는 빠져들었다. 그런 상태라면 자리파는 타오르는 석탄 위를 걷거나, 말발굽들 밑에 누워 있거나, 빠른 속도로 빙빙 돌면서 춤추는 사람들의 발밑에 있는 흙바닥에서 데굴데굴 구를 수도 있을 것 같았다. 자리파의 어머니는(신이 그녀에게 자비를 베푸시길) 자르 교의 빅마마, 즉 그 의식을 언제 거행할지 결정하고 그 의식을 관장하고 이끄는 사람이었다. 어머니는 어쨌든, 영매이자 뜨거운 석탄 위에서 고통으로 몸부림치는 인간들에게 들러붙는 정령과 접신하는 사람이었다. 그러니 자르파가 자르 의식에 빠져서 이틀이나 사흘 동안 집을 비웠다고 거상 술레이만이 그녀를 채찍질하면 그러라지. 자기 남자 노예랑 놀아난다고 자르파를 비난하고, 그녀의 엄마가 여러 세대에 걸쳐 도망간 노예의 자식이었다고 욕을 해도 그러라지! 거상 술레이만이 하고 싶은 건 뭐든 하게 놔두겠지만, 자리파는 그 미친 듯이 몰아치는 격렬한 황홀경에 빠지는 건 도저히 그만둘 수 없었다.

심지어는 하비브도 자리파가 그 의식에 가는 걸 막을 수 없었다. 자리파는 갓난아기인 산자르를 그의 옆에 눕혀 놓고 어머니가 하는 의식에 참석하러 밤에 슬쩍 집에서 빠져나가곤 했다. 하비브는 평생 재미있는 일이라곤 해본 적 없어, 그래서 남이 재미를 보는 꼴을 못 보는 거야. 자리파는 그렇게 속으로 중얼거렸다. 그의 씨인 이 감당 못할 아들놈만 아니라면 자리파는 오래전에 그를 말끔히 잊어버렸을 것이다. 하비브는 자리파보다 훨씬 어렸다. 하비브는 어머니를 닮아서 피부색이 옅고 키가 작았다. 하비브가 그녀를 움켜쥘 때면 마치 사이드 장로의 10대 아들 중 하나가 그녀를 움켜쥐는 것 같았다. 자리파가 십 대가 되자마자 그 아들놈들이 항상 그녀의 몸에 손을 댔고, 그러다 거상 술레이만이 그녀를 사들였다. 자리파는 하비브가 그녀를 떠날 때까지 그에게 느끼는 혐오감을 감추지 않았다. 안 그랬다면 자리파는 자신의 어머니가 남편인 나시브와 잠자리를 거부해서 마을에 추문을 일으켰던 것처럼 하비브에게 똑같이 행동했을 것이다.

얼마 못 가 하비브는 떠나버렸다. 자리파는 그가 잘 없어졌다고, 더는 그를 참고 살지 않아도 된다고 생각했다. 그는 한

밤중에 자다가도 소리를 꽥꽥 질러댔다. "우린 자유인이야, 자유라고!" 더는 바다에 던져진 시체들, 해적들, 눈병에 대해 그가 발광해서 지르는 소리를 듣지 않아도 됐다. 하지만 아들놈이 바로 아비처럼 변하고 있었다. 산자르도 머지않아 달아날 것이고 그녀의 심장은 슬픔으로 타들어 갈 것이다. 이 자식을 낳지 않았더라면 얼마나 좋았을까. 산자르를 낳느라 그토록 오랫동안 산고를 치르며 고통스러웠던 걸 떠올리면 아직도 입에서 신음이 새어 나왔다. 어머니가 통증을 줄여주려고 온갖 방법을 다 동원했다. 어머니는 썩은 냄새가 나는 끈적거리는 기름을 자리파에게 마시게 했고, 다음엔 무덤에서 나온 흙과 섞은 물을 마시게 했고, 또 그다음엔 무너져서 폐허가 된 모스크의 흙바닥에서 떠온 물을 더 많이 마시게 했다. 연꽃 나무의 잎들을 녹인 즙을 마시게 했고, 유수프 판사가 거기다 대고 쿠란의 구절을 읊은 꿀을 먹였다. 나중엔 걱정하다 지쳐서 정신이 나갈 지경이 된 어머니가 자리파를 물구나무서게 했다. 그러다 마침내 체념한 어머니가 자리파에게 말했다.

"네 할머니는 아이를 낳다가 돌아가셨다. 죽는 게 네 팔자다."

하지만 자리파는 죽지 않았고, 아이도 죽지 않았다. 자리파의 어머니 앙카부타는 딸의 산도에 손을 집어넣어서 아이의 푸르스름한 몸이 보일 때까지 아이를 밖으로 잡아당겼다. 그리고 축 늘어져 있는 아이의 몸을 찰싹찰싹 때려서 울음을 터트리게 했다. 그녀는 아이의 입에 대추야자 열매를 넣어주는 의식을 치르고 나서, 하비브의 손에 안겨주고, 태를 재와 소금에 문지른 후 문지방 밑에서 불에 태웠다. 그리고 기진맥진한 자리파의 주위에 부드러운 모래와 물을 뿌리고, 호로파와 녹인 버터를 섞은 음료를 마시게 한 후에, 산모나 아기 속으로 들어갈지도 모르는 사악한 마법을 막기 위해 산모의 머리맡에 칼을 한 자루 놓아두고, 집으로 돌아가 며칠 동안 밤을 새운 피로를 풀기 위해 잠이 들었다.

하지만 동틀녘에도 여전히 잠들지 못한 자리파는 아이를 낳다가 돌아가신 할머니는 어떤 사람이었을지 생각해 봤다. 자리파는 조상들에 대해선 아는 게 거의 없었다. 아버지의 어머니가 도망쳤다는 말은 들은 적이 있었다. 아는 건 그게 전부였다. 과거엔 자기 조상에 대한 의문이 떠올라 괴로운 적이 한 번도 없었고 지금도 그다지 궁금하진 않았다. 다만 가끔 그녀의 증조부가 평화로운 밤을 보냈던 그 작은 아프리카 마을이 보이는 것 같다는 생각은 들었다. 증조부와 그의 후손들이 완전히 다른 인생에 내동댕이쳐지기 전에 말이다.

자리파의 증조부인 센고르가 케냐의 한 작은 마을에서 태어나고 있을 때, 사이드 빈 술탄은 영국과 노예무역을 금지하는 두 번째 조약에 서명하고 있었다. 1885년 합의에서 사이드 빈 술탄은 그가 다스리는 아프리카와 아시아 영토 사이에서 일어나는 노예무역을 폐지하는 데 동의했다. 그는 심지어 오만 영

해와 아라비아만과 인도양에서 영국 해군함정들이 오만 선박들을 정지하고 수색할 수 있도록 하는 데 동의했다. 영국 해군들은 이 협정을 위반하는 선박은 다 잡아서 격리할 수 있었다. 하지만 센고르는 채 스무 살도 되지 않은 어린 나이에 그의 고향마을보다 좀 더 강력한 다른 마을에서 온 해적들에게 납치됐다. 그 해적들은 어둠을 틈타 센고르의 고향 마을을 둘러싼 밀림 속으로 숨어들어 덫을 놨다. 센고르는 새벽에 나무하러 나갔다가 덫에 걸려 잡혔다. 해적들은 즉시 그를 잡아서 다른 포로들과 함께 그들의 마을로 돌아갔다. 그날 잡힌 포로들이 그들의 수확물이었다.

새로 잡힌 노예들은 칼와(인도 마하라슈트라주의 타네 구에 있는 도시-옮긴이)에 모여서 잔지바르로 가는 배에 실렸다. 거기까지 사흘이 걸렸지만, 배에는 그들이 마실 물도 음식도 없었다. 항구 근처에 있는 해변의 비밀 집결지에 배가 도착했을 때는 이미 노예 60명이 사망했고, 그 시체들은 바닷속으로 던져진 지 오래였다. 거기서 기다리는 상인들(일부는 아랍인들이었고, 아프리카인들도 있었다)이 노예 하나당 2달러씩 인두세를 치렀다. 그 배는 노예들이라는 화물을 해변에 내려놓고 잔지바르 항구에서 올 수르 배들을 기다렸다. 기다리는 동안 상인들은 그 기회를 잡아서 영국의 농장 주인들과 본격적으로 흥정을 시작했다. 그 영국 농장주들은 거기서 거둔 포상금(백 명이 넘는 노예들)을 가지고 자기들의 농장으로 돌아갔다.

며칠 후 수르 배가 항구를 출발했고, 그 배의 선장은 배에 실린 말린 생선을 다 팔았다. 그 배는 노예무역을 감시하는 영국 해군 함정들을 피하려고, 해변의 비밀 집결지에서 남아 있는 인간 화물들, 영국 농장주들에게 팔리지 않고 아직 살아 있는 노예들을 태웠는데 센고르도 그중 하나였다. 그는 배를 타고 가면서 환각을 보기 시작했다. 선장은 자신의 선실에 아덴에 있는 프랑스 정부에게서 산 프랑스 깃발들을 아주 많이 보관하고 있었다. 그는 해로에서 갑자기 마주칠지도 모르는 영국 해군의 조사를 피하기 위한 계략으로 갑판 높이 그 프랑스 깃발들을 죄다 게양해 놓았다. 그래서 그 배는 계절마다 불어오는 남동풍을 타고 8월 말에 안전하게 수르 항구에 도착했다. 센고르는 그때쯤엔 환각과 뱃멀미에서 회복됐고, 아랍어를 배우기 시작했다.

수르에 있는 상인들이 그 노예들을 나누는 작업을 시작하고 흥정하느라 밤을 새웠다. 영국과 프랑스의 이해 충돌에서 오는 이득을 꼼꼼하게 챙긴 선장은 자신의 선실에 있는 프랑스 깃발들을 다 치우고 기쁜 마음으로 고국을 향해 떠났다. 다음 날 아침 상인들이 합의를 봤고, 노예들은 여러 그룹으로 나뉘어 2층이나 3층 판잣집으로 옮겨졌다. 센고르는 다른 노예들 몇 명과 함께 더 높은 층의 방으로 들어갔다. 그 방의 창문들은 사실 창문이랄 것도 없이 벽에 길게 난 틈에 불과했지만 어쨌든 사방에서 바람이 들어왔다. 1층은 원래 창고로 써야 했지만, 말썽을 부리는 노예들을 1층으로 보냈다.

밤이 돼도 여전히 참을 수 없을 정도로 더웠다. 노예들은 사방이 탁 트인 지붕에서 자도 된다고 허락을 받았다. 바닷바람을 맞으면서 자는데도 숨이 막힐 정도로 더웠다. 센고르는 계속 몸에 물을 끼얹어 더위를 피하려고 애썼다. 그의 눈은 붉어졌지만 울진 않았다. 그는 이제 과거도 미래도 생각하지 않았다. 바라는 거라곤 그저 단단한 바닥에서 잠이 드는 것뿐이었다.

며칠 후 센고르는 다른 노예 몇 명과 함께 농장 노동자들이 필요한 동해안으로 가게 됐다. 하지만 거기에 오래 머무르진 않았다. 그는 알 아와피에 사는 한 장로에게 팔려갔다. 거기서 센고르는 집과 농장 양쪽에서 일했다. 그리고 그 장로가 데리고 있는 노예 여자 중 하나와 결혼했다. 그가 마흔 살에 결핵으로 죽었을 때 그의 두 딸도 이미 결핵으로 세상을 떠난 지 오래였다. 하나 있는 아들은 결혼해서 아들들과 딸 하나를 낳은 후 노상강도 무리에 들어가 사라져 버렸다. 그 딸인 앙카부타는 오빠들이 다 팔려 간 후 사이드 장로의 집에서 고아로 컸다. 사이드는 16살이 됐을 때 아버지로부터 장로직을 물려받았고, 그 후로도 기나긴 삶을 이어갔다.

아스마와
칼리드

그의 신부 아스마가 어렸을 때부터 외웠던 구절로 헤어진 자신의 반쪽을 끝없이 찾아 헤매는 내용을 읊었을 때, 칼리드는 이렇게만 대꾸했다.

"당신 그거 옛날 아랍 책에서 찾은 거지? 아마《비둘기의 목걸이》라는 책일걸."

"《비둘기의 목걸이》라고? 누가 그렇게 사랑스러운 제목의 책을 썼단 말이야?"

아스마가 물었다.

그는 아내에게 다소 오만한 미소를 지어 보였다.

"이븐 하즘이라고 안달루시아 출신의 법학자야. 내 생각에 그 구절은 그 책에서 나온 것 같아."

아스마가 그를 향해 열성적으로 몸을 기울였다.

"당신은 그 구절이 사실이라고 생각해, 칼리드? 세상이 시작됐을 때 정말 사람들의 영혼이 하나로 합쳐져 있다가 나중에 두 개로 갈라졌다고?"

그는 껄껄 웃었다.

"아스마, 그건 그저 고대의 전설일 뿐이야. 사람들은 다 똑같이 남성과 여성이 합쳐진 하나의 존재로 모두 달의 자식들이라는 전설 말이야. 그들은 손도 네 개, 발도 네 개, 머리도 두 개라고 전설에 나와 있지. 그러다 이 모든 걸 가진 생명체가 너무 강해질까 두려운 신들이 그들을 두 쪽으로 쪼개버렸다고. 원래는 하나로 합쳐져 있었던 생명의 흔적으로 오직 배꼽만 남아 있단 말. 사람들은 그 후로 여자나 남자가 됐고. 각자 자신의 반쪽을 찾아야 한다고."

아스마가 속삭였다.

"내가 당신의 반쪽, 그 쪼개진 반쪽일까?"

그는 아스마를 꼭 끌어안았다.

"내가 마침내 찾아낸 반쪽이지."

그는 아스마를 딱 한 번 봤지만 어떻게 사랑에 빠졌는지에 관한 이야기를 들려줬다. 하지만 그로부터 얼마 못 가서 아스마는 사람들이 단순히 미완의 반쪽으로 살다가 나머지 반쪽을 찾아 기적적으로 완전한 존재가 되는 게 아니란 사실을 깨닫기 시작했다. 인간의 육체도 영혼도 절반으로 쪼개질 수 있는 텅 빈 구체가 아니다. 어떤 커플도 두 개의 반구가 합쳐져 완벽한 하나의 구체가 되는 것처럼 그 영혼이 서로에게 완벽하게 들어맞는 식으로 존재하지 않는다. 그녀가 깨달은 더 충격적인 사실은 그녀가 칼리드의 반쪽, 오래전에 갈라졌다가 그가 찾아낸(그는 그렇다고 장담했지만) 또 다른 반쪽일 수가 없다는 점이었다.

그 이유는 이미 칼리드 혼자서 하나의 완벽한 천체처럼 정해진 궤도를 돌고 있었기 때문이다. 칼리드는 자신이 원하는 게 뭔지 정확히 알고 있었고 이제 그에게 필요한 모든 것을 이루고 있었다. 그가 사랑하는 가족, 그의 졸업장, 그의 예술. 그는 예술이 자기 내면의 세계이자 공적인 작업이라고 아스마에게 분명하게 밝혔다. 그가 아스마에게 끌린 이유는 그가 바라는 모든 조건에 그녀가 완벽하게 들어맞았기 때문이었다. 아스마는 눈을 크게 뜨고 그의 작품들을 바라보면서 이 점을 깨달았다. 칼리드는 자신이 결혼할 여자가 아주 중요한 자질이 있어서 다른 여자 중에서 빼어나 보이길 바랐다. 그에 맞춰 그가 이미 정해놓은 궤도 안으로 바로 들어올 여자, 항상 그 궤도를 따라 움직이면서 바로 그 궤도 밖에 있는 여자이길, 그녀만의 천체를, 그녀만의 궤도를 만들고 싶어 하지 않는 여자를 찾았다. 그래서 그는 아스마에게 공부를 계속하라고 격려했지만, 학교는 야간 학교에 다니라고 했다. 법에 따라 유부녀는 정부에서 운영하는 주간 학교에 다니는 것이 금지돼 있었기 때문이다. 칼리드는 아스마에게 독서에 대한 진지한 열정을 계속 개발하도록 촉구했고, 그녀가 아주 훌륭한 성적 증명서를 받자, 직업을 가지라고 격려했다. 어쨌든 아스마의 원숙한 기량과 성취는 그의 사회적 지위를 높여줄 뿐만 아니라 자신의 선택이 옳았다는 것을 확인하게 됐고 더 자신감을 느끼게 됐으니까. 아스마는 남편이 자랑스러워할 수 있는 아내고, 그런 그녀를 아내로 맞아들인 것은 그의 사회적 역량을 완성하는 마지막 퍼즐 같은 것이었다. 그렇다, 그는 제대로 해냈다. 유능하고 존경할 만한 아내, 그의 중력 안에서, 그의 궤도 안에서 조용히 보이지 않게 순환하면서 절대로 그곳을 벗어나지 않는 아내를 얻은 것이다.

아스마는 얼마 못 가 남편의 이런 면모를 다 알게 됐다. 하지만 그것을 침착하고 체계적으로 받아들였고, 그녀의 마음에는 이미 남편에 대한 회의적인 애정이 서서히 자리잡아가고 있었다. 그녀의 감정은 남편의 그것과 완전히 다르게 균형이 잘 잡혀서 흔들림이 없었다. 처음에 그는 자기가 그려놓은 궤도를 의식하면서 그것을 고수하려 애썼고, 아스마도 바로 그 자리, 그 궤도 내에서 자기를 따라오고 있는지 확인했고, 무엇보다 그녀가 경로를 이탈하지 않는지 경계의 눈빛으로 지켜봤다. 그는 자신만의 독특한 방식으로 그녀와 사랑에 빠진 것이다.

시간이 흘러도, 그녀에 대한 그의 빛나는 열정은 흐려지지 않았다. 칼리드는 그녀를 우러러봤다. 그녀는 아주 희귀한 경이로움이자, 그의 사랑에서 흘러나오는 빛을 반사하면서 환하게 빛나는 반투명한 나비였다. 아스마는 세상에 대한 그의 예리한 감각을 확인해 주는, 반짝이는 완벽함 그 자체였다. 하지만 아스마는 나비가 아니었다. 그녀는 빛에 매혹돼 불 속으로 뛰어들었다가 온몸이 그슬리는 그런 나비가 아니었다. 그녀는 신중하게 남편과 어느 정도 거리를 둬야 할지 계산해야 했다. 그녀는 이미 정열의 불길이 식고 칼리드가 사라져 버릴 때가 있다는 사실을 알게 됐다. 그는 그렇게 아스마 곁을 떠나서 자기만의 공간으로 기어들어가거나 아니면 달려가서, 그 주위에 원을 그려놓고, 아스마를 완전히 잊어버린 것처럼 보일 때가 종종 있었다. 그는 누구도 들어올 수 없는 그만의 작은 원 안에서 며칠, 몇 주, 몇 달씩 머물러 있었다. 그러다 갑자기 다시 아스마의 열정적인 연인이 되었다. 그래서 그의 애정은 아스마를 괴롭게 만들었고, 그녀를 지옥 같은 천국으로 끌어들였으며, 오래 지속될 수 없는 완전한 쾌락의 세계로 끌어들였다. 신혼 초기 그의 열정적인 사랑 속에서 아스마는 꽃처럼 활짝 피어났다. 황홀경에 빠진 그녀는 평생 한 번도 느껴보지 못한 쾌락을 며칠 동안 맛보며 경악했다. 그녀는 모든 것을 느껴보고 싶은, 설명할 수 없이 깜짝 놀랄 만큼 거대한 갈망을 느끼며 그를 사랑했다.

하지만 남편과 달리 아스마는 충동적인 사람이 아니었다. 그녀는 사람을 도취시키는 에테르와도 같은 사랑의 환희를 한 번에 꿀꺽 삼켜버리려고 서두르지 않았다. 그가 점점 조용해지는 동안, 남편에 대한 그녀의 사랑은 땅속 깊이 뿌리내리면서 하나씩 싹을 틔우며 클 준비를 하고 있었다. 처음에 칼리드가 자신의 껍데기 속으로 침잠했을 때 아스마는 혼란스럽고 속상해서 절망에 빠질 뻔했다. 하지만 세월이 흐르면서 경험과 지혜와 사회적 감각이 쌓인 그녀는 그런 상황에 적응하는 법을 배웠다. 그리고 그녀도 남편을 사랑했다. 이렇게 회의적이고, 조심스러우면서, 조금은 거리를 두는 그녀만의 방식으로. 하지만 그녀는 경계하기 시작했다. 그녀는 자기만의 궤도를 만들었다. 결국, 어마어마한 인내심과 자기반성과 때로 희생을 해가면서 이 부부는 자유롭게 자기만의 궤도를 돌 수 있는 충분한 공간을 만들어냈다. 그 궤도들이 충돌하거나 합쳐질 때, 아스마와 칼리드는 그저 일시적인 지장이 생긴 것일 뿐, 결국 각자 자신의 궤도를 찾아 돌아가리라는 점을 알고 있었다.

세월이 흐르고 그녀가 낳은 아이들, 친구들, 그녀가 쓴 책들이 늘어나면서 아스마는 예술과 자아에 몰두하는 남편의 성향과 화해했다. 그녀는 칼리드가 자신의 주위에 원을 그리고 그 안에서 붓질하게 될 캔버스에 빠져드는 것을 방해하지 않았다. 그녀는 그가 그리는 말들, 그 말들의 사나운 눈동자, 날씬한 몸매, 한껏 혹사당하는 근육들을 인내하는 법도 익혔다. 언제나 등장하는 갈색, 검은색, 흰색이라는 변함없는 색채도 아무렇지 않게 대할 수 있었다. 그녀는 그 모두와 화해했다. 그대가로 예술가인 남편은 아스마가 자신만의 독특한 별자리로 서 독립적이고 완전한 하나의 천체라는 사실과 화해했다.

아이들이 태어나기 시작했을 때 아스마는 그 아이들과 자기가 다 누울 수 있을 정도로 널찍하고 큰 침대를 주문했다. 그들은 모두 거기서 잤다. 마치 그녀의 몸에서 싹튼 가지들처럼 팔다리가 서로 얽힌 채 모여서 잤다. 아스마는 예전에는 출산이라는 낙인이 찍혔던 엄마의 포옹이 이제 연인의 포옹은 될 수 없다는 사실을 남편에게 설득했다. 이제 그녀는 쩍 벌리고 있는 아이들의 작은 입에 우유와 안정을 주고 그 작은 코들 앞에 그들을 보호하는 향을 흔들어 줘야 할 때였다.

매번 아이를 낳을 때마다 아스마는 이것이 자신이 살아가는 목적이라고 느꼈다. 몸의 모든 부위 하나하나가 아주 섬세하게 조각된 채로 그녀의 몸에서 나온 아이가 지르는 날카로운 생명의 소리를 들을 때마다 그렇게 확신했다. 그녀의 몸이 더는 새 생명을 낳지 않을 때까지 아스마는 그렇게 생각했다. 아스마가 마흔 다섯째 생일을 맞이했을 때, 그녀의 몸에서 14개의 어린 식물이 싹을 틔우며 나와 화가의 집에서 빛과 색채를 찾아 성장했다. 다만 그들은 화가의 멀리 떨어진 붓에서, 말없이 굴레에 매여 끝없이 포즈를 취하는 말들에게서 그 빛을 받아들였다.

압달라

1986년 3월 20일, 아버지가 처음으로 심장마비를 일으켰을 때, 런던은 다섯 살이었고 살림은 두 살이었다. 1992년 2월 26일 아버지는 나다 병원에서 돌아가셨다. 그때 막내아들 무하마드는 한 살이었지만, 우리는 그 아이에게 자폐증이 나타날 거란 사실을 아직 모르고 있었다.

나는 아버지의 죽음을 생각하며 6년 동안 끊임없는 두려움 속에서 살았다. 그래서 돌아가셨을 때는 이미 여러 번 돌아가신 것처럼 느껴졌다. 마침내 정말로 돌아가셨을 때 나는 안도하지도 않았고, 신의 자비도 느끼지 못했다. 아버지가 돌아가셨다고 해도 두려움을 떨쳐버릴 수 없었다.

아버지가 돌아가신 후 처음 몇 주 동안 잠을 잘 수 없었다. 나는 너무 화가 났다. 마치 느리게 불이 붙는 퓨즈처럼 격노가 내 핏속에서 천천히 그리고 점점 더 깊이 타들어 갔다. 나는 강박적으로 그 장면을 머릿속에서 반복해서 그리고 또 그렸다. 아버지의 침대 옆에 서 있는 나, 흰 시트를 덮고 누워 있는 아버지, 사방에서 풍기는 소독약 냄새, 하얀 병실에 몇 사람씩 무리 지어 들어오는 사람들, 아버지의 시신을 밖으로 내가고 나를 인도해서 작은 카트에 태우는 사람들. 누구도 내게 애도의 뜻을 표하지 않았다. 고인을 땅에 묻기 전까지는 그 어떤 말도 해선 안 된다.

　우리는 마을에 도착했고 사람들이 아버지의 시신을 집 안으로 모셨다. 자리파가 지르는 소리가 들렸다. 사람들이 양동이마다 물을 채우고, 마당 서쪽에 야자나무 가지를 써서 의식을 치를 벤치들을 세우고 장막들을 설치했다. 누군가가 나를 아버지의 시신으로 이끌었다. 아버지의 시신을 씻길 사람은 바로 나였으니까. 나 혼자서. 아잔이 직접 내게 물을 건네주고 아버지의 시신을 하나하나, 팔다리를 씻기는 법을 알려줬다. 유수프 판사의 아들인 압드 알 라만이 아버지의 몸을 닦고, 향수를 뿌리고, 수의를 입히는 것을 도와줬다. 사람들이 아버지의 시신을 들어서 상여에 올리고, 그 상여 한쪽을 내 어깨 위에 얹어줬다. 우리는 알 아와피 서쪽에 있는 묘지로 걸어갔다. 사람들이 아버지를 추모하며 신 외에 신은 없다고 하는 말을 들었고, 또 다른 의심에 찬 속삭임들을 들었다. 이제 수웨이드가 구덩이를 파고 내가 아버지의 시신을 받아서 오른쪽으로 눕힐 수 있게 아잔이 나를 무덤 속에 내려줬다. 나는 밑에 있는 흙의 촉촉하고 상쾌한 냄새를 들이마셨다. 그리고 무덤 위로 기어 올라오자 다른 사람들이 시신 위에 돌을 한 겹 깔아놓고 무덤 속을 흙으로 채웠다. 마침내 그들은 아버지의 머리가 놓여 있는 방향으로 큰 돌을 하나 올려놓고 알 아와피로 돌아왔다.

나는 집에서 애도의 뜻을 표하러 오는 남자들을 계속 맞이했다. 그들은 모두 신이 내 애도 기간을 축복해 주고 여기서 좋은 결과가 나오길 빌어줬다. 나는 거듭 같은 말로 대답했다. 우리의 수명은 신이 결정하십니다. 집안에는 커피가 아주 많았고, 그다음에 고기와 쌀밥 접시들이 큰 쟁반에 담겨 나왔다. 어둠이 찾아와 내가 집으로, 내 아버지의 집으로 돌아갔을 때 내 마음엔 그저 분노밖에 없었다. 이렇게 7일을 보낸 후, 애도 기간(어쨌든 방문객들을 위한)이 끝났다.

몇 년 후, 이 그림에 다른 세부 사항들이 떠올랐다. 차가운 물 양동이를 끼얹었을 때 아버지의 배가 살짝 흔들리던 모습. 그 물이 흘러서 작은 웅덩이가 되고, 그 웅덩이가 알 아와피의 모든 골목으로 흘러가는 모습. 연꽃과 방부처리 액체의 향기가 축축한 골목길로 퍼지고, 아버지의 둘째손가락이 살짝 들려서 하얀 수의가 튀어나온 모습. 아버지의 손이 그 모든 돌과 흙을 옆으로 쓸어버리는 모습. 무덤 밖으로 오직 아버지의 손만 나와 있는 모습. 자리파가 자신의 두 다리를 절단하고 자기 머리에 난 흰머리를 뽑아버리는 모습도 보게 될 것이다.

사막에
있는
남자

　행성인 토성이 바로 머리 위에 있었다. 사막에 홀로 서 있는 남자는 준비가 됐다. 그는 불에 태워서 토성에 바치는 연기를 피우기 위한 몇 가지 재료를 준비해 놓았다. 사프란 조금, 아마와 더럽혀진 양털, 고양이의 뇌가 재료였다. 그는 하늘을 다스리는 신호가 바뀔 수 있음을, 달이 있어야 할 곳에 있고, 토성과 화성 둘 다 달과 마주 보는 위치에 있음을 꼼꼼하게 살피고 확인했다. 그가 본 풍경에 만족하고 기꺼워진 그는 만족스러운 한숨을 쉬었다. 그 순간 그의 머릿속에 어둠 속에서 그의 집을 떠나는 그녀의 얼굴이 떠올랐다. 수로의 신부.

　이제 토성은 극 지대에서 두 개의 빛나는 천체인 해와 달을 보고 있었다. 해와 달은 서로에게서 멀어지고 있었다.

　그는 사프란, 아마, 고양이의 뇌와 양털을 섞어서 제대로 된 향이 나올 때까지, 그의 손가락 사이에서 딱 맞는 밀도가 느껴질 때까지 태웠다. 그리고 토성과 소통을 하기 위해 의식용 예복을 입었다. 토성이시여! 토성은 이 의식을 위해 검은색과 초록색 비단이 섞인 긴 예복을 요구했다. 그는 토성을 향해 양쪽 손목에 차고 있는 무쇠로 만든 팔찌를 최대한 가깝게 내밀었다.

사막에 홀로 서 있는 그 남자가 열정적으로 신을 부르기 시작했다.

"위대한 사이드, 승리를 거두는 자, 모든 이를 정복하는 자, 강력한 정령, 순수한 마음과 가장 폭넓은 이해력을 갖춘 자, 만사를 꿰뚫는 시선과 예리한 통찰력을 가진 자, 불요불굴의 왕이자 시간 자체를 격파하는 술탄, 고통을 일으키는 토성이시여! 차갑고 건조한 별, 충성스러운 별, 진정한 애정과 마법의 달인이자 정교하고, 분노에 찬 강력한 적의를 지닌 자, 항상 어둠의 약속을 지키는 능력자, 고통과 고문을 불러오는 자, 마법과 속임수의 제왕, 누구든 그를 가로막는 자에게 비통함을 일으키는 자, 그를 거부하는 이에겐 누구든 불행을 불러오는 자. 당신에게, 아버지의 아버지이자 당신의 위대한 조상들과 명예로운 동료들의 충성을 받을만한 가치가 있는 자, 당신 창조주의 진실과 당신에게 힘을 준 신에 대해, 그 모든 숭고함과 지상에 있는 모든 것을 가져오는 자, 그 모든 것을 가진 자. 당신에게 저승에 있는 정령들의 이름으로 나지야, 장로의 딸을 아잔, 마야의 아들과 헤어지게 해달라고 간청합니다. 어둠이 빛과 갈라서는 것처럼, 그 둘이 갈라서게 해주시고, 그들이 서로를 경멸하면서 적이 되게 해주소서. 마치 물과 불처럼 서로를 증오하게 해주소서. 위대한 아버지에게 간청하노니 나지야에 대한 아잔의 육체적 욕망(저승에 있는 다른 정령들의 힘에 의해)이, 이 돌멩이들과 바위들의 결합처럼 우수수 떨어져 나가게 해주소서."

칼라

아스마가 결혼했기 때문에 칼라는 집에서 엄마와 단둘이 지
내게 됐다. 아주 가끔 아버지가 집에 왔다. 그의 얼굴에 미소가
떠오른 적은 없었다.

엄마가 그녀에게 엄하게 대하진 않았지만, 시간이 흐를수
록 칼라는 집에서 지내는 위축된 생활에 낙담하고 짜증 나서
점점 더 자기 속으로 침잠했다. 그녀의 외모와 몸매에 대한 한
결같은 집착은 이제 강박으로 변했다. 그녀는 미치기 일보 직
전이었다. 그녀는 다른 사람들이 그녀의 머릿속에 주입하려
고 애를 쓰는 그 어떤 의심도 인정하지 않은 채 확신을 품고서
나시르를 기다리고 있었다. 그녀는 폴과 베르지니의 이야기
에서 베르지니였고, 레일라에 대한 사랑과 헌신에 너무 몰두
한 나머지 미쳐버린 시인의 전설에 나오는 레일라였고, 비극
의 줄리엣이었다. 칼라는 모든 시대에 등장하는 영원하고 진

실한 사랑을 하는 여인들, 사랑하는 연인에 대한 의리를 지키기 위해 희생하는 모든 여인이었다. 아스마가 자신과 연관 지어 자신을 스스로 개선하려고 애썼던 많은 문화적 정보 가운데 유일하게 의미가 있었던 이야기는 완전한 존재가 되기 위해 항상 남은 반쪽으로 찾아다니다 마침내 그 반쪽과 만나 쉬게 됐다는 것이었다. 칼라는 그 이야기가 《비둘기의 목걸이》에서 나온 것이 아니라 그보다 덜 유명한 책인 《알 자라》에서 나왔다는 사실을 발견했다. 하지만 중요한 점은 나시르가 둘로 쪼개진 그녀의 쌍둥이 영혼이니, 결국 그녀에게 돌아오리란 것이었다.

나시르는 돌아왔다.

사실, 그가 돌아오기까지 오 년을 더 기다리고 적어도 열 건이나 되는 청혼을 거부해야 했다. 하지만 그녀에게 돌아왔다.

적어도 그 상황은 칼라가 보기에 그랬다. 하지만 진실은 나시르가 캐나다에서 돈이 완전히 떨어졌기 때문에 돌아온 것이다. 몇 년 전 그의 장학금이 끊겼다. 그는 어머니가 몰래 보내주는 아주 적은 생활비와 시시한 일들을 하며 생계를 꾸렸지만, 그것마저도 오래 하지 못했다. 그러다 어머니가 돌아가셨다. 그리고 가장 최근에 들어갔던 직장에서 잘렸다. 그러니 알 아와피로 돌아올 수밖에 없었는데, 어머니가 유언장에 한 가지 조건을 걸었다는 사실을 알게 됐다. 유산을 받고 싶으면 칼라와 결혼하라는 조건이었다. 그래서 그는 칼라와 결혼하고, 유산을 받고, 결혼식이 끝나고 2주 후에 다시 캐나다로 돌아갔다.

어머니가 죽기 전에 나시르는 몬트리올에 있는 작은 집에서 여자친구와 살림을 차렸다. 오만에 잠깐 가서 어머니의 장례를 치르고 돌아온 그는 여자친구에게 고향에서 결혼했다고 말할 설득력 있는 이유를 찾지 못했다. 그렇게 10년 동안 나시르는 2년에 한 번씩 돌아와서 그사이 새로 태어난 아이를 보고 다시 칼라를 임신시켜 놓고 떠났다.

칼라는 자신의 꿈에 굳게 매달렸다. 나시르는 그녀에게 돌아왔고 그녀는 그를 다시 잃지 않을 것이라는 꿈이었다. 나시르가 그녀를 계속 버릴 때마다 그녀가 좀 더 인내심을 발휘하면, 다른 사람이 보기엔 아니더라도 자신이 보기에 그녀는 좀 더 존경할 만한 사람처럼 보였고, 그래서 자기 삶이 이해됐다. 그녀의 고통스러운 인생은 아주 모범적인 인생이기도 했다, 이것은 가장 위대한 사랑의 전형과 같다, 그 어떤 것으로도 깨지지 않을 숭고하고 희생적인 사랑이다. 연인의 가혹한 잔인함, 그러니까 오만에 도착하자마자 주야장천 핸드폰만 붙잡고 있고, 차 키 열쇠고리에 캐나다 여자친구 사진을 걸고 다니고, 자식들을 위해 캐나다에서 근사한 옷을 사 오지만 아이들이 몇 살인지도 몰라서 한 번도 맞는 옷을 사 온 적이 없는 나시르의 행동도 그녀의 사랑을 깨뜨릴 순 없다.

언니들이나 엄마가 그녀를 꾸짖을 때마다 칼라의 대답은 항상 똑같았다. 그이는 캐나다에서 일하지만 결국 고국으로 돌아올 거야. 그이는 제정신을 차리고 아내와 자식들이 있는 집으로 돌아올 거야. 그이가 원래 심성은 착해. 그래서 돌아올 거야.

칼라의 꿈이 이뤄졌을 때는(캐나다에 있는 여자친구가 나시르와 헤어지고 몬트리올 집에서 그를 내쫓았을 때) 그와 칼라가 결혼한 지 이미 10년이 됐을 때였다. 그는 돌아왔다. 그는 좋은 회사에 취직했고, 아내와 자식들을 알아가기 시작했다.

압달라

열 살 무렵, 런던은 엄마를 따라 무스카트에 있는 가족 서점에 자주 놀러 갔다. 마야는 항상 거기서 런던을 위해 아동용 영어책을 샀다. 그 무렵엔 무스카트에 서점이 꽤 많이 생겼지만, 가족 서점이 가장 오래됐고, 가장 유명한 곳으로 남아 있었다. 이제 그곳은 19세기 후반 설립됐을 당시 목적에만 전념하진 않았다. 당시엔 성경을 전문적으로 취급하는 서점으로, 오만에 있는 미국 선교 사업에 속해 있었다. 하지만 어느 시점에서 누군가가 다양한 종류의 책을 권하는 것이 성경만 파는 서점보다는 일반 독자들에게 훨씬 더 매력적이라는 사실을 깨달았다. 그래서 1960년대 후반 새 상호를 달고 매장도 확장하고, 심지어 지점들을 내려는 시도까지 있었다. 서서히 대중 서점으로 명성을 얻게 되자 비판이 일었다. 중동 교회 협의회에서 그 서점을 다시 원래 목적인 선교 사업에 전념하게 만들려고 노력했다.

　마야는 그 서점의 그런 종교적 역사에는 아무 관심이 없었다. 그녀에겐 단 하나의 분명한 목표만 있었다. 런던이 영어로 읽는 법을 익히는 것이다. 나중에 그녀의 목표는 무하마드가 말하는 법을 배우는 것이었다. 무하마드가 다섯 살이 됐을 때 마침내 마야의 노력이 결실을 보여서 아이가 말하기 시작했다. 하지만 아들은 다른 아이들과 다른 단어들을 썼고, 아이와 우리의 소통은 근본적으로 여러 가지 신호와 몸짓에 의존했다.

　의사들이 자폐는 유전질환이 아니며 환경과도 아무 관계가 없다는 점을 분명히 밝혔지만, 발병 원인이 뭔지 확실하지 않기 때문에 마야와 나는 더는 아이를 갖지 않기로 했다.

　무하마드를 보면, 내 유년기를 떠올리려 노력하게 된다. 내가 무하마드만 할 때는 인생에 대해 어떻게 느꼈더라? 하지만 그때마다 내 의식의 표면에 둥둥 떠오르는 거라곤 내가 자란 알 아와피의 큰 집, 석고 반죽으로 지었다가 나중에 아버지가 다시 시멘트를 써서 개축하고 더 많은 방을 추가해서 지은 우리 집이었다. 나는 다른 남자아이들과 거리에서 가지고 놀 수 없었던 공들의 정확한 색들을 기억한다. 인도에서 들여온 천으로 만든, 거울처럼 반짝이는 아주 작은 금속 조각들이 달린 내 코트, 식구들과 같이 와디 아데이로 이사 가기 전에 봤던 숙모의 당당한 체구, 고모가 손목에 차고 있던 굵은 금팔찌, 자리파가 뜨거운 오븐에서 꺼낸 종이처럼 얇은 빵의 향기, 하비브가 자리파와 결혼하던 날 자리파가 내 입에 쑤셔 넣었던, 원뿔 모양의 종이봉투에 담겨 있던 말린 후추.

나는 동전 스무 개로 그녀를 샀다고 아버지가 종종 내게 말했다. 경제 위기가 최악으로 치달았을 때, 콜카타나 마드라스에서 수입한 큰 쌀자루 하나를 사는데 동전 100개가 들었을 때, 자리파의 몸값은 스무 개였다.

그것은 마리아 테레사 은화로, 순은이 재료라 위조할 수 없었다. 아버지는 그 동전들을 쟁여 모았고, 항상 벨트에 묶어서 가지고 다니는 가죽 주머니에 그걸 열 개, 혹은 스무 개 혹은 오십 개씩 넣어 다녔다. 아버지는 리얄 지폐가 나왔을 때 그걸 비웃었지만 나중엔 어쩔 수 없이 그 위력에 굴복했다.

반면 마야는 리얄에 홀딱 반한 것처럼 보였다. 자신의 꿈은 리얄을 최대한 많이 모아서 우리가 알 아와피를 떠나 무스카트에 좋은 집을 사는 것이라고 내게 말했다. 하지만 장모님은 내게 마야를 무스카트로 데리고 이사가지 않겠다고 약속하라고 시켰다. 그것 때문에 마야는 짜증이 났다. 그녀는 평생 엄마에게 휘둘리면서 살지 않을 것이다. 아버지가 하는 말 한마디 한마디에 겁이 나서 쩔쩔매는 당신처럼 살진 않을 거라고 마야가 그때 선언했다. 아버지의 연인인 그 매력적인 베두인 여자의 실종에 대해 온갖 소문이 퍼졌을 때 마야가 말했다. 그 일에 엄마가 관련돼 있어. 하지만 장모님은 평생 단 한 번도 집을 떠난 적이 없었다. 그런데 어떻게 장모님이 그 여자의 실종을 계획할 수 있었을까?

어떤 사람들은 그 베두인 여자가 설명하기 힘든 병에 걸려서 아름다운 몸 일부가 떨어져 나갔거나, 팔다리가 썩어들어가서 사라져 버렸다고 말했다. 다른 사람들은 그녀가 집과 낙타를 팔고 자신이 만든 베두인 자수를 팔기 위해 마트라로 가서 정착했다고 말했다. 또 다른 사람들은 그녀가 갑자기 미쳐서 친구들이 그녀를 이븐 시나 병원으로 데려가야 했다고 말했다. 그녀의 이웃들에 대한 소문도 돌았다. 그 이웃은 2층짜리 자기 집에 있는 위성 방송 수신 안테나를 자기들이 키우는 가축이 쓰는 여물통으로 바꿨는데, 그것에 대해 그 베두인 여자가 빈정거리자, 다운증후군이 있는 그녀의 남동생에게 총을 쏘는 법을 가르치고 누나가 가문의 수치를 불러왔다고 믿게 했다. 그들이 그에게 권총을 쏘는 법을 가르친 것이다. 그들은 어느 날 밤 그녀의 시체를 몰래 그곳에서 가장 큰 모래 언덕 밑에 묻었다.

칼리드

아스마가 물었다.

"당신은 왜 그림을 그려, 칼리드?"

"우리 아버지의 상상이라는 좁은 공간 안에서만 내가 존재하지 않을 수 있게, 그다음엔 나만의 공간에서 내 인생을 다시 만들기 위해 그림을 그리게 됐어. 내가 어렸을 때, 그리고 20대 초반까지도 아버지가 나를 보는 시각은 아버지의 머릿속에서 보는 모습으로 한정돼 있었지. 아버지에겐 아버지만의 바람이 있었고, 그것의 한계도 아주 분명했어. 절대 거기서 더 나아가지 않았지. 나는 아버지의 상상에 불을 붙이는 연료였고, 항상 아버지는 내가 당신의 머릿속에 살아 숨 쉬는 그런 모습이 될 거라고 굳게 믿고 계셨어! 그래서 예술을 하는 건 내게 물을 마시고 숨을 쉬는 것만큼 절실하게 필요한 일이었지. 그건 도저히 이런 식으론 살 수 없다, 내 상상을 쫓지 않고는 살 수 없다는 사실을 깨달은 바로 그 순간부터 시작됐지. 예술과 상상은 그런 면에서 비슷해, 아스마. 이 둘은 내 인생에 살아갈 가치를 부여하지. 현실이 아무리 좋고 유쾌해도, 상상이 없으면… 인생은 견딜 수 없어져.

당신은 사람들이 인생에서 움직이는 방식을 본 적 있어? 내 말은 그들의 인생에서 그 움직임이 일어나는 작은 순간들이 보이냐고? 대부분의 움직임은 보이지 않아, 그건 그들의 마음속에서 일어나거든. 그러니까 그 움직임은 인생의 표면 밑에 존재한단 말이야. 그건 그들만의 개인적인 세계이자, 그들의 상상이야. 내가 아버지의 머릿속에서 살아가다 마침내 해방됐을 때 나는 붓을 가지고 내 상상을 창조해 냈어. 나는 머리와 수염을 길게 기르고, 청바지를 입고 그걸 의도적으로 찢었고, 미대에 들어가기 위해 공대를 중퇴했어.

가끔 나는 지쳐서 쓰러질 때까지 그림을 그려. 만약 뭔가 다른 걸 하고 있다면, 그냥 거리를 걷거나 그런 단순한 일을 하고 있을 때면, 내 손의 일부가 없어진 것 같은 느낌이 들어. 내 손이 붓을 쥐고 있지 않기 때문이지. 붓은 내 손의 일부로, 내 손과 같이 자라고 있었어. 내가 숨을 쉬는 것처럼, 내 붓도 숨을 쉬었지. 나는 내가 그린 그림들 속에서 살았고, 밖에서 무슨일이 일어나건 아무 관심도 없었고 아무 영향도 받지 않았어. 내게 필요한 건 내 상상력뿐이었어. 그림을 스케치하고 색칠하는 내 에너지는 미친 수준이었지. 마치 내가 열병을 앓고 있는 것 같았어. 내 그림과 완전히 혼연일체가 되어 땅과 무아지경이 빚어낸 안개 속에서 살았지.

내 예술이 아버지가 날 위해 품고 있던 상상을 실현해야 하는 부담에서 구해줬어. 내 아버지 이민자 이사는 단 한 순간도 자신이 이민자라는 사실을 잊지 못했어. 아버지는 자신의 역사를 마치 자신의 운명처럼 지고 다녔지. 아버지는 항상 장남도 자기처럼 하는지 확인했고. 장남이 그가 하는 복수가 된 거지. 그가 패배, 좌절, 그를 배신한 고국을 억지로 떠나게 된 운명에 직면할 때 흔들 수 있는 복수의 깃발 말이야.

매일 이민자 이사는 자기 정체성의 진실에 눈을 뜨기 위해 일상에 눈을 감았어. 아버지는 밖에 나가서 거리의 군중과 섞이고, 밤에는 이집트인들과 수다 떨고, 아이들을 이집트 대학에 보냈어. 하지만 단 한 순간도 자신이 이사, 알리 장로의 아들, 오만의 짐과 비통함을 어깨에 지고 다니는 사람이라는 사실을 잊지 않았어. 알리 장로는 그 유명한 시브 조약에 영국과 술탄 그리고 이맘과 그와 연합한 부족들 이렇게 3자가 서명할 때 이맘의 대사인 이사 빈 살리를 동반한 대표단의 일원이었어. 이 조약이 서명됐을 때 아버지의 아버지가 얼마나 기뻐했는지 그 표정을 절대 잊을 수 없었대. 그 조약 덕분에 이맘 왕국은 내륙에서 자유롭게 운신할 수 있었고 더 많은 부족에게 영향력을 행사할 수 있었어. 그리고 영국에 맞서 하나로 단결해 조직화하자는 요구를 널리 퍼뜨릴 수 있었지. 그런 역사와 정체성의 세세한 면을 생각하다 보면 이민자 이사는 밤에도 잠을 이루지 못했어. 아버지는 수도 없이 내게 조상들의 기상에 관한 이야기를 하고 또 하셨어. 아버지는 이제 자신이 지상에서 그 조상들을 충실하게 대표하고 있다고 믿은 거지. 아버지의 증조부인 만수르 빈 나시르 장로는 무트라크 와하비가 오만을 거듭 침공했을 때 그에 맞선 기사 중 하나였어. 그가 쳐들어왔을 때 오만인들은 검을 들고 어찌나 맹렬하게 싸웠던지 어둠이 내려왔을 때 검을 잡은 손이 다 뻣뻣하게 굳어서 움직이지도 않았대. 그 전사들에 대한 노래에서 여자들은 그 굳어버린 손에서 칼이 떨어질 수 있게 그들의 손을 물에 담가 녹인 이야기를 했지. 우리 조상인 만수르 장로는 그런 여자들의 노래에 여러 번 나왔어. 여자들은 결혼식이 끝난 후 피로연에서 그런 노래를 부르고 또 불렀지. 하얀 말과 함께 허공을 박차고 날아오르는 증조부의 대단한 용기, 칼을 단단히 잡은 그의 손, 무트라크 와하비의 군사들에게 공포를 불러일으킨 우리 조상님. 우리 아버지 이민자 이사는 그런 조상들의 영혼을 어깨에 지고 다닌 거야. 아버지는 자발 아크다르에서 이맘 갈립 알 히나 편에서 싸웠어. 아버지는 그 전쟁의 순교자들을 직접 땅에 묻고 어둠을 틈타 비밀 서신들을 전달했지. 그러다 전쟁에 패배해서 모두 사방으로 흩어졌을 때 아버지는 도망쳤어. 아버지는 외국으로 이민하였지만, 몸만 갔지. 아버지의 영혼은 너무 무거워서 움직일 수 없었거든.

아버지는 내가 뭐가 되길 바랐을까? 전사? 순교자? 굶주린 이들에게 음식을 주고 힘없는 이들에게 피난처를 찾아주는 젊은 장로? 베두인들과 농부들의 요구를 승인한다는 편지에 승인 도장을 찍는 오늘날의 장로? 일종의 반정부 운동가? 뭘까? 도파르에서 혁명에 불이 붙었을 때 아버지는 그에 관한 토론조차 거부했어. 아버지는 그 혁명을 생각하는 것 자체를 거부했고, 모든 일에 격노했지. 그 공산주의자들? 아버지는 이렇게 소리를 지르셨어. 말도 안 되는 소리! 그건 오만에 절대 어울리지 않아. 절대로.

매일 밤 나는 알 살라미 장로가 쓴 《오만 민중사에 나오는 보석같이 고귀한 사람들》이라는 책에 나오는 구절을 아버지에게 읽어드려야 했어. 아버지는 나를 데리고 오후 늦게 종종 나일 강변 도로에 가셨어. 아버지와 걷는 동안 아부 무슬림 알 바흘라니가 쓴 유명한 시를 암송해 보라고 하셨지. 그것은 아부 무슬림이 자신의 삶 초반에 있었던 일을 기억하며 쓴 거야. 아버지는 첫 줄부터 끝까지 다 암송해 보라고 하셨어. 아버지는 내게 설명하셨지. 얼마나 많이 설명하셨는지 몰라! 이 19세기 시인인 아부 무슬림은 오만인이지만, 그와 동시대를 살았던 이집트의 유명한 아흐마드 샤우끼만큼 뛰어난 시인이라고 하셨어. 그가 쓴 시는 다 외워야 해, 아버지는 이렇게 외치셨지. 모두 다 아는 시만 외우는 게 아니라 다 외우라고. 내가 그 시의 구절들을 암송할 때면 아버지는 우셨어.

슬픔에 젖은 낙타 몰이꾼의 흐느낌 같은 전율이 내 몸을 관통한다.
슬픈 이여, 당신은 왜 나른하게 무뎌져 있는가?
그 음산한 칼날들이 구름 사이로 하늘을 가르며
서둘러 나아간다.
아, 이토록 그리운 고국, 구름도 달도 다 그립구나.

그러고 나서 다음 구절로 넘어가면 아버지는 그 구절을 열 번도 넘게 반복하게 하시지.

내가 머물 수 없는 그곳
하지만 희망으로 가득 찬 내 마음속에,
그 땅은 여전히 그대로지
나 멀리 떠났지만, 한 번도 그곳을 떠난 적 없네!
하지만 육신이 영혼에서 찢겨나간 적 몇 번이던가!

그러고 아버지가 나서서 직접 다음 구절을 읊지만, 항상 같은 부분에서 멈췄어.

나는 패배해서 그 땅을 떠났고, 나는 이길 수 없지
한 번 선포된 법에 맞서 이길 자 없지

깊은 한숨, 거의 앓는 소리 같은 한숨을 쉬며 아버지는 다음 구절을 이어서 읊으라고 하셨어. 그걸 들으면서 한마디도 하지 않으셨지. 아버지는 아부 무슬림 알 바흘라니에 완전히 미쳐서 그에 관한 이야기를 다 해주셨지. 그는 여러 면모를 지닌 사람이었어. 그는 개혁가이자, 계몽주의자에, 일종의 직관적인 창의성이 있었던 사람 같아. 20세기 초에 그는 첫 오만 신문을 창간했어. 그 신문 이름을 성공, 이라고 짓고 당시 살고 있던 잔지바르에서 발간했지. 그의 시선집은 오만 사람이 출간한 첫 시집이었어. 다른 책도 많이 썼어. 예를 들어 이슬람 법학에 관한 책도 쓰고, 윤리에 관한 책도 쓰고. 아버지는 항상 아부 무슬림이 쓴 책은 뭐든 초판을 구하려고 열심이었지. 아부 무슬림은 오만인들이 사랑하는 이맘들과 학자들을 지지했어. 운명 때문에 그들 대부분을 만나보지 못했지만 말이야. 아버지는 외국으로 망명한 상황에서도 자신이 해야 할 일을 처리했어. 다른 지지자들과 긴밀하게 협력해서 아부 무슬림의 시와 함께 다른 오만 책들도 카이로에 있는 알레포 프레스에서 출판했지. 우리는 오랜 시간을 들여 아버지가 찍은 책들을 쌓아놓고, 소비자들이 볼 수 있게 정리했지만, 난 그때도 몰랐고 지금도 당최 모르겠어. 아버지가 그 책들을 어떻게 광고할지, 혹은 유통할지 그것조차 알 수 없었지. 어쨌든 누가 그런 책을 읽겠어.

아버지가 나를 공과대에 입학시킨 이유는 미래의 오만은 엔지니어들과 법률가들이 필요한 나라이기 때문이라고 했어. 그리고 아버지는 나에게 계속해서 암시를 줬지. 아주 또렷하게! 나에게 좋은 게 뭔지 잘 알고 있다면 이집트 여자에게는 눈길도 주지 않을 거라고. 사실 아버지는 노골적으로 말씀하셨어. 우리는 사는 건 여기서 살지 몰라도 여기 출신은 아니라고. 우린 우리의 한 조각도 여기 남기지 않을 거라고. 우리가 죽으면 우리의 관이 오만으로 운반될 거고. 우리는 오만에 묻힐 거라고.

아버지의 그 말 때문에 나는 밤에도 잠을 잘 수 없었어. 어렸을 때 기억이라곤 거의 없는 그곳, 내가 너무 일찍 떠나야 했던 고국을 상상하려다 보니 그렇게 된 거지. 특히 괴로웠던 상상은 우리 관, 검고 음울한 우리 가족의 관들이 줄줄이 놓여 있는 모습이었지. 아버지의 관, 어머니의 관, 내 것, 여동생 것, 남동생의 관이 우리가 살아서는 가지 못하는 여행, 카이로에서 무스카트로 가는 여행을 떠나기 위해 이륙하는 비행기 화물칸에 있는 모습이었지. 그리고 죽은 우리를 한 번도 알 기회도 없었던 친척들이 관에서 우리의 시체들을 꺼내서 수의가 입혀진 채로 알 아와피 서쪽에 있는 나무 한 그루 없는 묘지, 심지어 아주 키가 작은 사막의 덤불조차 없는 묘지의 타오르는 태양 아래 묻히는 모습을 상상했어. 난 아버지가 계획을 바꾸길, 그래서 우리의 시신이 카이로에 있는 묘지 중 하나에 묻히기를, 사람들의 움직임과 활기, 행상들과 코란을 암송하는 이들의 목소리로 시끌시끌한 곳에 묻히길 얼마나 바랐는지 몰라. 아니면 아버지가 우리가 살아 있을 때 비행기에 우리를 태우고 무스카트로 가길 바랐지. 아버지가 이미 우리의 관을 비행기 화물칸에 싣도록 주선해 놓지 않았기를 말이야.

마침내 아버지의 통제에서 벗어나게 됐을 때, 더는 아버지의 머릿속에 있는 이미지에 갇혀 살지 않게 됐을 때, 자유가 어떤 맛인지 알게 됐어. 그건 너무나 근사한 맛이었지! 사람들은 자기가 읽을 책, 실제로 읽고 싶은 책을 골라. 그리고 자기 친구들과 자기가 좋아하는 도시를 선택하지. 이제 더는 다른 사람이 하는 상상의 연장이나 실현에 얽매이지 않아도 됐을 때 그 사람이 얼마나 해방감을 느끼는지 당신은 모를 거야. 설사 그 사람이 당신 아버지라고 해도 말이야. 나의 만성 두통은 사라졌고, 어둡고 좁은 공간에 갇히는 것에 대한 병적인 공포도 사라졌어. 나는 카이로의 거리, 나의 거리에서 모든 시간을 보내는데 중독됐어. 그동안 다른 거리들은 모르고 지냈던 거야. 그리고 난 진짜 친구들, 거리 행진을 하면서 구호를 외치는 친구들, 그림을 그리고 꿈이 있고 서로 놀릴 수도 있는 친구들과 어울렸어. 단순히 그들의 가족들이나 연장자들의 머릿속에서 만들어진 빛바랜 정신적 창조물이 아닌 살아 숨 쉬는 친구들, 그들의 흐릿해진 정체성이나 심리적 경계 때문에 내가 실제로 보거나 만질 수 없는 천사들처럼 보이는 그런 사람들이 아니라 진짜 친구들 말이야. 내 아버지는 조용해졌어. 아버지는 내 첫 전시회에 오지도 않았고, 내 그림에 관한 기사는 하나도 읽지 않았고, 날 아주 차갑게 대했어. 그건 아마 나에 대한 무시와 절망 둘 다 섞인 감정이었을 거야. 하지만 내가 세상에 실제로 오만이라는 나라가 존재한다는 사실을 잊기 시작했을 때 내 여동생 갈리야가 죽었어.

나는 우리의 세계, 나와 우리 가족의 세계가 그토록 연결돼 있다는, 그토록 무서울 정도로 얽혀있다는 느낌은 한 번도 받지 못했어. 갈리야가 죽기 전까진 말이야. 우리의 세계는 다 허물어져 버렸지. 우리 모두 우리가 지금까지 살아왔던 세상이 무너진 걸 알았지. 아버지, 어머니, 나, 남동생 다. 그랬어. 여동생을 어디에 묻을 것인가, 라는 단순한 문제가 닥치자 갑자기 그게 무시무시하게 분명해지더군. 나, 자유롭고 해방된 예술가인 나, 머릿속에 자유로 가득 차 있던 나에게도 그동안 보이지 않았지만, 우리를 하나로 묶어주는 끈이 얼마나 깊고 강했는지, 그들의 세상이 무너지면 내 세상도 얼마나 순식간에 무너질 수 있는지 알게 됐어.

그로부터 고작 이틀 만에 아버지의 머리가 하얗게 세어버린 것 같아! 우리는 짐을 꾸렸어. 우리 모두 살아 있을 때 오만으로 돌아왔지. 하지만 갈리야는 아니었어. 갈리야는 내 악몽과도 같은 상상의 그림자였던 셈이야. 갈리야가 들어 있는 관이 우리가 탄 비행기 화물칸에 있었지.

이제 오만으로 가는 여행은 더는 불가능하지 않았어. 그건 단순한 왕복 여행도 아니었어. 아주 작은 공간에 사랑하는 여동생을 묻고 단순하게 카이로, 우리 집, 우리 직장, 우리 친구들에게 돌아오는 여행이 아니었던 거지. 아니었어. 이 예상치 못한 여행 자체가 실로 근본적인 방식으로 우리 가족을 결속시킨 거야. 그 여행은 우리를 하나로 묶은 튼튼한 밧줄이자 동시에 우리를 꿈과 악몽 둘 다에서 빼내 줬어. 그것은 우리가 고국으로 돌아가는 것이 불가능하거나 비현실적이라는 생각에서 풀어줬지. 그것은 귀환이라는 것을 실제로 우리가 할 수 있는 일, 그럴 수 있는 일로 만들어줬고, 그때 우리는 어쩌면 이 귀환이 영구적일지 모른다고 어렴풋이 생각하기도 했어. 갈리야는 우리의 해방에 죽음으로 대가를 치른 셈이야. 거기엔 제물, 희생물을 바쳐야 했지. 우리 아버지가 걸었고, 우리가 따라 오만으로 갈 수 있는 다리 같은 존재. 갈리야의 시신이 담긴 관은 나무 한 그루 없는 알 아와피 묘지로 옮겨졌어. 카이로에서 태어나, 카이로에서 산 딸의 관이 우리의 다리였던 거야."

아스마와
달

아직 새색시인 아스마가 아버지를 보러 왔다. 그녀의 결혼식이 끝나고 얼마 못 가 그는 갑자기 열병에 걸렸는데 아무도 무슨 병인지 진단을 내리지 못했다. 아버지는 몸져누웠고, 열은 좀처럼 떨어질 줄 몰랐다. 아잔이 아스마를 봤을 때 그는 쿠션에 몸을 기댄 채 무하나비의 시 한 수를 읊어달라고 부탁했다. 아스마의 목소리는 처음에는 가라앉아 있었지만, 점점 열정을 더해갔다.

가마가 떠나고 내 밤들은 길어지네
연인의 밤은 끝도 없이 늘어나
밤마다 내가 원치 않는 보름달이 뜨고
갈 길이 없는 달은 숨어버리네
연인이 떠난 후 나는 위로도 없이 살아왔지

하지만, 아 불행이여.
내가 아직도 견뎌야 할 불행이여

아버지의 손이 올라가자 아스마는 암송을 멈췄다. 아버지의 손을 보면서, 아스마는 그것이 얼마나 창백하고 힘이 없어 보이는지, 손가락들이 갈라진 곳에 난 털이 얼마나 하얗게 세었는지 봤다. 아스마는 혼란스러웠다. 방안은 아버지의 열기가 뿜어져 나와 아주 뜨겁게 느껴졌다. 그녀는 자기 손에 아직 또렷하게 남아 있는 헤나의 흔적을 보자 당혹스러웠다. 자신의 두 손을 아버지의 옷에 대고 눌러서 아버지를 이부자리에 눕히고 아버지의 머리를 매만질 용기가 있으면 얼마나 좋을까, 생각했다. 방 안의 공기가 지독히도 무거웠다. 갑자기 아버지에게 사과하고 싶은 충동이 느껴졌지만, 이유는 알 수 없었다.

이제 연꽃 나무가 자라서 나뭇잎들이 창문을 누르고 있었다. 방의 열기가 더 심해지는 것 같았다. 그녀가 미래에 낳을 아이들이 이 방으로 몰려와서 할아버지의 이부자리 주위를 둘러싸는 환영이 보였지만 그 이미지가 아버지의 창백한 얼굴을 지워버리는 것처럼 보였다. 아스마는 혼란스러워서 입을 다물어 버렸지만, 그때 아버지의 손이 그녀를 구했다. 아버지의 손가락들이 베개 밑에서 아주 조금 삐져나온, 너덜너덜해진 노트 한 권을 집으려고 안간힘을 쓰고 있었다. 아스마는 그 공책에 적혀 있는 제목을 살펴봤다. 뛰어난 학자 유수프 빈 압드 알 라만의 수업들. 장정한 공책을 아스마가 펼치자, 페이지들이 벌어지면서 서표로 넣어둔 나뭇잎 한 장이 보였다. 아잔이 그녀에게 고개를 끄덕였다. 그녀는 읽기 시작했다.

　하늘의 별들이 그 보석들을 달에 비우자, 달이 그것들을 물에 쏟아부었다. 물의 힘이 그 보석들을 쪼개서 온 세상에 존재하는 보석들로 만들었다. 달은 높은 세계와 낮은 세계의 보물창고다. 달은 높은 세계와 낮은 세계, 숭고한 창조물과 쓰레기 같이 더러운 창조물 사이에서 움직인다. 모든 천체 가운데 달이 이 낮은 세계의 물질에 가장 가까이 있다. 그래서 달이 모든 것을 안내한다. 달의 상태를 잘 알게 될 때까지 그것을 깊이 생각하고 또 생각하라. 달의 견실함이 모든 것의 힘이고, 달의 폐허가 모든 것의 타락이다. 만약 달이 다른 천체에 더 가까이 다가간다면, 그것은 그 천체가 우리에게 말하거나 줄 수 있는 것에 더 큰 힘을 부여해준다. 달이 다른 천체로부터 멀어진다면 그것은 힘이 빠져버린다. 달이 수성에 다가가면서 달빛이 강해질 때, 그것이 최상의 상태이니라. 하지만 달이 토성과 정면으로 마주 보거나 그것에 가까워지면 달빛이 약해지고, 그것이 온 세상에서 일어날 수 있는 최악의 일이다.

압달라의
엄마

　파티마 움 압달라처럼 젊고 튼튼한 여자는 출산하다 열병에 걸리지 않는 한 이틀이나 사흘 만에 죽을 순 없다. 알 아와피 사람들은 그렇게 말했다. 앙카부타는 자기가 특별한 출산 음식을 바키아 여자 정령에게 규칙적으로 바쳐서 그 정령이 파티마나 갓난아기인 압달라를 해치지 않도록 했다는 점을 마을 사람들에게 널리 알렸다. 그리고 앙카부타는 그녀가 머리에 이고 바키아에게 갖다 바친 그 거대한 음식 쟁반에서 단 한 입도 먹지 않았다고 맹세했다. 그녀는 항상 그 여자 정령이 좋아하는 바위 앞에 들고 온 음식을 놔뒀다. 그리고 돌아서서 한 번도 돌아보지 않고 집으로 왔다. 앙카부타가 그런 주장을 하기 얼마 전에 자드가 말했다. 원인을 알 수 없이 죽어버린 그 젊은 여자 파티마가 그를 불러서 그 일을 시키지도 않고 직접 바질 덤불을 뽑아버렸다고. 그때 파티마는 그에게 바질 냄새에 독사들이 꼬여 자신의 아들 압달라가 물릴까 봐 걱정된다고 했다. 갓난아기이긴 해도 머지않아 일어나서 앉을 것이고, 그러다 곧 기어 다니면 독사에 물릴 수 있다고.

거상 술레이만의 여동생은 아주 조심했다고 주장했다. 집에서 준비하는 요리는 그녀가 다 감독했다. 하지만 어찌 된 일인지 며칠 사이에 그 불쌍한 파티마의 얼굴색이 변했다. 얼굴이 새파래졌다. 자드는 누군가가 파티마를 상대로 거는 마법을 피할 수 없었을 거라고 주장했다. 그는 자기 말에 아주 강한 확신이 있다고 사람들에게 말했다. 특히 마을 밖에 있는 수로에서 밤새워 일한 사람이 바로 자기고, 그래서 밤 사람들의 모든 비밀을 알고 있으니까. 파티마는 남 일에 간섭하지 않는 좋은 여자였다고 마닌이 슬프게 말했다. 그리고 자신의 아들이 태어난 후 잊지 않고 그에게도 달달한 주전부리를 보내줬다고.

사이드 장로의 어머니는 세상 사람들은 다 이승에서 베푼 대로 내세에서 대접받게 될 것이라고 말했다. 신은 관대하시다고. 신은 우리 중에 있는 착한 사람들을 버리지 않는다고 노파가 말했다.

사람들은 그녀의 말을 듣고 깜짝 놀랐다. 대체 뭘 암시하는 건가?

자리파는 내내 입을 다물고 있었다.

사촌
마르완

마르완은 아주 어렸을 때도, 어머니가 그를 임신했을 때 꾼 태몽과 그에 대한 유수프 판사의 해몽에 관한 이야기를 들었던 기억이 있다. 당신은 아들을 낳을 것이고, 그 아이는 고결하고 선량할 것입니다. 장차 순수하고 중요한 인물이 될 것이고. 그녀는 아들의 이름을 무하마드나 아마드로 짓고 싶었지만, 이미 그런 이름을 가진 형들이 있었다. 그래서 그의 이름을 마르완으로 지었다. 복이 찾아올 수 있도록 이제는 고인이 됐지만, 그녀를 길러준 오빠의 이름을 따서 지은 것이다. 그녀는 그 태몽을 철석같이 믿고 그 태몽대로 아이를 길렀다. 그래서 아들에게 '순수한 자'라는 두 번째 이름을 지어줬다. 다른 사람들도 그를 그렇게 부르기 시작했다. 그녀는 마르완이 어렸을 때부터 지식에 대한 사랑과 종교에 대한 믿음을 심어주려고 무진 노력했고, 마르완을 모스크에 있는 장로에게 항상 떠밀어마르완이 그의 그림자처럼 따라다니길 바랐다. 마르완은 그렇게 사원에 온 마음을 다 바치며 성장했다.

순수한 자 마르완은 《고귀한 하디스》란 책을 통째로 암기하는 데 전념했다. 분명 이것만으로도 그가 선택받은 자, 심판의 날 세상에 신 말고는 숨을 그늘이 없을 때 신이 그늘이 되어주고 그를 보호해 줄 자라는 증거로 충분했다. 마르완은 신의 뜻을 글자 그대로 따르며 성장했다. 그의 마음은 온통 모스크에가 있었기 때문에 다른 사내아이들이 하는 게임과 사소한 것들에 대한 아이들의 관심을 경멸했다. 그는 사람들이 소비적인 쾌락에 시간을 보내는 건 존경할 만한 행동이 아니라고 생각했다. 그리고 한담을 나누거나 신의 창조를 조용히 묵상할수 있는 시간을 빼앗는 그 어떤 순간도 필요 없다고 생각했다. 그는 자신을 둘러싼 순수하고 작은 세계에 파묻혀 지냈다. 그의 부모가 알 아와피를 떠나 와디 아데이로 이사했을 때, 아이들이 사원 문턱에서 자랄 수 있도록 사원 근처에 있는 집을 골랐다. 특히 그런 새로운 환경에서 순수한 자 마르완의 믿음으로 가득 찬 일상이 끊기지 않도록 하려는 의도이기도 했다.

마르완은 하심, 무하마드, 콰심을 이어 넷째 아들로 태어났다. 그 후로 히랄과 아심이 태어났다. 하지만 마르완은 일찍부터 자신은 다른 형제들과 타고난 품성부터가 다르다고 생각했고, 부모님이 특히 그를 자랑스러워하는 점을 예민하게 의식하고 있었다. 그는 부모가 그에 대해 어떻게 말하고 다니는

지 알고 있었다. 그는 형제들과 거리를 뒀고 그들과 놀려고 하지도 않았고, 그들과 별 대화조차 하지 않았다. 그에겐 그런 시시한 일은 할 가치가 없었다. 그의 특별함은 이미 어머니의 태몽에서 예견돼 있었고, 그는 위대한 일을 할 운명이자, 그렇게 하겠다고 서약한 몸이었다.

순수한 자 마르완이 열세 살이 됐을 때 한밤중에 부모님의 침실로 들어가 아버지의 지갑에 있는 돈을 몽땅 훔쳤다. 다음날 그는 아버지의 지팡이를 가지고 자기 몸을 상처가 날 때까지 때린 후 2주 동안 단식하겠다고 마음속으로 맹세했다. 석달 후 그는 형들의 방으로 들어가 카심의 지갑에서 돈을 훔쳤다.

마르완이 17살이 되기 직전까지 도둑질을 한 벌로 속죄하기 위해 다 해서 8개월 14일을 단식했다. 이웃 사람들은 마르완이 이 세상의 덧없는 쾌락을 멀리한 덕분에 얼굴과 눈에서 빛이 나고, 언제나 우아한 분위기가 풍긴다고 말했다. 소녀들은 느리고 느긋한 그의 걸음걸이, 세상 그 어떤 것도 두려워할 것 없는 그의 여유에 미친 듯이 반했다. 소녀들은 그 어떤 소녀와도 눈을 마주치지 않는 그의 진지한 눈을 흠모했다. 아무도 그가 자기 등에 휘두르는 매질의 흔적들을 눈치채지 못했다. 이제 그가 훔친 것에는 돈뿐만 아니라 손목시계들과 옷들, 심지어 어머니의 귀걸이들과 신발까지 포함돼 있었다. 이제 그는 흰옷만 입었고, 말도 거의 하지 않았다. 그리고 단식을 너무 많이 해서 얼굴이 창백해졌을 때, 아무도 그가 일종의 성인이자 경건하고 올바른 신의 벗이란 점을 의심하지 않았다.

그렇다, 17살이 되기 직전 그는 다 해서 8개월 14일이나 단식했지만, 자신이 도둑질을 멈추지 않을 것임을 아주 잘 알고 있었고, 마찬가지로 자기가 훔친 물건이 자기에게 하나도 필요 없다는 사실도 완벽하게 알고 있었다. 그는 아직도 자신의 순수한 본성에 그런 행동이 미친 충격을 받아들이지 못했다. 그가 무슨 생각을 할 수 있었겠는가? 그는 이 사람이 정말로 그라는 사실을, 사원에서 기도드리는데 그토록 많은 시간을 바친 소년이 한밤중에 식구들의 방에 몰래 들어가 아무 가치도 없는 물건들을 훔치는 사람이라는 사실을 믿을 수 없었다. 그것 때문에 그는 온몸이 찢어지는 것처럼 괴로웠다. 마치 자기 몸이 쩍 갈라져서 조각조각 찢기는 소리가 들리는 것 같았다. 모든 것이 혼란스러웠다. 어머니의 태몽과 자신이 생각하는 위엄이 넘치는 자신, 시시한 게임들과 쾌락. 그런데 그가 훔쳤다. 신이 직접 천상의 옥좌에서 나오는 어마어마한 그늘로 친히 가려주실 그가 말이다. 그가 도둑질했다. 항상 자신을 정갈하게 유지하기 위해 신경 쓰는 그, 땅에서 시선을 거의 들지도 않는 그가. 그가 도둑질했다. 신에게 맹세한 자, 신이 보낸 기쁜 소식을 받은 그가. 그가 도둑질했다. 그의 순수한 손이 필요하지도 않고 절대 쓰지도 않을 물건을 훔쳤다.

순수한 자 마르완은 자신의 비밀을 드러내지 않았다. 그는 다른 사람들이 그의 미덕을 우러러볼 정도로 자신을 혹독하게 꾸짖었다. 그는 다른 사람들을 너무 경멸한 나머지 자신의 가치를 높게 평가했다. 그는 자신의 내면에서 너무나 요란하게 울려 퍼지는 분열의 소리, 하지만 타인은 들을 수 없는 그 소리에 주의를 기울이지 않았다. 그는 지독한 고통 속에서 심장이 터지고 있는 동안에도 단식하고 외부와 격리된 채 신을 경배하는 데만 몰두했다.

마르완은 자신의 비밀을 누구에게도 드러내지 않았다. 다른 사람들과 떨어져 혼자 있을 때도 감히 신이 그에게 길을 보여주길 바라며 손을 내밀지 못했다. 자신이 이미 옳은 길을 알고 있다고 확신했기 때문이었다. 이 길만이 유일한 길이다. 그는 순수한 자이고, 이렇게 남아 있어야 한다. 사람들이 알게 된 그의 모습으로, 그의 어머니가 원하는 모습으로, 자신이 납득하게 된 모습으로. 이 도둑질하는 손이 다시 죄의 길로 돌아간다면 잘라버릴 것이다.

아버지가 돌아가시고 어머니의 애도 기간이 끝난 어느 날 밤 그는 어머니 방에 몰래 들어가 어머니의 새 향수, 아버지의 은으로 만든 단검과 테이블 위에서 발견한 얼마 안 되는 돈을 훔쳤다. 동이 트기 조금 전 그는 그 단검의 날카로운 칼날로 도둑질하는 손의 정맥을 잘랐다. 언제나 순수하고, 언제나 혼자였던 마르완은 피를 흘리다 죽었다.

술레이만

1980년대에 오만 대추야자 무역에 대대적으로 불황이 찾아
오자, 해랄이라는 이름의 젊은 상인은 그간 무역으로 쌓은 경
험을 이용할 수 있는 새로운 수입원을 찾아다녔다. 지략이 풍
부한 히랄은 무기 거래가 효과적인 대안이라는 사실을 재빨
리 깨달았다. 파이살 술탄이 1891년 성명을 통해 오만인들이
무기를 수입해서 자와디르 항구로 들여오는 것을 금지했다.
하지만 히랄과 그의 노련한 사업가 친구들은 주요 수입원으
로 무기 거래에 점점 더 의존하게 되었다. 특히 끊임없이 감행
하는 습격과 부족 간의 불화 때문에 계속 무기가 필요해 보이
는 아프가니스탄인들에게 총을 공급할 수 있게 되면서 더 그
랬다. 그들은 해변에서 페르시아 상인들을 통해 밀수한 무기
를 받아 비밀 창고에 보관해 뒀다가 발루치스탄과 아프가니스
탄 부족들에게 팔았다. 어떤 상인들은 무기를 인도와 잔지바

르까지 밀수하는 데 성공하기도 했지만, 히랄은 아프가니스탄 인들과 이란인들하고 거래하는 편을 선호했다. 다른 여러 대안보다 자와디르 항구가 가장 안전한 곳이라고 믿었기 때문이다. 그러다 히랄은 무기 수입에 세금이 부과된 후 사업에 적자가 난 사실을 알게 됐다. 하지만 신경 쓸 것 없었다. 20세기가 시작되면서 무기 무역이 새 활기를 찾았고, 히랄은 유럽에서 바로 총을 수입하는 인도 상인들과 손을 잡았다. 그들을 이끄는 사람은 쳄지 람 다스란 사람이었다. 1908년 1월 22일 S.S. 자유라달라가 유럽에서 출발해 무스카트 항구에 도착했을 때, 히랄은 탄약으로 가득 찬 상자 50개를 자신의 몫으로 받았다. 그는 이미 자와디르 항구에서 소총 한 자루당 70달러씩 받고 팔고 있었고, 덕분에 아주 빨리 부자가 됐다. 그는 알 아와피에 있는 한 장로 가문의 딸과 결혼했다. 그의 아들이자 후계자인 술레이만은 결혼한 지 10년이 넘어서야 태어났다.

하지만 아들이 태어난 것은 길조라고 히랄은 생각했다. 왕조를 세우기에 좋다고 생각했다. 분명 그의 형제자매들이 태어날 것이다. 하지만 술레이만 이후로 태어난 사내아이들은 다 젖먹이 때 세상을 떠나버렸다. 사람들은 술레이만이 쾨시에 걸렸고, 그 병은 남동생들에게 치명적이라고 수군거렸다. 히랄은 아들을 전문의에게 보냈다. 그는 어린 사내아이를 자기 앞에 앉혀놓고 그의 머리에서 잘못된 정맥(환하게 밝아지면서 너무 빨리 움직이는 정맥이 있다면)이 있는지 찾기 위해 그의 머리뼈 속을 들여다봤다. 그런 게 있다면 그것 때문에 이 아이 이후로 태어난 남동생들이 죽게 된다는 뜻이니까. 의사가 술레이만의 머릿속에서 그 정맥의 위치를 정확히 짚어냈을 때, 그는 그 소식을 목청껏 소리 질러서 알렸다. 그리고 금속 꼬치를 불에 달궈서 술레이만의 머리에서 그 정맥(혹은 괘시)가 있다고 믿는 곳에 대고 그것이 죽을 때까지 그슬렸다. 그것 때문에 술레이만의 남동생들이 죽는 일이 없도록. 그래서 히랄은 세 아이를 갖게 됐다. 술래이만과 막내아들 이샤크.

딸도 하나 있었다. 비쩍 마르고 창백한 아이로, 어릴 때 내내 집안에서 은둔하며(몸과 마음 모두) 지내다가 외사촌에게 시집 갔고, 나중에 남편의 형제와 재혼했다. 두 형제 모두 차례로 그녀와 이혼했다. 자리파는 그녀를 증오했다.

이샤크는 엄마의 머뭇거리는 태도와 내성적인 성격을 빼닮았다. 히랄의 모든 것을 물려받은 자식은 술레이만이었다. 사업을 꾸리는 요령, 휙휙 돌아가는 머리, 크고 위풍당당한 체격, 엄숙하고 위엄 있는 분위기, 석고로 지은 큰 집과 성마른 성향과 상인이라는 지위 모든 것을. 하지만 술레이만은 무기를 거래하지 않았다. 밖에서 보기에 그의 주된 사업은 대추야자 무역이었지만, 실질적인 부는 노예무역으로 쌓았다.

아직도
여기 있는
마수다

　한때는 탈곡장으로 썼다가 이제는 그녀가 갇혀 있는 방에서 마수다는 자신의 딸 샤냐가 남편인 산자르와 떠나버렸다는 사실을 깨달았다. 다시는 딸을 만나지 못할 것을 그녀는 알고 있었고, 이제 그녀의 음식과 위생은 이웃에 사는 여자들의 자비심에 달렸다.

　"나 여기 있어…나 여기 있어. 나 마수다야."라고 외치는 그녀의 목소리는 매일 조금씩 힘이 빠져갔다. 난 마수다야. 그녀의 허리는 전보다 더 많이 구부러졌다. 가끔 이웃 사람들은 마수다가 죽은 후에 그 기형의 자세로 묻을지, 아니면 원래대로 허리를 쭉 편 자세로 묻을지 자문해 보곤 했다. 흐릿하긴 했지만 오래전에 있었던 일에 대한 기억이 마수다의 머릿속을 채우기 시작했다. 그와 동시에 그녀가 지금 사는 현재와 바로 그 직전의 과거들은 점점 더 사라지고 있었다. 오래전 자기 머리로는 절대 직시할 수 있을 거라 믿지 않았던 과거의 어떤 순간들이 보이기 시작했다.

사방이 깜깜한 어둠에 뒤덮인 새벽이 보이고, 나무하러 나가는 자기 모습이 보였다. 그때 거상 술레이만의 방에서 바스락거리는 소리가 들렸다. 그녀는 타고난 호기심을 참을 수 없었다. 그녀는 벽에 몸을 바짝 붙이고 방의 뒤쪽 창문을 들여다봤다.

술레이만과 그의 아내는 아들 압둘라가 3주 전에 태어난 후로 각방을 쓰고 있었다. 그래서 그가 혼자 자는 방의 방문을 여동생이 두드리고 대답도 듣지 않고 열고 들어갔다. 그는 침대에서 몸을 돌려 여동생을 바라봤다.

"무슨 일 있어?"

그는 깜짝 놀라서 물었다.

여동생이 그를 빤히 바라보다 말했다.

"오빠의 아내."

그녀가 말했다.

술레이만은 침대에서 나와, 쇠못에 걸려 있는 옷을 꺼내 허겁지겁 입었다. 그리고 여동생을 바라봤다.

"내 아내가 뭐 어떻다고? 무슨 일 있어? 네가 나에게 결혼하라고 했잖아. 노예 여자들하고 노닥거리는 거 그만하고 결혼하라고 해서 그 여자랑 결혼했잖아. 그랬더니 네가 또 투덜거렸잖아. 왜 아이를 안 가지냐고? 그래서 아이도 낳았어. 또 뭘 원하는 거야?"

그는 침대 가장자리에 앉아 있었다. 여동생이 그를 내려다
보며 그의 앞에 섰다. 그녀의 목소리, 항상 낮은 그녀의 목소리
는 이제 더 조용했지만, 술레이만은 그의 말을 들었다.

"내가 그 여자를 봤어. 그녀와 살렘, 사이드 장로의 노예 말
이야. 바질 덤불에서 둘이 같이 있는 걸 봤어."

그녀가 말했다.

거상 술레이만이 몸을 덜덜 떨기 시작했다. 그녀는 목소리
의 톤 하나 바꾸지 않은 채 하고 싶은 말을 다 했다.

"오빠 신경 쓰지 말고 내게 다 맡겨."

그리고 그녀는 방에서 나갔다.

그날 아침 거상 술레이만은 무슨 일을 보러 간다고 살랄라
로 갔다. 석 달 후 돌아왔을 때, 아내는 죽었고, 갓난아기 압달
라는 고모가 돌보고 있었다. 사이드 장로의 노예인 살렘은 사
라졌다.

마수다는 이 어두운 새벽의 장면을 오래전에 자신의 머릿속
에서 지워버렸다고 생각했다.

압달라

　나는 이 좌석에 앉아 하늘과 땅 사이에 매달린 채 언제라도 곧 프랑크푸르트에 비행기가 착륙하길 기다리는 게 아니다. 나는 우리 큰 집의 동쪽 마당에서 자리파의 무릎 위에 누워 있고, 내 눈은 하늘에 높이 떠 있는 보름달을 보고 있고, 자리파가 내 머리를 쓰다듬으며 이야기를 하나 해주고 있다.

　"매일 엄마 염소는 집에서 나갈 때, 자식인 자드와 라바브에 게 이렇게 경고했어. 만약 누가 문을 두드리면, 절대 열어주지 마. 늑대 씨가 와서 너희를 잡아먹을 수 있어. 만약 문을 두드 리는 사람이 나라면, 이렇게 말할 거야. 라바브, 애야. 자드, 애 야. 문 열어! 엄마의 등에 너희들이 먹을 풀을 지고 왔고, 엄마 의 젖꼭지에는 아주 좋은 우유가 들어 있단다! 내가 이렇게 말 하는 걸 들으면 그땐 문을 열어도 돼. 그래서 새끼 염소들은 엄마의 말에 따랐어. 하지만 어느 날 늑대 씨는 엄마 염소가 새끼 염소들을 조심시키는 말을 들었어. 그래서 엄마 염소가 간 후에 늑대 씨가 문을 두드리기 시작하면서 이렇게 말했어. 라바브, 애야. 자드, 애야. 문 열어! 엄마의 등에 너희들이 먹을 풀을 지고 왔고, 엄마의 젖꼭지에는 아주 좋은 우유가 들어 있단다! 그는 목소리를 바꿔서 새끼 염소들을 속였어. 그들이 문을 열자, 늑대 씨가 그들을 잡아먹었어.

엄마 염소가 집에 돌아와서 문을 두드리기 시작했어. 문을 두드리고 또 두드리면서 이렇게 말했지만, 아무 소용 없었지. 라바브, 애야. 자드, 애야… 아무 대답이 들리지 않았을 때 엄마 염소는 뿔로 문을 들이받아서 열고 안으로 들어갔어. 하지만 집 안에는 자드도 라바브도 없었지.

엄마 염소는 밖에 나와서 뛰어다니면서 새끼 염소들을 찾아다니기 시작했어. 엄마 염소는 거미를 지나치고, 양을 지나쳤어. 엄마 염소는 지나치는 동물들에게 다 물었지. 우리 아이들 봤어요? 하지만 모두 이렇게 대답했어. 아뇨, 못 봤는데요. 그러다 엄마 염소는 비둘기 한 마리를 지나치게 됐어. 늑대가 여기 왔었어요, 비둘기가 말해줬어. 그런데 배가 엄청나게 불렀던데요. 늑대가 당신 자식들을 잡아먹은 게 분명해요. 어서 서둘러요, 늑대를 쫓아가요. 바위 밑에 늑대가 잠들어 있을 거예요. 먼저 엄마 염소는 대장장이에게 달려갔어. 대장장이에게 자기 뿔을 칼날처럼 날카로워질 때까지 갈아달라고 부탁했어. 그리고 잠들어 있는 늑대를 발견했지. 엄마 염소는 그 뿔로 그의 배를 찔러서 갈랐어. 거기서 새끼 염소들이 나왔지. 엄마 염소가 말했어. 가자, 어서 가자. 그렇게 엄마와 새끼 염소들 모두 집에 갔어."

런던

런던이 전화기를 내려놓자마자, 침대에서 벌떡 일어나는 바람에, 거기 있는 곰인형들이 다 흩어졌다. 분홍색 줄무늬와 붉은 줄무늬가 여기저기 쳐진 곰인형들. 런던은 다시 전화기를 들어서 친구인 하난에게 전화할 것이다. 런던은 방안을 빙빙 돌면서 아마드가 그녀에게 한 말을 하난에게 다 말해야 한다.

"야! 너 지금 몇 시인지 알아?"

"내 말 들어봐, 하난. 그이가 앞으로 있을 오만 시 축제에서 시를 낭송하는데. 그 시를 나에게 바치겠대!"

"그래서 뭐?"

하난이 영어로 대답한다.

"그래서 뭐라니? 무슨 뜻인지 모르겠어? 내가 그의 영감이자, 그의 천사이자, 뮤즈란 소리잖아! 난 모든 아랍 시인이 다 그렇게 쓰는 것처럼, 그이의 시에 나오는 아름다운 악마야."

"음, 축하한다, 친구야. 이제 다시 자러 가도 되냐? 난 시는 모르겠고, 확실하게 테스트해서 나온 확실한 결과에 대한 과학적 분석만 믿는 사람이라서 말이야."

그들이 약혼 서약을 끝내고 혼전 계약서에 서명을 한 날, 그들이 작별 인사를 하고 그가 런던 아버지 집을 나갔을 때는, 거의 아침 기도 시간이 다 됐을 때였다. 런던이 친구에게 전화했다.

"하난! 나는 세상에서 가장 축복받은 여자야!"

"정말 축하한다, 친구야. 넌 그럴만한 가치가 있는 여자야. 그래서 너희 그 귀여운 커플의 애정 타임이 끝났어?"

"그이는 방금 막 갔어."

"너에게 키스했어?"

"아니, 하난! 그이는 내게 우리 결혼은 역겹고 완고한 사회의 계급 구조를 상대로 거둔 승리이자 진정한 사랑의 완성이라고 했어."

전화기 너머로 웃음소리가 들렸다.

"그러니까 그는 그렇게 중요한 기회를 이용하는 대신 설교만 하고 갔단 말이야? 내 말은, 그건 혼전 계약서였잖아, 안 그래? 그러니까 최소한 키스 정도는 할 수 있었잖아?"

"하난, 그만해."

하난의 솔직한 말에도 런던은 더는 기분 상하지 않았다. 그러기엔 그 말투에 아주 익숙해졌으니까. 어쨌든 이 모든 일에 대한 하난의 견해는 처음부터 분명했다. 아마드라고? 자칭 시인이라는 그 남자? 매일 새로운 여자랑 다니는 그 남자? 심지어 그가 쓴 시조차 너무 진지해서 온몸이 뒤틀리던데. 왜 그런 남자를 원하는 거야? 심지어 외모도… 그러니까 그는 자기 외모를 어찌해야 할지도 모르더라고. 가끔은 수염을 길렀다가 또 다음엔 수염을 다 깎아 버리는데 둘 다 안 어울려. 하루는 전통 의상을 입고 다니다가 또 그다음 날엔 청바지를 입었어. 월요일엔 장발이었다가 화요일엔 화끈하게 다 밀어버리고. 완전 광신자인 척하다가 다음 날엔 세상에서 가장 힙한 척하잖아.

아마드는 런던의 마음을 사로잡기 위해 노력을 아주 많이 했다. 당신은 내 꿈의 여자야, 그는 그렇게 말하곤 했다. 그는 무수한 이메일을 보내고, 전화하고, 종이에 편지를 써서 보내고, 거기다 그녀에게 바치는 시와 노래와 사진을 같이 보냈다. 런던은 그에게 완전히 낚였다.

엄마가 그걸 알았을 때, 런던을 방에 가두고 핸드폰을 박살냈다. 런던이 반항할수록, 엄마는 더 완고해졌다. 마치 딸이 얼마나 저항할지 보고 싶은 사람 같았다. 딸이 이 꿈에 얼마나 열심히 매달릴 것인가? 아니면 마야는 사랑에 빠진 딸이 아니라 자기 자신을 벌주고 있는 것처럼 보이기도 했다.

런던의 아버지는 두 여자 사이에서 쩔쩔매면서 이러지도 저러지도 못했다. 그러다 마침내 엄마가 휘두르는 채찍을 부러뜨리고, 런던이 원하는 대로 결혼해도 된다고 결정하자, 엄마는 조용히 물러났다.

혼전 계약서에 서명하고, 손님들이 다 갔을 때, 아마드는 런던의 손에 키스했다.

"내가 당신에게 끌린 이유가 뭔지 알아, 런던? 당신이 쉬운 여자가 아니라서 끌렸어. 그리고 당신이 내 사랑에 화답해서 나를 사랑하기로 했을 때, 정말 진심으로 날 사랑했지. 그리고 우리를 둘러싼 이 모든 후짐과 추함에 맞서 당신의 사랑을 지켰어."

그를 만난 후로 런던은 그가 이 두 단어를 반복해서 말하는 걸 들었다. 후짐. 추함. 가끔 거기다 '혐오스러운 계급 차별'이란 말도 덧붙였다. 그가 학생 문학회의 여자 회장과 같이 웃고 있는 모습을 런던이 봤을 때, 그가 그 회장의 두 손을 잡은 모습을 봤을 때, 그는 정말 당황스러워 보였다. 그와 런던은 그녀의 차로 갔다. 그는 자신을 변호했지만, 그보다는 그녀를 향한 공격에 가까웠다. 런던이 그 말다툼을 시작한 것도 아니었는데 말이다.

"내 말 잘 들어, 런던. 그래, 당신은 내 약혼녀야. 내가 사랑하는 사람이지. 하지만 당신의 질투심과 이기심과 소유욕과 반발로 날 가두고 숨 막히게 하지 마, 알았어? 당신의 이런 이기심은 보기 흉하고, 질투심은 후졌고, 소유욕은 그 역겨운 계급 차별의 시대부터 있었던 원시적 관행의 하나일 뿐이야. 난 시인이야. 난 작가라고. 내 영혼은 자유로워, 완전히 자유로워, 마치 하늘의 비둘기처럼 자유롭단 말이야. 그래, 맞아, 내 말에서 시인 마흐무드 다위시의 시가 연상되긴 할 거야. 비둘기는 날아가고, 비둘기는 땅에 내려앉고… 뭐든 날 구속하는 건 나를 숨 막히게 해. 내 창의성을 숨 막히게 하고. 세차게 밀려오는 내 시어를 죽여버린단 말이야. 난 나를 이해해 주는 여자를 원해. 난 바람이고 자기는 나무라는 사실을 완벽하게 아는 여자. 내가 하늘을 맴도는 동안, 땅속으로 뿌리내리는 여자를 원한다고."

런던은 그때 아무 말도 하지 않았다. 그녀는 의사 가운으로 몸을 단단히 감싸고, 그가 나시르 카페에서 사온 팔라펠 샌드위치를 먹고, 그가 자기 턱을 그녀에게 유감없이 보여주고 있다는 사실을 깨달았다. 평소에는 안 그랬지만 지금 이런 말을 퍼부을 때 고개를 한껏 치켜들고 있었기 때문이다. 그런 그와 눈을 맞추려고 노력하는 그녀의 눈에 보이는 거라곤 그의 턱뿐이었다. 말하면서 고개를 까닥거리느라 오르락내리락하는 그의 턱과 그가 먹고 있는 샌드위치만 보였다.

몇 주 후 그녀는 그의 지갑에서 그 문학회 회장의 사진을 발견했다. 너무 화가 나서 보자마자 갈기갈기 찢어버렸다. 아마드가 그녀에게 고래고래 소리를 질렀다.

"이 바보 같은 여자야, 이 사진은 시 행사를 위해 준비하는 소책자에 들어갈 거였다고. 왜 이런 멍청한 짓을 하는 거야. 정말 후지고, 추해."

둘은 대화를 멈췄다.

런던은 누군가 말할 사람이 필요했다. 하지만 하난에게 솔직히 털어놨다가 짜증 섞인 빈정거림을 듣고 싶지 않았다. 그녀는 하난의 생각을 잘 알고 있었다. 내가 경고했잖아, 하난은 이렇게 쏘아붙일 것이다. 그 자식은 새 시를 쓸 때마다 새 여자에게 바친다고. 왜 그 자식이 너를 이렇게 모욕하도록 놔두는 거야?

하난은 이해하지 못했다. 런던은 그가 그녀를 사랑하고 있고, 진실을 말하고 있다고 확신했다. 그의 과거가 무슨 상관인가? 그건 조금도 걱정되지 않았다. 중요한 건 둘이 함께하는 미래였고, 그 미래에 실패하고 싶지 않았다. 그녀는 실패가 두렵고 무서웠다. 새벽 세 시에 그녀는 그에게 전화했다.

다음 날 그들은 창문을 어둡게 칠한 그의 차를 타고 해변으로 긴 드라이브를 갔다. 그는 밖에 나가서 걷자는 그녀의 제안을 거절했다. 너무 덥다고 했다. 그들은 아이스크림을 먹고 미래에 관한 이야기를 나눴다.

"내가 인턴을 마치면 개인 병원을 여는 거야. 당신이 졸업한 후에 당신도 그 병원에서 같이 일하는 거지. 당신 아버지가 그 병원을 열 수 있도록 도우실 거야. 내가 쓴 시로 지금보다 더 유명해지면 병원을 당신에게 다 맡기고 나는 자유롭게 내 재능을 따라갈 수 있겠지. 당신은 오만에서 가장 위대한 시인의 아내가 되는 거야! 사실 아랍 세계에서 가장 유명한 시인이 되는 거지."

어두운 차 안에서 그는 그녀를 껴안았다.

런던의 꿈은 좀 달랐다. 인턴을 마치면 충분한 경험을 쌓기 위해 국립 병원에서 일하고, 그런 다음에 캐나다로 가서 소아과 박사 학위를 받을 것이다. 그런 다음에야 개업을 생각해 보려 했는데. 하지만 그와 이런 일들은 의논할 수 없었다. 그의 샴푸 향기가 그녀의 콧속을 가득 채우는 순간 그녀는 그의 포옹에 굴복했다. 그녀는 둘이 낳은 아이들이 어떻게 생겼을지 상상하면서 그를 안았다. 런던은 눈이 먼 게 아니었다. 그 모든 불길한 조짐들을 다 보고 있었지만, 단지 마음으로 받아들이지 않았을 뿐이다.

"이것 좀 봐, 이 로맨스란 거 말이야. 대체 어디 있는지 모를 사랑에 좀 송구스러운 말이긴 하지만, 연인들, 사랑 노래, 니자르 콰바니의 시, 꽃들, 달, 이야기를 나누는 밤, 별들, 지금까지 살았던 모든 시인. 이런 사랑은 합리성과는 궁합이 안 맞잖아. 사랑은 듣지도 않고, 보지도 않고, 생각하지도 않고, 진정한 계획 같은 것도 세우지 않아. 강당에서 보고, 시를 읽는 밤에 몇 번 보고, 학교 복도에서 몇 분 이야기하고 밤에 몇 번 통화하고. 네가 쉬는 시간에 병원 매점에서 샌드위치를 나눠 먹고 의대 주차장에서 펩시를 나눠 마셨지. 몇 번 그러고 나서 네가 그러는 거야. 내가 그에게 푹 빠진 거 아닐까? 난 그이 없이 못 사는 거 아니야? 그이는 내 공기고 물이고, 태양이고 달일까? 이 헛소리가 다 뭐냐고. 그런데 알고 보니 그의 할아버지가 50년 전에 네 외증조부의 양치기였잖아. 그래서 그와 결혼하면 네 외할머니가 너의 목을 칼로 베어버리겠다고 맹세하셨다며? 엄마랑 외할머니랑 널 때리고 네 핸드폰을 부수고 며칠 동안 학교도 못 가게 했다며? 그런데 왜? 이 세상에 있는 무수한 다른 남자들과 하나도 다를 것 없는 한 남자 때문에? 그는 심지어 너보다 키도 작아. 그런데 넌 내게 '사랑'과 인내와 희생에 대해 말하면서 그 남자와 결혼하지 않으면 자살하겠다고? 그 남자와 말할 수 없다면 숨도 쉴 수 없고, 그 사람을 못 보면 살 수도 없다고? 사랑이 뭔데, 런던? 넌 애초에 사랑에 빠지려고 일부러 그에게 간 거니? 넌 항상 나에게 그렇게 말했잖아. 그 전화 통화들, 그 이메일들… 바로 이게 너의 실수야, 런던. 진짜로 누군가와 같이 있었던 게 아니고, 그저 그의 목소리만 듣고, 그가 자신에 대해 늘어놓는 이야기만 듣다가 네가 오래전부터 바라던 남자의 이미지를 만들어 낸 거잖아. 넌 그를 제대로 보고 있는 게 아니야. 넌 그 남자란 사람을 아예 모른다고. 시와 꿈같은 전화 통화. 그게 네가 아는 전부야! 그러더니 그 남자랑 결혼하지 않으면 자살하겠다고? 그리고 네가 그 끔찍한 계급 제도를 거부하기 때문에 넌 아주 위대한 사람이 된 거야. 너의 원칙을 믿기 위해 그의 구호 같은 건 필요하지 않아, 런던. 어쨌든 그가 널 위해 한 게 뭐가 있어? 그는 엄마가 널 때리고 할머니가 널 협박하는 상황인데도 그냥 앉아서 구경만 하잖아. 대체 어떤 결과가 나올지 기다리면서 구경만 하는 거라고. 그게 네 남자야? 이 남자가? 내가 보기에 결혼은 사랑과 별 상관이 없어. 사랑은 꿈이고, 결혼은 현실이야. 결혼은 인생, 책임, 자식들이라고. 환상이 아니란 말이야. 너에게 맞는 사람이란 널 존중하고 존경하는 사람이야. 같이 있으면 정말 편하고, 네 아이들을 위해 네가 자랑스러워할 수 있는 아빠가 되어줄 사람이어야 해. 바보 같은 열등감 때문에 널 질투하게 만드는 사람이 아니란 말이야. 사랑이라고, 그가 말했지. 나 참 어이가 없어서! 난 정말 네가 똑똑한 여자인 줄 알았어, 런던. 난 네가 의대 졸업하고, 캐나다에 가서, 전문의가 되고 싶어 하는 줄 알았어. 이 모든 일이 일어나기 전까진 말이야. 네 엄마가 계속 널 때리면 어떻게 할 건데? 집에서 계속 결혼을 반대하면 넌 어떻게 할 거냐고?"

하난이 물었다.

"자살할 거야."

하난은 떠났다. 그녀는 도파르에 있는 학교에 배정됐다. 거부하는 건 불가능했다. 이 자리를 거절하면 일할 기회를 아마 영원히 잃게 될 것이다. 그녀가 무스카트에 있는 학교에 배치돼 가족들과 같이 살 수 있게 해주는 해결사를 어디서 구한단 말인가? 그녀에게 연줄이란 하나도 없고, 이 자리를 싫다고 하면 놓치게 될 것이고 그녀의 가족이 품은 모든 꿈도 연기처럼 사라질 것이다. 은퇴한 아버지, 병든 엄마, 7년 전에 약혼했지만, 쥐꼬리만 한 봉급 때문에 지금까지 신부에게 줄 지참금을 만들지 못한 남동생. 하난은 앞으로 받게 될 첫 봉급과 남동생의 결혼식을 꿈꾸면서 짐을 싸서 남쪽으로 갔다.

런던은 이틀에 한 번꼴로 울면서 그녀에게 전화하기 시작했다.

"하난, 난 자유와 문화와 계급 차별이란 말이 몸서리치기 싫어. 나조차 날 의심하기 시작했어. 상상할 수 있겠어, 만날 때마다 그이가 내 핸드폰을 검사해. 내 핸드폰에 있는 번호란 번호는 다 살펴보면서 자기가 모르는 번호가 나오는지 확인한다니까."

하난이 한숨을 쉬었다.

"뭐라고 해야 할지 모르겠다, 친구야. 그 남자는 그럴 가치가 없다니까."

"난 이제 아무것도 모르겠어. 마치 내가 회오리바람 안에 사는 것 같아. 갑자기 그는 내 피부가 얼마나 검고 내가 얼마나 말랐는지 지적하기 시작했어. 마치 전에는 나를 한 번도 안 본 사람처럼 말이야."

"내 맹세하는데 그 자식은 정말 수치심이라곤 없는 인간이야. 왜 맞서 싸우지 않아? 내게 한 말을 그 자식에게도 다 하란 말이야."

"나도 시도해 봤어. 매번 내가 말을 시작할 때마다 그는 이렇게 말해. 네가 나보다 낫다고 생각하지 마. 남자는 나야. 그리고 네 가족과 네 아버지가 가진 부동산과 재산에 나는 전혀 관심 없어. 하난, 난 그에게 내 가족에 대해선 한마디도 안 했는데 그러더라고. 정말 단 한 번도 안 했는데도."

"알라여! 그 자식은 정상이 아니야. 이 관계에 좀 더 깊이 들어가기 전에 생각 좀 해봐… 넌 아직 계약 단계에 있잖아. 내 말은 그건 사실 그냥 약혼에 지나지 않잖아."

"우리가 헤어지길 바라는 거야, 하난? 아마드는 내 연인이야, 내 인생의 꿈이라고. 우린 우리의 문제를 풀어야 해, 내 첫사랑이 실패하길 원하지 않는단 말이야. 그렇게 필사적으로 우리 가족에게 저항했는데 그게 다 허사로 돌아가게 만들고 싶지 않아. 난 우리가 성공했다는 걸 온 세상에 증명하고 싶어. 우리 엄마와 아빠와 할머니와 동급생들에게, 온 세상에 말이야. 이혼녀가 되고 싶지 않아."

하지만 그녀의 첫사랑은 실패했다. 그것은 그녀 스스로 인정할 수 있기 오래전에 실패했고, 그 후로도 그녀는 수많은 모욕과 고통을 받았다. 마침내 그녀는 혼인을 무효로 해달라고 요구하고 그를 만나길 거부했다. 그는 대학 주차장에서 그녀의 차 문 앞에 서서 이야기 좀 하자고 애원했다. 그는 런던이 차에 타지 못하게 몸으로 차 문을 막고 섰다.

"런던, 나의 런던, 날 떠나지 마!… 당신은 내 거야. 당신은 내 꿈의 여자야. 신에게 맹세코 미안해. 당신을 때리려던 건 아니었어. 그냥 화가 나서. 신에게 맹세코 정말 미안해. 날 용서해 줘. 당신의 발에 입을 맞출게. 내가 한 말은 진심이 아니었어. 당신을 잃고 싶지 않아. 어쨌든 당신은 내 소유야, 나의 런던. 당신은 나의 승리고 나의 영감이야. 당신은 내 것이야. 당신이 날 떠나서 다른 사람의 것이 된다고? 아니, 그런 일은 일어나지 않아. 당신은 내 것이니까. 당신은 나의 여자, 나의 아내야. 당신의 손에 키스할게, 날 떠나지 마. 우린 결혼할 거야. 날짜도 정해졌고 유럽으로 신혼여행을 갈 거야. 둘이 함께 병원을 개업할 거야. 우리의 꿈을 잊었어, 런던? 당신은 내 거야, 나의 런던, 나의 뮤즈. 내 사랑, 내 것. 당신은 내 소유야."

런던은 주차장을 나와서 다시 학교로 돌아갔다. 속으로 이렇게 계속 되뇌는 것만으로는 충분하지 않았다. 난 당신의 소유물이 아니야. 그리고 난 누구의 것도 아니야. 그렇게 계속 혼자 중얼거리는 것으로는 상처를 치유할 만하지 않았다. 런던은 알고 있었다. 상처를 그냥 소독제로 닦기만 하거나 조금 긁힌 것으로 치부해서는 나을 수 없다는걸.

그의 얼굴과 목소리에 서린 간절한 열망과 목소리는 전에도 그랬던 것처럼 그녀의 얼굴에 대고 그녀의 심장이 휘두르는 무기였다.

'난 당신을 증오해. 당신의 목소리를 증오해. 당신의 얼굴을 증오해. 런던은 찾을 수 있는 그의 사진은 다 찾아서 갈기갈기 찢어버렸다.'

아무리 그렇게 해도 이런 고통에서 그녀를 끄집어낼 수 있는 증오는 찾을 수 없었다. 그저 너무나 날카롭고 지독한 쓰라림과 통증만 느껴졌다.

칼라

나시르가 정말로 오만에 정착하고, 칼라의 넷째와 막내인 다섯째가 태어난 후, 나시르가 회사에 갈 때 말고는 거의 집을 떠나지 않았을 때, 칼라는 결심했다. 그녀는 이혼을 원했다.

모두 그녀가 미쳤다고 생각했다. 아니면 이런 미친 결정을 내리게 한 어떤 끔찍한 비밀을 숨기고 있다고 생각했다.

하지만 칼라는 아무것도 숨기고 있지 않았다.

그저 과거를 참을 수 없었을 뿐이다. 이제 모든 것이 차분하고 질서가 잡혀 있었다. 막내인 파이즈는 고등학교에 다니고 있다. 모나는 꽤 괜찮은 엔지니어와 약혼했고, 다른 아이들도 다 잘 지내고 있다. 인생의 모든 것이 아주 평온했다. 마치 아무 소리도 들리지 않는 정지된 풍경 속에서 살아가는 것 같았다. 모든 게 다 그랬다. 결혼 생활, 엄마의 생활, 우정도.

평화롭게 살아가게 되자 그녀의 마음이 용서를 멈췄다. 이제 더는 과거를 참을 수 없었다. 과거의 모든 것이 마음속에서 어마어마하게 커져서 숨통을 막고 있는 것처럼 느껴졌다. 매일 밤, 열쇠고리에 달린 그 캐나다 여자의 사진이 점점 커져서 자려고 누운 칼라의 베갯머리까지 따라왔다. 매일 그녀가 분만실에서 혼자 보냈던 그 모든 시간이 쿵쿵 발소리를 울리며 다가와 그녀를 덮쳤다. 매일 아이들이 결코 입지 못한 옷들이 보였다. 아버지가 아이들이 몇 살인지도 모르고 살기 때문이다. 매일 그녀는 차가운 침대, 망가진 미모, 아이들이 아플 때 병원에 데려다주던 이웃 사람들, 돈이 필요할 때 돈을 빌려주던 언니들, 그녀를 꾸짖던 엄마, 동정으로 가득 찬 이웃들의 눈동자와 함께 흘러간 그 오랜 세월을 떠올렸다. 과거는 매일 전사의 긴 창을 들고 찾아와 심장을 사정없이 찔렀다. 아, 칼라! 너의 마음속에 있는 그 야생의 숲, 거친 덤불로 가득 차 있는 그곳. 그것은 오랜 세월 잠들어 있었는데, 거기에 대고 눈을 감아버린 건 너였잖아? 거기 있는 독초들을 덮어버린 게 너였지? 하지만 넌 이제 그걸 볼 수 있지, 감추려고 천으로 덮어놓고, 막아놓았던 그 모든 가시가 천을 뚫고 솟아오르는 모습을. 그게 원하는 건 뭘까? 물론 넌 모르겠지. 네가 어떻게 알아? 네가 계단을 한 단 올랐을 때, 그 계단은 그 숲으로 이어져서 내려가고, 그 앞의 계단은 쪼개졌고 그 앞의 단은 사라져 버렸어. 그것들을 숨겨 놓았던 하얀 천들은 다 사라졌고.

이제 그녀의 눈에 보이는 것은 나시르의 상냥함, 그가 보여주는 다정함, 그가 아내와 자식들을 위해 애쓰는 모습이 아니었다. 그녀의 눈에 그의 헌신적인 애정과 완벽한 존경은 보이지 않았다. 그녀의 눈에는 분만실, 그녀의 신음과 신생아 말고는 텅 비어 있는 그곳이 보였다. 그녀가 입덧으로 힘들어하면서 덜덜 떨며 누워 있던 기나긴 아침만 보였다. 자정이 지난 후 울리던 그의 핸드폰 벨 소리가 들렸다. 그가 핸드폰에 대고 속삭이면서 짓는 한숨 소리가 들렸다. 비행기가 활주로를 긁으며 캐나다를 향해 이륙하는 소리, 그렇게 10년 동안 한 번도 멈추지 않고 끝없이 울리던 그 소리가 들렸다. 아이들이 지르는 소리, 아이들이 덜그럭거리는 소리를 들었고, 차가운 침대 시트가 몸에 감기는 감촉을 느꼈다. 그 모든 걸 칼라는 등에 지고 살아왔다. 그 짐은 매일 더 무거워졌고, 그녀의 등이 휘어지기 시작했다.

　나시르는 가능한 한 모든 논리를 동원해서 결정을 취소해달라고 애원했지만, 이제 그녀의 귀는 모든 기능이 정지돼 있었다. 더는 그의 목소리가 들리지 않았다. 사실 오랫동안 들리지 않았다. 그는 그녀에게 호소했다. 한때는 그녀의 마음을 사정없이 녹였을 말들이 이제는 녹슨 쇳조각처럼 그녀의 고막에서 튕겨져 나왔다. 잘못은 그가 한 말이 아니라 세월에 있었다. 그 수많은 겨울밤과 여름 낮들. 그 시간이 그가 한 호소의 말을 뒤로 밀어내 버렸고, 그 말들이 그녀가 짐을 짊어진 등에서 뿌리를 내리려고 했을 때, 그 척박한 땅이 그 뿌리들을 던져 버렸다. 아니면 그녀가 모조리 먹어 치웠거나. 마치 새끼를 잡아먹는 어떤 생물들처럼. 지나간 세월은 살아 있는 생물들이었다. 칼라는 그녀가 매일, 매시간, 매분 시간을 통과하며 해왔던 모든 일을 하나도 잊지 않았다. 그녀의 마음속에 있는 그 모든 것이 그녀의 활기를 서서히 빨아들였다. 하루하루가 그녀의 내면에 있는 땅속 깊이 또다시 칼날을 내리꽂고, 무자비하게 뒤집어 가면서, 씨를 뿌렸다. 칼라의 내면에 있는 그 땅의 토대에 식물을 심는 데 적합한 흙은 하나도 남아 있지 않았다.

칼라가 그에게 하고 싶었던 말이 있었다. '뭐든 좋으니 그걸로 충분했을 거야. 내 마음의 들판에 물을 주고 거기서 자라는 식물들이 꽃을 피우게 할 말이면 뭐든 충분했을 거야. 당신에게 내민 그 바구니들을 채울 수 있는 말이면 뭐든. 오직 당신에게만 내민 그 바구니들. 뭐든. 편지 한 통이라도. 그냥 당신이 직접 쓴 단어 하나만 적힌 편지 한 장이라도. 자정이 지난 후 울린 전화벨 소리, 당신이 내게 등을 돌리지 않는 꿈 한 자락, 아주 작은 한 단계, 당신이 천천히 고개를 돌려 나를 바라보는 꿈. 뭐든. 심지어 화가 나서 야단치는 것이라도 좋아! 격분해서 쉬는 한숨. 싸구려 선물. 뭐든 나에겐 대단한 의미가 있었을 거야. 하지만 아무것도 없었지. 단 한 번도. 이제 모든 것이 있어도 내겐 충분하지 않아. 모든 것이 꽃봉오리 하나, 들판에 피어서 겨울바람에 휘날리는 작은 이파리 하나보다 못해.'

하지만 칼라는 그 어떤 말도 하지 않았다. 지난 10년 동안 식구들을 먹여 살리느라 열심히 일한 남자에게 어떻게 그런 말을 할 수 있겠나? 지난 10년 동안 뿌린 씨가 갑자기 그녀의 몸속에서 폭발하듯 커지면서 가시들이 자라나 그녀의 속을 갈기갈기 찢고 있다는 말을 그가 어떻게 이해할 수 있겠는가?

압달라

우리는 시브 해안에 있었다. 내 렉서스는 두바이에 있는 버즈 알 아랍 호텔에 있는 것과 애매하게 닮은 새 가로등 가까이 주차돼 있었다.

무하마드는 내 옆에 앉아 있었다. 그녀가 미친 듯이 질투하느라 그가 좋아하는 일도 막고 있다고 말했다. 그녀가 그를 감시하느라, 그의 핸드폰을 본다고. 차는 가로등 쪽으로 기울어져 있는 것처럼 보였다.

"누구? 그녀가 누구야?"

내가 무하마드에게 물었다. 그는 깜짝 놀란 얼굴로 나를 바라봤다. "내 아내요. 마야."

그가 말했다.

뒷좌석에서 희미한 웃음소리가 들렸다. 참고 있지만 조롱하는 웃음소리, 내가 아주 잘 아는 웃음소리. 나는 차창에 걸치고 있던 팔을 내리고 뒤를 돌아보지도 않고 말했다.

"날 비웃지 말아요, 아버지. 아버진 이제 이 세상 사람도 아니잖아요. 아버진 무하마드가 태어난 해에 돌아가셨어요."

그 웃음소리는 더 커지기만 했고, 차의 거울로 아버지의 하얀 수염이 흔들리는 모습이 보였다.

살림이 뛰어가면서 내 차창 옆을 지나쳤고, 그 뒤로 젊은 남자 둘이 그를 쫓아가고 있었다. 그보다 더 나이가 많아 보이는 남자들은 포르셰를 타고 쫓아가고 있었다. 나는 무하마드를 향해 고개를 돌렸지만, 그 자리엔 런던이 앉아서 울고 있었다.

"그래요, 아빠. 난 성공했어요, 맞아요."

런던이 말했다. 무하마드는 그녀의 무릎에 안겨 있는 갓난아기가 돼서 항상 하는 고개를 이상하게 흔드는 동작을 하고 있었다. 차가 희미해지다 사라졌고 무하마드와 나는 해변에 앉아 있었다. 무하마드는 완전히 평범하고 건장한 청년처럼 보였다. 그는 행복하게 휘파람을 불고 있다가 갑자기 내게 말했다.

"난 더는 참을 수 없어, 압달라. 그녀의 질투심이 날 죽일 거야."

난 그에게 고개를 돌렸다.

"그녀가 누구야? 무슨 말이야?"

"내 아내 말이잖아."

무하마드가 말했다. 나는 그의 회색 옷소매를 움켜쥐었다.

"하지만 넌 아직 어리고, 넌 아프고, 아내가 없잖아."

그가 소리를 질렀다.

"내 아내가 날 죽일 거야! 그녀가 내 핸드폰을 감시하고, 항상 내 주위에 맴돌고 있어."

그는 쓰러져서도 계속 소리를 지르고 있었다. 그녀는 그 빌어먹을 재봉틀 위로 허리를 구부리고 그걸 쓰다듬고 있어. 하지만 단 한 번도 내게 그렇게 허리를 구부리고 바라봐 주진 않았지. 그의 입에서 침이 뚝뚝 흐르기 시작한 순간 그의 손이 계속 초조할 때 하는 동작을 하고 있었다. 나는 그를 찰싹찰싹 때렸다.

"닥쳐, 네가 소란을 피우고 있잖아, 너 때문에 사람들이 우릴 쳐다보잖아."

아버지가 내 손에 들린 채찍을 낚아채서 바다에 던져버렸다.

"하지만 아버지는 돌아가셨잖아요. 어떻게 이렇게 돌아오실 수가 있어요?"

내가 말했다.

아버지는 한 번도 내게 고개를 돌리지 않고 가버렸다. 나는 멀어지는 아버지의 등에 대고 소리쳤다.

"얘도 데려가세요, 아버지! 무하마드도 데려가세요."

모든 것이 어두워졌다. 내 차에 시동이 걸리는 소리가 들렸다. 내 차가 떠나는 소리가 들렸다. 런던이 차를 운전하고 있는 모습이 잠깐 보였다. 나는 무하마드를 들어서 내 품에 안았다. 그가 마치 생선 같다는 생각이 갑자기 들었다. 나는 물가로 걸어서 내려갔다. 파도가 높이 치솟았고, 가슴에 물이 찰 때까지 물속으로 들어갔다. 팔을 벌리자, 무하마드가 마치 물고기처럼 내 품에서 미끄러져 나갔다. 나는 온몸에 물 한 방울 묻지 않은 채 물에서 나왔다.

천체 세 자매 이야기

초판 1쇄 인쇄 2024년 6월 21일
초판 1쇄 발행 2024년 6월 28일

지은이 조카 알하르티
옮긴이 박산호
펴낸이 박세현
펴낸곳 서랍의 날씨

기획 편집 곽병완
디자인 김민주
마케팅 전창열
SNS 홍보 신현아

주소 (우)14557 경기도 부천시 조마루로 385번길 92 부천테크노밸리유1센터 1110호
전화 070-8821-4312 | **팩스** 02-6008-4318
이메일 fandombooks@naver.com
블로그 http://blog.naver.com/fandombooks

출판등록 2009년 7월 9일(제386-251002009000081호)

ISBN 979-11-6169-296-8 (03890)

서랍의날씨는 팬덤북스의 가정/육아, 문학/에세이 브랜드입니다.